浙江大学德育与学生发展研究中心资助

2018年度教育部人文社会科学研究专项任务项目

（中国特色社会主义理论体系研究）

德育与学生发展研究
系列丛书

THE PURSUIT OF
FUTURE LEADERSHIP
IN CHINA

寻梦中国力量

阮俊华◎主编

ZHEJIANG UNIVERSITY PRESS
浙江大学出版社

前　言

　　要实现中华民族伟大复兴的中国梦，必要弘扬中国精神，必将凝聚中国力量。新时代中国青年是驱动中华民族加速迈向伟大复兴的蓬勃力量，是中国力量最具生机活力的源泉和最具奋斗精神的先锋。浙江大学紫领人才培养计划（简称"紫领计划"）的使命正是推动更多新时代中国青年成长为公忠坚毅、能担大任的中国力量。

　　紫领计划开始于2009年，首创政界导师帮带培养模式，10年来走出了一条诠释奉献和坚持的奋斗之路，走出了一条创新思政教育的探索之路，更走出了一条培养中国力量的寻梦之路。浙江大学"紫领·问政讲堂"系列活动正是紫领计划10周年的标志性成果。自2014年12月首期举办以来，"紫领·问政讲堂"中的嘉宾演讲都以"力量"为题，演讲内容既彰显对国情时事的真知灼见，又透露出人生沉浮的深刻哲理，对青年学生成长成才具有重要的引导意义。值新中国成立70周年和紫领10周年之际，本书将其中部分演讲文章结集出版，既是为了更好地传播正能量，又是为了纪念紫领计划10年来在人才培养上取得的丰硕成果。本书以"寻梦中国力量"为题，是对《寻梦彩虹人生》《寻梦强鹰之路》等"寻

1

梦"书系的传承，更意在引导青年在成长为中国力量的过程中实现人生梦想，收获出彩人生！

在 2019 年 3 月 18 日学校思想政治理论课教师座谈会上，习近平总书记强调，要配齐建强思政课专职教师队伍，建设专职为主、专兼结合、数量充足、素质优良的思政课教师队伍，各地区、各部门负责同志更要积极到学校去讲思政课。浙江大学"紫领·问政讲堂"坚持定期邀请厅级以上领导干部和各地县市委书记赴校园演讲，进一步打造更鲜活、更创新的新型思政课，这也是我们对新型思政育人模式的不懈探索。截至 2019 年 12 月，"紫领·问政讲堂"顺利举办 26 期，与近 8000 名学生互动，成为浙江大学影响最大、参与学生最多、持续时间最长的时政类主题论坛。

这些实践经验丰富的领导干部走入课堂，用高尚的人格感染学生，用真理的力量感召学生，用切身的感悟引领学生，留下令人回味无穷又各具特色的演讲文章。

这些文章有对世间万物的深刻分析，是充满哲理思辨的智慧之泉。浙江省原省长吕祖善回顾浙江的文明历史，用时间长河里的旅行呈现出历史的启迪；时任浙江省委宣传部常务副部长胡坚动情讲述革命英雄的故事，在青年学生的心中留下了信仰的火种；时任浙江省委老干部局副局长毛瑞福用深厚的学术积淀和深刻的社会认知回答"社会主义为什么行"的问题，苦苦思索人类文明的未来；浙江省政府副秘书长陈广胜徜徉在传统文化的海洋，在先贤的理想和感悟中探寻人生的坐标。

这些文章有对专业岗位的升华提炼，彰显研精覃思的理性之光。浙江省原文化厅厅长杨建新回忆从事宣传文化工作时真实经历的故事，呈现文化的力量；时任浙江省卫计委副主任马伟杭分析国民健康对国家社会的意义，呈现健康的力量；时任浙江省科技厅厅长周国辉结合科技日新月异的时代背景和青年领时代之先的精神特质，呈现创新的力量；浙江省委统战部副部长楼炳文总结从事统战工作和民族宗教事务工作的深刻感悟，呈现包容的力量；浙江省水利厅副巡视员徐有成用钱塘江的历史衬托出弄潮儿的精神状态，呈现弄潮的力量；浙江省政协副主席、党组副书记孙景淼在回顾新中国乡村发展进程的基础上深入解读乡村振兴战略，呈现乡村振兴的力量；浙江省教育厅党委副书记干武东细致分析组织的特征和力量来源，呈现组织的力量；浙江省直机关工委副书记王义分享关于党的建设研究的重要成果，呈现党的力量；浙江省广播电视局副局长张广洲重燃军旅生涯的英雄热血，呈现榜样的力量。

这些文章有对基层工作的回顾总结，饱含为民服务的赤诚之心。常山县委书记叶美峰讲述常山县县域治理的奋进之路，将"为者常成，行者常至"作为自己的人生信条；仙居县委书记林虹讲述仙居县环境治理的蜕变之路，将青山碧水视作幸福的源泉；桐乡市委书记盛勇军讲述桐乡市鼎故革新的发展之路，将个人成长感恩于平台的培养；全国优秀县委书记、巴东县原县委书记陈行甲深情讲述人生经历的三次成长，希望像一根蜡烛般燃烧自己，去照亮更公平、更美好的中国；时任湖州市副市长卢跃东讲述自己从乡镇干部一路走来的责任担当，深刻总结出"大道至简，唯有担当"的从政箴言。

我 1995 年留校担任学生政治辅导员，为更好成就青年学生，1999 年创办浙大学生绿之源协会，后相继创办绿色浙江、黄土地基层挂职成长计划（青知计划）、求是强鹰计划、红领计划、紫领计划等彩虹人生思政育人平台,一直坚持至今 20 多年,始终坚守在育人工作第一线,用夜以继日的付出为青年学子搭建"托起梦想的彩虹桥"。在本书中,我也特别回顾了自己 20 多年的育人之路,解读坚持的力量。

这些文章诞生于真实的思政课堂,讲述了真实的人生经历,不仅为成千上万的青年学生提供人生道路的指引,而且为全社会注入了爱国奉献的正能量。面对时代的呼唤,中国青年有着大有作为的广阔舞台,本书将帮助广大青年认识世界、了解国情、明辨事理、坚定信仰,为青年成长成才提供肥沃养料,为青年驰骋思想打开浩瀚天空。

非常感谢浙江大学领导及有关部门、浙江大学公共管理学院和社会各界朋友对浙江大学彩虹人生思政育人平台 20 多年的关心和支持!特别感谢浙江大学"紫领·问政讲堂"各期嘉宾老师对本书出版的热心付出和大力支持!还要感谢浙江大学紫领人才俱乐部的同学为活动的举办和资料的收集、整理做出的重要贡献!我们期待,浙江大学"紫领·问政讲堂"能够秉持立德树人的初心继续前行,让更多富有情怀的领导干部继续走入课堂,给予更多青年学生智慧和力量!

阮俊华

2019 年 12 月于浙大紫金港启真湖畔

目　录

历史的力量

吕祖善

　　我是浙江人，在浙江长大。大学毕业以后去外地工作，1974年调回浙江，2011年8月从省长的位子上退下来。应该说我的一生就是在浙江度过的，也是浙江的山山水水和浙江的父老乡亲哺育了我、培养了我，我特别感恩我的家乡。因此，我想就浙江历史文化做一些闲谈。我从2012年1月开始到浙江省博物馆当讲解志愿者，大体上是每个月一两次，到现在已经讲了47次。我原来是学经济的，不是学历史的，所以是一边学一边当讲解员，一边实践一边提高。

　　浙江自有人类活动开始，已有近百万年的历史跨度。浙江省博物馆的"越地长歌"就是在展示浙江漫长而璀璨的历史文化。历史文明围绕着一条主线，就是浙江文明的进程发展；围绕着两个方面，一是文明的发展，二是生产力的提高。浙江的历史源于何处？经过考古发现，浙江省安吉县地下文化层里面，保存有近百万年前的人类活动的遗迹，那里有很多先人使用的石器，其可以将谷类脱皮，也可以砍树，这是当时生产和生活的工具。

　　下面我就分七个历史时期把浙江的文明及其发展做一个简要的介绍。

　　第一个历史时期是史前文化时期，这个时期的浙江是中华文明的重

要起源地之一。以前我们念书的时候，学到的知识都是说中华文明起源于中国的黄河流域，那是中国的摇篮。近 20 年的考古发现，中华文明的起源不是单一的，而是多源的。确切地说，浙江是长江中下游中华文明的重要起源地之一。

先从约 10000 年前说起。考古发现，钱塘江南岸的历史起点要比北岸更早。最早的文化历史发源于现在的金华一带，就是金华的浦江，史学上称之为上山文化，大概是 10000 ～ 9000 年前。之后是萧山的跨湖桥文化，距今大约有 8000 ～ 7000 年。再往后出现了非常辉煌的文化——河姆渡文化。考古发现，上山文化与河姆渡文化是一脉相承的。这个文化起源于什么地方？起源于钱塘江的中上游，现在的义乌、永康、龙游一带都发现了这个文化起源的依据。

我们把钱塘江称为浙江的母亲河。以往我们对母亲河的理解是钱塘江的山山水水孕育了浙江大地。而从文明的角度看，浙江文明起源于钱塘江，我们的先人从钱塘江中上游出发，沿江从山区丘陵来到湖泊平原。当时没有陆路，只有水路。所以，从文明起源来讲，钱塘江是浙江真正的母亲河。

我们常把河姆渡文化称为中华文明起源的一颗明星。这是为什么呢？河姆渡文化因为农业的发展而诞生。目前，我国发现的最早有人类活动存在的时期大概是 200 万年前，云南元谋人大概出现在 180 万年前。有一个史学家把人类 300 万年的活动做了一个非常形象的比喻：如果我们把 300 万年当作一天 24 小时，我们的先人有 23 小时 55 分钟都是在为了自己的生存颠沛流离。先人们赖以生存的食物主要源于谷类采摘，那时候没有定居和家的概念。什么时候人开始定居下来了呢？就是农业开始发展的时候。有了农业之后，我们的先人慢慢在这里集聚，而且集聚的规模越来越大，集聚的时间越来越长。之后就慢慢形成了村落，再以后形成了城市。

世界上的四大古代文明都是因农业而起源的。有两类农产品诞生在中国。一个是小米，又称为粟。它诞生在黄河中游，也就是现在的河南、陕西、山西交界的地方。另一个是水稻，它诞生在长江中下游。上山文化中有充分的考古证据表明，野生的水稻很早就被用来进行人工栽培。金华地下的洼坑里有米粒，这是我们的先人拿来培育的野生水稻，是在野外发现的，而且不止一处。这个时期也是石磨开始出现的时候。

10000 年以前，我们浙江的先人已经懂得把野生水稻拿来人工栽培。到了七八千年前的时候，我们的先人集聚的时间更长了、规模更大了。我们发现了这个时期的锅巴。这说明什么？说明水稻栽培技术在 10000 年以前已经相当成熟了，因此我们才会在地下发现七八千年以前的锅巴。此外，我们还发现了丝，还有一双木骨耜，也就是我们现在的锹。这些发现说明，10000 年以前水稻的人工栽培是用木棍打洞播种的。我们的先人在七八千年前已经懂得挖掘土地来种植水稻，农业的生产力跟产量得到了大幅度提高。

水稻从野生到人工栽培，这个跨度大概是 3000 年，这也标志着采摘食物经济变成了生产食物经济，史学上把这个过程叫作"农业的发生"。在 5000 年前，河姆渡时期的水稻种植技术开始成熟了。河姆渡考古发现了一个大规模的场地，那里大概有 10 万斤水稻，而且水稻种植工具已经相当普遍，很多处地下层中都有。此外，那时已经有用木头做的框和用于种植灌溉的井。

我去年专门到了河姆渡考古的现场。考古学家发现，距离现在 7000 ～ 5000 年的时期，我们的先人中已经有 1/3 的人靠种植农业生存，还有 1/3 的人靠捕猎生存，另外 1/3 的人靠采摘生存。这说明当时种植技术已经发展得相当好了。有了种植业之后，养殖业也就出现了。河姆渡考古现场发现了用陶器做的狗和猪，说明这两类动物跟人息息相关。从陶猪的构造来看，它的嘴巴没有野猪那么长，有家养的特征。所以我们推测，河姆渡时期已经出现了养殖业。

正因为有了农业，人们才开始定居下来。随着定居的人越来越多，人们开始考虑怎样住得更舒适。所以在7000年前左右，建筑开始出现了，地下打桩、上面铺木板。令人惊讶的是，7000年前的建筑结构已经采用了榫卯结构，这是原始建筑最重要的结构方式之一。解决了住的地方，就要解决行的问题，有水就要有船。河姆渡考古中还发现了陶器做的船，这说明那时船已经相当普遍，造船技术已经比较成熟了。

尽管我们在河姆渡考古中没有发现残留的纺织品，但是发现了大量的纺织用具零件。这些东西组合起来就是纺织用具。我们的先人懂得用纤维来进行纺织，这个时间大体在7000～5000年前。在河姆渡时期，陶器已经相当精致了，上面还有植物、动物等各种图案，这是对美的追求。对美的追求就是文明的萌芽。除了陶器以外，还有木器，河姆渡考古中还发现了木桶。

此外，原始信仰也很重要。有了农业和牧业，人们便开始祈祷这样的生活能够长久。对神灵的崇拜就是最早的原始信仰。原始信仰后来发展成宗教，这就是文明。我们的先人崇拜什么？崇拜太阳和鸟，这在《史记》和《山海经》上就有记载。浙江省博物馆的镇馆之宝之一就是河姆渡文化双鸟朝阳纹牙雕。原始信仰、原始艺术是人文性的活动，这是文明萌发的开始。

发源于钱塘江北岸的良渚文化可以说是中华文明的曙光。有些专家称之为良渚古国，这个国家的形成要比夏朝还早。为什么良渚文化如此辉煌？到了良渚时期，钱塘江当地已经进入了犁耕农业时代，这大大促进了生产力的发展。良渚考古中发现了石头制造的石犁，这些石犁"究竟是用人拉还是动物拉"这个问题到现在还无从考证，但犁的出现可以使农业产量大幅提高。此外，良渚考古还发现了用于田间锄草的石制工具。这说明，在良渚时期人们不光懂得播种和收割，还懂得田间管理。

这也是劳动效率提高的表现。而且，良渚时期已经有了镰刀，这说明水稻结穗已经非常牢固。为什么结穗会变得牢固了呢？因为那时候的人已经懂得水稻品种优良的重要性，优化农作物的品种是更大的进步。

此外，良渚时期的人们已经掌握了建造水稻田等农田基础设施的方法，这些农田基础设施跟现在几乎没有什么差别。而且，良渚时期的社会出现了分工。良渚时期的陶器不是家家户户都能做的，是由专门的人在专门的地方做，这证明社会实现了分工，这是生产力发展带来的社会结构的变化，也是文明的进程。

文明很重要的一项标志就是文字。虽然良渚时期还没有成形的文字，但是文字的萌芽已经产生，那时已经有各式各样的符号。我们在去年考古时新发现了原始的文字，虽然我们不懂它的意思，但可以肯定的是，这是我们先人用来交流的一种原始文字。我们去年还发现了一排符号，将它放大以后，发现这其实是一个句子。它比刻度符号更为精确，有完整句子的形态。这说明在良渚时期，字形的使用已经非常成熟。

良渚文化尽管已经消失了，但是它对整个中华文明产生了重要的影响。承上所言，中华文明的起源是多源的，黄河中游、长江中下游等。到后来这些周边文化逐渐凋零，中原地区形成了大一统的文明，传承了几千年。

第二个历史时期是春秋时期，这是浙江文化的中兴时期。良渚文化消失以后，浙江文化出现了倒退。当时中原已经出现了以儒家为代表的文化，中原人将南方称为南蛮之地，而浙江大地出现了古越国，这个小国靠的是四个字：精、勤、耕、战。在我看来，这是最早的浙江文化的渊源。

古越国当时主要做了两件事，一个是发展生产，另一个是增强国力，非常务实。这与浙江务实的风格关系很深。做事要靠自己的勤劳和拼搏，要讲究精益求精。就凭着精、勤、耕、战这四个字，古越国后来成了春秋五霸之一，浙江文化又重新走在了中华文明的前列。考古发现了古越国养猪、养狗、造船、制盐的生产基地，而且还有青铜制作基地。当时各地制作的青铜器主要是祭天用的礼器和陪葬用的明器。然而，浙江用青铜资源做了两类东西：一是用于发展生产的生产工具；二是用于增强国力的兵器。所以，在浙江历史上，礼器和明器都是用陶器做的，这在现在的博物馆中都可以看到。

公元前473年，越国击败吴国，称霸中原。这样一个小国，通过自己的拼搏和奋斗，最后成为春秋五霸之一。我将这个时期称为浙江文化的中兴时期。

第三个历史时期是秦汉至六朝时期，这是浙江文化进程的转折时期。为什么称之为转折期呢？因为公元前333年，浙江就开始衰败了。到了公元前222年，秦始皇统一中国以后，浙江是一个郡，而且是边界的一个郡。东部沿海称为越城，越人和中原华夏民族是两个民族，少量的越人迁徙到了西南的山里面，也就是现在的苗族、侗族人等。当时越人十分勇敢，秦始皇特别害怕他们造反。历史上第一次大规模的人口迁徙，是把江淮流域的华夏人迁到越城。到汉武帝时期，他继续沿用这个政策，长达数百年的人口迁徙带来了秦汉移民后的融合。

融合带来了儒家文化和先进生产技术的变化，浙江从这个时候开始出现了转折。浙江是非常具有包容性的，它吸纳了中原文化，吸纳了中原先进的生产技术，这个时期成为浙江文化进程的重要转折期。洛阳成为东京以后，中国的政治中心移到了南方，东京的大后方正是江浙一带。到了唐中后期，中国的经济中心才开始从北方移到了江南，也就是现在的江浙一带。

史书记载，从汉到隋几百年，浙江从毫无人气的穷乡僻壤发展到连宇高楼，以会稽为核心的江南经济区的形成，标志着中国的经济中心开始南移。这个南移大概进行了1000多年，到了唐朝安史之乱的时候，中国的经济中心就移到了江南，而所谓的江南就是长江以南，包括现在的浙江。从唐后期到后来的宋、元、明、清，一直到民国，经济中心都在南方。新中国成立之初，中国的经济中心在北方，但改革开放之后，长三角仍然是中国的经济中心区之一。

第四个历史时期是隋唐时期，这是中国经济中心南移的时期。在这个阶段，隋朝有很多重大的历史事件推动了浙江发展的进程，其中之一就是隋炀帝开凿的南北大运河。大运河沟通了长江跟钱塘江，从此杭州这个小县城开始崛起了，形成了会稽以外的第二个发展中心。

杭州城建于隋朝，扩建于唐朝后期和宋朝。改革开放以前，我们所见到的杭州城就是唐朝和宋元时期扩大以后的样子。大运河开通以后，杭州开始兴起，人口从只有 8 万人发展到了唐天化年间的 60 万人，那时已经是大城市了。随着人口的增加和农业的发展，浙江大兴水利，每个州都有水利项目，其中有灌溉的，也有排洪的。

浙江的精耕细作起源于唐朝，关于耕种的记载也是从唐朝开始的。浙江这个地方有为半个中国提供粮食的能力。当时北方人口过度集聚，自然资源也遭到破坏，浙江地区成为中国的粮仓，重要的标志就是南粮北运。这也标志着中国的经济中心开始发生变化。除了农业，唐朝浙江的手工业也非常发达，比如当时的瓷器、丝绸、纺织业、造船业等。那时浙江的思想开放程度很高，文化也极其发达，已经蕴含了民本思想。改革开放以来，浙江的民营经济异军突起、走在前列，与浙江民本思想的文化渊源密切相关。浙江的财政理念并不是要用多少税就收多少税，而是收多少税就用多少税。到了唐朝中后期，浙江不光是经济中心，也是文化宝地。

第五个历史时期是两宋时期，浙江不仅是中国的经济、文化中心，而且是政治中心。杭州到了南宋以后成了京城，非常繁华，其世界大都会的称号可见一斑。历史资料显示，当时的杭州已经有 35 万户人家、

200多万人口，这在当时就是世界第一大城市了，伦敦、巴黎都比不了。

杭州当时的对外贸易也发展迅猛。到了南宋时期，纸币开始流行。在当时外国人画的一张亚洲地图中，中国就标注了一个地方，英文名叫"行在"，就是天子临时居住的地方，那就是杭州。

南宋时期，学术上有日渐衰弱的现象，空讲道理的人很多，做事的人却不多。但是浙江人有自己的学习态度，浙江学派第一句话就是要百花齐放、思想多元。读书人要以明理恭敬为本，不光要明道理，关键还要做得好，不能空谈。当时南宋半壁江山已经没有了，必须要重视实学，总结历史的经验。人才要怎样培养？讲实理，育实才，求实用，这三句话仍然是我们现在人才培养的方法。不仅要培养会讲道理的人才，而且要培养实用的人才、会做实事的人才。这就是浙江学派的思想。

永康学派的成立是针对程朱理学的，这个学派认为所有的道都源于实际，认为世界是客观的。永康学派还讲究"四共之学"，读书人要为国为民，不能追求功利。此外，浙江还有永嘉学派，这个学派提倡农商一体。这就是为什么温州人这么会经商，老祖宗的基因里面就有经商的基因，这就是浙江文化。这些文化现象在我们改革开放历程中，在浙江的民营经济和市场经济意识中，得到了充分的体现，浙江走出了适合自己的发展道路。这些都来自浙江的文化创造。

第六个历史时期是明清时期，这是浙江文化大发展的时期。自明朝开始，我们的思想就局限于程朱理学——天理就是三纲五常，我们不能有个人的思想，不能有个性的解放。正是针对这种思想，浙江的王阳明提出了心学，提倡发挥人心，弘扬圣人之道，每个人都可以成为圣人。什么叫圣人？扬善去恶就是圣人。实际上，王阳明的心学是提倡个性的解放，提倡本心的回归，这和欧洲中世纪后期民主思想的启蒙非常相似。很遗憾的是，我们这种民主启蒙思想在那个时候是不可言谈的。清朝的龚自珍也是改革大师，他在浙江提倡的改革思想也是民主启蒙思想。浙江的文化从民本发展到了民主。

到了清朝，浙江经济发生了很大的变化，从单一的农业经济发展成为商业经济。浙江充分利用运河沿岸的市场进行发展，经济结构开始调整。民国初期，中国民族工业的萌芽在浙江产生，也在这里打下基础。改革开放以后，浙江很快兴起了县域经济。这都是浙江文化所带来的影响。在明清时期，特别是在清朝，浙江大力兴办公立图书馆和学校。到了清朝后期，浙江的书院有 500 多所，这不是私塾，而是正规化的教育，非常了不起。

历史是一面镜子，有正面也有反面。前面我们讲了浙江辉煌的一面，同时也有值得吸取教训的一面。明清之前，中华文明一直走在世界文明的前列，为什么到了近四五百年，中华文明开始落后？到了近百年，我们这样的一个文明古国成为世界列强任意侵略和宰割的一个地方，为什么？这是史学上要好好研究的一个课题。

第七个历史时期是近代时期，浙江是中国革命的中坚力量。从明朝开始，中国采取的基本国策就是重农抑商，禁止对外贸易。到了清朝，继续海禁，清初期规定沿海 15 千米之内不得有人烟。而恰恰在这个时期世界发生了翻天覆地的变化，特别是大亚航道的开通和欧洲中世纪以后的科技革命、工业革命。此外，明清之后，文化专治日益严重，思想僵化而没有活力。不知世界的变化，即便知道也不去学，这就要开始走下坡路了。清朝后期，国家的疾病已经积累到了极点。所以，辛亥革命必然会发生。浙江就是辛亥革命的重要阵地。

清朝晚期，当权者开始搞新政改革，新政里面最重要的一条就是办新学、办良学，培养一批知识分子。很多读书人接触了西方的现代文化，发现这些知识和所学的三纲五常、四书五经不是一回事，开始反抗，成了辛亥革命的先驱骨干。浙江的知识分子成立了光复会，准备推翻清朝，其主要领导成员也是同盟会的发起人之一。

1911 年 10 月 10 号武昌起义成功后，浙江的光复会马上组织光复军，不到 1 个月就打下了上海，11 月 4 号打下了杭州，11 月 7 号成立了第一个浙江省政府，又组织浙江的光复军跟江苏的光复军一起打下了南京。江、浙、沪这三个地方不是由同盟会而是由光复会组织光复军打下来的，而这三个地方恰恰是中华民国的根据地，所以严格来讲，浙江的革命力量为中华民国的建立立下了汗马功劳。这个时期，浙江不仅仅是中华文明进程的重要创造者和主要贡献者，也是近代革命主要的先驱力量。作为浙江人，我们要为我们自己的母亲、为浙江璀璨的历史文化、为浙江的先人自豪。

浙江偏僻荒凉，地广人稀，为什么会成为中国最富裕、最繁华、最文明的区域之一，同时为中国的文明进程做出了重大的贡献？我认为很重要的一点是依靠文化。文化是一个区域乃至一个民族长期以来被公认的目标追求、价值观和道德观，具有巨大的号召力和凝聚力。

浙江的文化精髓可以总结为五个词。第一个是**自强**，浙江人始终把追求自强作为自己的目标取向。为什么浙江有自强的文化精髓呢？主要是强烈的危机感。一个民族危机感最强的时候，就是这个民族力量最强的时候。抗战时期，大半个中国都没有了，那时我们面临的不仅是国家的灭亡，还有民族的灭亡，日本大和民族试图同化中华民族，那时我们的民族危机感最强，在那么艰难的条件下我们取得了抗战的胜利。所以要自强，要有危机感。同样，为了实现中华民族的伟大复兴，我们必须要有强烈的危机感。中国梦的实现，有很多挑战、有很多坎坷，也有很多我们从未遇到过的风险，我们必须要自强。正因为自强的路是不平坦的，所以必须坚韧不拔，不怕挫折。

第二个是**民本**。浙江的崛起靠什么？靠民本。实现中华民族伟大复兴靠什么？靠人民。全国各族人民紧紧地团结在以习近平同志为核心的党中央周围，把我们所有的力量凝聚起来，就会发挥出无限的力量。

第三个是**务实**。要走尊重客观规律的务实道路。浙江从来都是不唯上，不唯书，只唯实。浙江改革开放走的路正是具有浙江特色的道路，是一条务实奋斗的道路。

第四个是**包容**。从秦汉移民开始，到东晋、到南宋，再到近代对外开放，浙江一直都非常开放、海纳百川。中国实现现代化的历程也要非常包容，这就是我们习总书记讲的求同存异。经济上的包容就是共享、公平、缩小差距；思想上的包容就是百花齐放、百家争鸣。只有包容人和自然，才能实现可持续发展。

最后是**创新**。浙江一直是最富创新活力的地区，用创新精神和创造精神谱写了一曲慷慨激昂的浙江之歌。创新是引领发展的第一动力，唯有坚定不移地走自主创新道路，才能立于不败之地。

自强、民本、务实、包容、创新，这既是浙江几千年璀璨历史文化的精髓，也是我们需要弘扬、传承与发展的重点，更是实现中华民族伟大复兴中国梦所要继续弘扬、丰富其内涵的浙江文化精髓。

【本文根据浙江大学"紫领·问政讲堂"第1期（2014年12月12日）演讲录音整理而成。作者时任全国人大财经委副主任委员，曾任浙江省省长。】

信仰的力量

胡　坚

我从小就喜欢读《革命烈士诗抄》，为这些烈士崇高的革命理想、坚定的共产主义信仰、百折不挠的革命意志所折服。那时还常把书中的诗句抄下来，激励自己。

如方志敏所言：敌人只能砍下我们的头颅，决不能动摇我们的信仰！因为我们信仰的主义，乃是宇宙的真理！李大钊所言：威武不能挫其气，利禄不能动其心。邓中夏所言：人生只有一生一死，要生得有意义，死得有价值。吴运铎所言：革命理想，不是可有可无的点缀品，而是一个人生命的动力。有了理想，就等于有了灵魂。

对于吴运铎，我小时候读过他写的自传《把一切献给党》，经常读得泪流满面。他在我心目中的形象非常高大，他的一生也是坚定信仰的一生。他于1938年参加新四军，1939年加入中国共产党。曾任中南兵工局副局长、机械科学研究院副总工程师、五机部科学研究院副院长等职。吴运铎是新四军兵工事业的创建者和新中国兵器工业的开拓者，在几十年为党的工作中，在艰难困苦的条件下，为我们军队制造武器。多少次负伤，多少次重伤，甚至多少次差点牺牲，但他一直坚守在自己的岗位上，真正做到了"把一切献给党"，被誉为"中国保尔·柯察金"。2009年，吴运铎被评为100位为新中国成立做出突出贡献的英雄模范。

从小，我们对红军长征的故事就比较熟悉。长征就是一条信仰之路。长征是人类历史上的伟大奇迹，红军在两年的时间里，共进行 380 余次战斗，攻占 700 多座县城，击溃国民党军数百个团。红军牺牲的营以上干部多达 430 余人，他们的平均年龄不到 30 岁。长征期间，红军共经过 14 个省，翻越 18 座大山，跨过 24 条大河，走过草地，翻过雪山，行程二万五千里。红一方面军于 1935 年 10 月到达陕北，与陕北红军胜利会师。1936 年 10 月，红二、四方面军到达甘肃会宁地区，同红一方面军会师。红军三大主力会师，标志着万里长征的胜利结束。正如《长征——前所未闻的故事》的作者哈里森·索尔兹伯里所言："阅读长征的故事将使人们再次认识到，人类的精神一旦唤起，其威力是无穷无尽的。"

从这些诠释着什么叫信仰的故事中，我们可以认识到，信仰作为精神文化中最核心的部分，是人生之本、立身之基，更事关事业的发展与进步。特别是当代大学生，能否树立正确的人生信仰，不仅是一个理论命题，更是一个实践课题，需要每一个人认真去把握、不断去践行。

信仰是人生路上的一盏明灯

1. 信仰是什么？ 信仰是对圣贤的主张、主义或对神灵的信服和尊崇。就本质而言，信仰是心灵的产物，是来自灵魂的东西。信仰是一种信任，信仰什么就会信任什么。"仰"即抬头，信仰就是最相信的事物。信仰也是一种崇拜，所以它总是与价值观联系在一起。信仰还是一种精神支柱和道德坐标。信仰能够提升人的道德境界，塑造人的道德灵魂，所以它是人生路上的一盏明灯。没有信仰或信仰错误的人仿佛置身黑暗世界中，既无法看清世界，也不能认识自己。而有信仰的人哪怕走在黑夜之中也会寻到出路，因为他的心中充满光明。

2. 有哪些不同的信仰？ 一是原始信仰。原始信仰主要是对图腾、神话、巫术、禁忌的信仰。在几百万年的人类历史中，文化相对应地发生了三个阶段的演变：第一阶段是原始文化，当时人类要从与大自然的斗争中获得自己生存的条件。所以，这时候的文化主要解决人与自然界的关系。第二阶段是制度文化，当人类的劳动有了多余的东西，这些东西的分配就成为一个重要问题，于是就有了解决分配的制度文化，这个时候的文化主要解决人与人的关系。第三阶段是精神文化，当人类劳动之余的时间多起来了，生活日渐宽裕的时候，人类就有时间来思考"我们是从哪里来，我们要到哪里去"，于是就有了精神文化，精神文化主要解决人与内心世界的关系。信仰就是人的精神文化中最核心的部分。二是宗教信仰。基督教、伊斯兰教与佛教并称世界三大宗教，根据国外有关统计，世界信教人数占总人口的比例超过 80%。我国是一个宗教多元化的国家，主要的宗教有佛教、道教、伊斯兰教、天主教和基督教等，还有一些少数民族特有的地区性的民间信仰。尊重和保护宗教信仰自由，是我国对待和处理宗教问题的一项长期的基本政策。三是哲学信仰。即以鲜明的理性特征，直接反映思想对现实存在的把握，以此构建扎实的理性信仰。唯心主义和唯物主义就是两种不同的哲学信仰。四是科学信仰。即不顾一切地去追求真理，很多科学家一辈子就是以坚定执着的科学信仰为人类做出了杰出的贡献。五是政治信仰。即人们对某种政治学说和政治制度的真诚信服、坚定不移地遵循与执行的态度，有什么样的政治信仰就会有什么样的政治行为。我们在这里重点讨论青年人应当确立的正确的政治信仰，特别是要确立坚定的共产主义信仰，也就是要信仰马克思主义理论，信仰共产主义，确立为实现中华民族伟大复兴的中国梦而努力奋斗的人生理想。

3. 信仰有什么作用？ 信仰的基本作用和意义在于：一是追寻世界的本源。思考我们从哪里来、我们要到哪里去、这个世界最初是什么样子的。人类拥有的意识和思想，使得这种追问成为人类普遍的精神诉求。二是反思人生的意义。思考人活着是为了什么，也就是我们常说的思考人生的目标和意义。人无法改变生命的长度，但能增加生命的厚度，这种生命的厚度就需要信仰来支撑。三是确立价值观。价值观包括价值追求和价值标准，前者确定最终追寻什么，后者决定评判善恶、是非的标准。有什么样的信仰，就会有什么样的价值观。四是凝聚精神力量。信仰能凝聚成前行的强大力量。无数事实证明，只有用坚贞不渝的信仰筑牢精神支柱，才能应对和经受风浪与艰险的考验。

最近我在读《红色家书》，书里辑录了李大钊、方志敏、赵一曼、吉鸿昌、夏明翰、殷夫等30位革命先烈的狱中遗书、刑场就义诗和平常家信等红色家书40余封。全书共30篇，每篇均先介绍一位革命先烈的生平和他们的故事，再以红色家书展开，介绍这些革命人的情怀、胸怀以及他们可歌可泣的感人事迹。全书再现了革命战争年代中国共产党人的艰苦卓绝、悲壮激昂与革命豪情，彰显了革命先烈对共产主义理想信念的执着追求、对党绝对忠诚的赤子之心、舍生取义的崇高气节和向死而生的心路历程。

党的十八大以后，2012年11月17日，中央政治局第一次集体学习时，习近平总书记就强调：坚定理想信念，坚守共产党人精神追求，始终是共产党人安身立命的根本。对马克思主义的信仰，对社会主义和共产主义的信念，是共产党人的政治灵魂，是共产党人经受住一切考验的精神支柱。形象地说，理想信念就是共产党人精神上的"钙"，没有理想信念，或理想信念不坚定，精神上就会"缺钙"，就会得"软骨病"。这里道出了信仰的根本意义和决定性作用。

4. 信仰有哪些基本特征？ 主要有以下这些方面：一是神圣性。在每一个有信仰的人看来，信仰都具有神圣性、崇高性，这使得有信仰者能虔诚地面对自己的崇拜。二是认同性。有相同信仰的人，具有思想和心理上的认同性，从而在感情上具备亲近性。三是归属性。同一信仰的人，会形成一个团体。成员之间具有很强的归属感和认同感，人与人的关系将更加融洽、和谐。四是坚定性。信仰一旦形成，不会轻易改变，具有长期性和稳定性。

大家对夏明翰可能也比较熟悉。他 1900 年出生于湖北秭归县，1920 年与毛泽东、何叔衡等人相识。1921 年秋，经毛、何二人介绍，夏明翰加入了中国共产党。1928 年年初，中央调夏明翰到武汉参加湖北省委的领导工作。1928 年 3 月 18 日，夏明翰由于叛徒的出卖而被捕。面对敌人的严刑拷打，夏明翰坚贞不屈。3 月 20 日清晨，夏明翰被带到汉口余记里刑场行刑。执行官问他有无遗言，他说："拿纸和笔来！"当场写下了一首大义凛然的就义诗："砍头不要紧，只要主义真。杀了夏明翰，还有后来人。"短短四句，淋漓尽致地体现了中国共产党员坚定的共产主义信仰。夏明翰和他的就义诗，激励并鼓舞着一代又一代中国共产党人为了共产主义信仰，为了人民幸福和民族复兴，前仆后继，不怕牺牲，英勇奋斗。

从 1921 年中国共产党成立到 1949 年中华人民共和国成立，在 28 年的革命岁月中，有名可查的烈士就有 370 万人，这在世界政党史上是不多见的。世界上没有哪一个政党像中国共产党这样，为了信仰，牺牲了这么多优秀的儿女。是什么样的力量让中国共产党人经受住了血与火和生与死的考验，坚定理想、不折不挠？是信仰的力量！冼星海在给妻子钱韵玲的信中曾写道："中国现在已成了两个世界，国民党反动派完全堕落了，中国共产党领导的延安才是新中国的发源地。我们走吧，到延安去，那里有着无限的希望和光明。"1938 年，他和妻子来到心中的革命圣地延安，他们把自己满腔的热血献给了革命事业，创作出无数激励革命战士赴汤蹈火、奋勇当先并流传至今的优秀作品。信仰就是人生路上的一盏明灯，指引中国共产党人义无反顾地前行。

信仰充满着无穷的力量

当代大学生处于人生的成长期，扣好人生的第一颗扣子极其重要，所以，必须确立正确的人生信仰。信仰对于我们有什么样的作用呢？

1. 提升人生的境界。归纳起来，做人无非有四个境界：第一境界，做一个能自立的人，其中包括物质独立和精神独立。物质独立就是有一份职业能养活自己，精神独立更重要，精神独立就是做事要有主见，要有独立的判断能力和担当能力。第二境界，做一个有情义的人。别人帮助你，你也帮助别人。过去曾有一句口号，我为人人，人人为我。特别是要做到孝敬父母，感恩他人。第三境界，做一个有道德的人。你帮助熟悉的人做事是有情义的人，你帮助陌生人做事才是有道德的人。雷锋帮助的多是陌生人，"最美妈妈"吴菊萍与坠楼孩子也素不相识，所以他们是道德楷模。第四境界也是最高境界，做有信仰的人。帮助陌生人做事你是一个有道德的人，帮助国家、民族、社会做事你就是一个有信仰的人。共产党人就是有信仰的人。党的一大召开时，参加会议的这些热血青年，年龄最小的只有 19 岁，平均年龄也只有 28 岁。无论后来这些人走到怎样的道路上，当年他们聚在一起建立中国共产党，就是一批面对灾难深重的中国敢于担当、挺身而出、为民请命、为国图强的人，也是一批有信仰的人。

我们很多人都读过方志敏的《可爱的中国》。他对祖国的一腔热血、对人民的那股深入骨髓的忠诚，感动了无数的人。清贫和奉献是他一生的真实写照。1935 年，他写出了《可爱的中国》这篇脍炙人口的著名文章，其中写道："不错，目前的中国，固然是江山破碎、国弊民穷，但谁能断言，中国没有一个光明的前途呢？不，决不会的，我们相信，中国一定有个可赞美的光明前途。中国民族在很早以前，就造起了一座万里长城和开凿了几千里的运河，这就证明中国民族伟大无比的创造力！

中国在战斗之中一旦斩去了帝国主义的锁链，肃清自己阵线内的汉奸卖国贼，得到自由与解放，这种创造力，将会无限发挥出来。到那时，中国的面貌将会被我们改造一新。所有贫穷和灾荒，混乱和仇杀，饥饿和寒冷，疾病和瘟疫，迷信和愚昧，以及那慢性的杀灭中国民族的鸦片毒物，这些等等都是帝国主义带给我们可憎的赠品，将来也要随着帝国主义被赶走而远离中国了。朋友，我相信，到那时，到处都是活跃的创造，到处都是日新月异的进步，欢歌将代替了悲叹，笑脸将代替了哭脸，富裕将代替了贫穷，康健将代替了疾苦，智慧将代替了愚昧，友爱将代替了仇杀，生之快乐将代替了死之悲哀，明媚的花园将代替了凄凉的荒地！这时，我们民族就可以毫无愧色地站立在人类的面前，而生育我们的母亲，也会最美丽地装饰起来，与世界上各位母亲平等地携手了。这么光荣的一天，决不在辽远的将来，而在很近的将来，我们可以这样相信的，朋友！"这样的文字，今天我们读来，总是热泪盈眶！热血沸腾！

2.铸成坚韧的毅力。有信仰的人不会轻易放弃，他们不怕挫折。从我们党的历史来看，红军长征就是不屈不挠精神的典范。红军凭着对党、对革命事业的忠诚信仰，在"敌军围困万千重"的险境中，从百万敌军的围堵中杀出一条生路，谱写了一曲不畏艰难、坚韧不拔的革命乐章。特别是其中那些只参与艰苦卓绝的奋斗而不享受奋斗成果的人，是真正具有崇高信仰的英雄，他们是民族的脊梁。对于我们每一个人来说，人生路上一定会遇到各种各样的困难与挫折，有信仰的人对待困难与挫折就会有一种坚韧性和持久力，就会有一种锲而不舍的精神，迎难而上，冲破重重困难，勇往直前。古往今来，范例数不胜数。

我的老家是浙江温州平阳，那里有一位"浙南刘胡兰"郑明德，她是原中共平阳县委书记郑海啸的女儿。郑明德1925年出生在一个革命家庭，深受父亲的熏陶。她家在平阳西南的凤林村，是浙南最老的游击根据地之一。当时的中共浙江省委书记刘英常常住在她家里，教她唱歌，给她讲革命故事。她很小就向往革命，确立了对党的坚定信仰。

抗日战争全面爆发后，13岁的郑明德参加抗日救亡工作。郑明德走家串户，逐家发动群众赶做军鞋，并把家里仅有的旧被单、破衣服都拿出来做军鞋。在她的带动下，仅有200多户人家的凤林村，在短短的时间里，赶做了400多双军鞋。1941年3月，郑明德加入党组织。1941年7月16日，郑明德等10多个同志在转移到瑞安时，被敌人发觉，落入敌军之手。郑明德面对敌人的威胁利诱，宁死不屈，最后壮烈牺牲，年仅17岁。年轻的时候，我读过《红岩》，也看过歌剧《江姐》，每当唱起《绣红旗》时总会热泪盈眶，也永远忘不掉电影《烈火中永生》中的"小萝卜头"。《红岩》讲述的是全国解放前夕，包括江姐、许云峰在内的许多革命志士都被关押在渣滓洞和白公馆的监狱中，他们受尽酷刑和折磨，却始终以坚定的理想信念面对未来，视死如归。特别是江姐，看到丈夫血淋淋的头颅被悬挂在城头，她"禁不住要恸哭出声。一阵又一阵的头晕目眩，使她无力站稳脚跟"，但她旋即提醒自己"我在干什么？自己担负着党委托的任务！没有权利在这里流露内心的痛苦！"当恶毒的敌人把竹签插进她的手指，一根，两根……竹签深深地撕裂着血肉，江姐说："小小竹签算得了什么。告诉你们：共产党人的骨头是钢铁做的，不怕！"最后，这些优秀的共产党员，在革命胜利的黎明前被敌人杀害，为了自己的信仰毫不犹豫地献出了自己的生命。

3. 塑造良好的道德。法国启蒙思想家孟德斯鸠曾经说过："道德是最高的法律，法律是最低的道德。"在我们的社会生活中存在着两条线：法律线和道德线。法律线是一条底线，法律面前人人平等，每个人都不能越过法律线，否则将受到法律的制裁。而法律线之上的是道德线，道德线是人类行为的崇高追求，代表着真、善、美的价值取向。但它的高度是因人而异的，有的人道德线很高，比如"道德楷模""最美人物""身边好人"等模范人物，道德线比一般人要高得多，而有的人道德线就很低。

一个有信仰的人，就会是一个做人做事有底线、有道德的人。能够做人有标准、做事有尺度，自觉调节与他人、与社会的关系，就能守住法律线、提升道德线。

4. 养成广阔的胸怀。有信仰的人心胸会更加宽广，会具有革命的乐观主义，不会被一时的困难所压倒。邓小平同志在人生道路上曾经经历"三落三起"，但因为他具有对共产主义事业强烈的信仰，具有对党和国家高度的使命感和责任感，因此，在任何艰难困苦的境遇中，他始终保持自己最初的信念与信仰，表现出老一辈革命家的高尚品质和崇高精神。学习英烈，是我们坚定理想、信仰教育的好教材。信仰是什么？信仰就是不管遇到多少艰难险阻，甚至牺牲性命，都能自觉自愿、义无反顾地为之奋斗。信仰就是一个人的精神支柱。共产主义创始人马克思就是坚持信仰的光辉榜样。他两次拒绝德国普鲁士当局的高官引诱，长期过着难以忍受的贫困生活，三个孩子都因病而夭折，他写《资本论》的稿酬勉强够买烟抽。习近平总书记在纪念马克思诞辰 200 周年大会上的重要讲话中，对马克思做出了高度的评价："马克思的一生，是胸怀崇高理想、为人类解放不懈奋斗的一生；是不畏艰难险阻、为追求真理而勇攀思想高峰的一生；是为推翻旧世界、建立新世界而不息战斗的一生。马克思是顶天立地的伟人，也是有血有肉的常人。"美国著名诗人沃尔特·惠特曼也说过："没有信仰，则没有名副其实的品行和生命；没有信仰，则没有名副其实的国土。"革命英烈之所以能够在冷冰冰的枪口下，在寒光闪闪的铡刀旁，在阴森森的绞刑架前，大义凛然，视死如归，英勇就义，就是因为他们有着远大美好的理想和坚定伟大的信仰。忠于理想、忠于信仰、忠于党、忠于祖国、忠于人民就是他们的力量源泉。

革命英烈们都是无私而忠诚的共产主义战士。民族英雄杨靖宇率领东北抗日联军在艰苦环境中与侵华日军血战 8 年。1940 年 2 月 23 日他在吉林濛江孤身被日本鬼子包围，战至最后，年仅 35 岁便壮烈殉国。在零下 20 多摄氏度的林海雪原，断粮 5 天的杨靖宇能生存下来，日本鬼子感到不能理解，便残忍地将他头颅割下来，残暴的日寇又解剖了他的尸体，最终发现他的肠胃里只有枯草、树皮和棉絮，竟无一粒粮食！是什么力量支持这位民族英雄战斗到最后一刻呢？就是他"头颅不惜抛掉，鲜血可以喷洒，而忠贞不贰的意志不会动摇"的崇高信念，是共产党人的坚定信仰！

5. 培养乐观的情趣。有信仰的人面对生活会更加充满乐趣，更加容易自我解脱、走出烦恼。随着经济社会的快速发展，人们的社会需求在不断提高，生活节奏在不断加快，竞争压力也在不断加大，人们的心理问题急剧增多。如何保持乐观的心态，正确地面对各种挑战与挫折，是每一个人必须解决的人生课题。而具有正确人生信仰的人，能够更加乐观地面对生活，形成健康、快乐的心理素质。

红军长征过草地的时候，气温变化无常，白天最高可达 30 摄氏度，一到夜间，气温骤降至 0 摄氏度左右。红军战士们内无果腹之食，外无御寒之衣，饥寒交迫。但是，他们有着必胜的信心和坚定的信念，有着乐观的革命精神。每当夜晚来临，他们到达宿营地后就点起篝火。有的唱歌，有的讲故事，有的吟诵自己编的顺口溜和诗歌。这种乐观的态度，温暖着每个人的心灵，激励着大家继续前进。

怎样认识当前在信仰上存在的问题

当前，青年大学生在信仰上呈现出多样性。**一是没有信仰**。一位学者曾经说过：人一辈子要解决三个关系，先要解决人和物之间的关系，之后要解决人和人之间的关系，最后一定要解决人和内心之间的关系。因此，信仰问题至关重要。但当前有很多学生没有人生信仰，做人做事没有底线，缺乏畏惧感，人生也就没有了方向。**二是信仰物质财富**。就是将物质财富作为人生成功的根本标志。在现代社会中，追求个人财富是在情理之中的。但如果信仰"拜物教",将人的全部精力都放在追求物质财富上,人的价值观就发生了根本扭曲,就会变成"精致的利己主义者"。当前,这样的人仍为数不少。**三是信仰有神论**。中国是一个有多种宗教的国家,国家尊重和保护宗教信仰自由,即公民有信仰宗教的自由,也有不信仰宗教的自由。同时,国家实行宗教与政治相分离、宗教与教育相分离等原则。由于种种原因,在一些学生中存在着信仰有神论的现象,把自己的未来交给了上帝和神仙,而不是交给自己。**四是信仰无神论**。恩格斯说,马克思主义政党有一个优点,就是以科学的世界观作为理论的基础。这一基础决定了共产党员必须成为真正的马克思主义唯物论者、无神论者。我们的许多大学生,特别是学生共产党员和入党积极分子,都成了无神论的坚定信仰者。

当然,我们的一些学生,政治信仰仍然不够坚定,经常处于一种模糊的状态之中,其中最根本的问题是大众情怀不足。共产党人的坚定信仰,是建立在坚定的大众情怀的基础上的。践行共产主义信仰根本上是要解决好"为了谁""我是谁"的问题。大众情怀是共产党人政治信仰的根基。综观"党的好干部"焦裕禄、孔繁森、郑培民、牛玉儒等人的先进事迹,他们无不将群众利益置于至高无上的地位,集中体现了他们崇高的人民公仆情怀和价值取向。只有真正愿意为人民大众服务和奉献的人,才能是真正的共产主义者。所以,共产党员坚定的信仰是建立在全心全意为人民服务的宗旨之上的。反观当前在党员队伍中存在的形形色色的"四风"问题、腐败问题,讲到底是缺乏宗旨意识,缺少大众情怀。所以,解决好信仰问题,从根本意义上说,要解决好全心全意为人民服务的宗旨问题,要真正确立起坚定的大众情怀。只有有了大众情怀,才会有共产党人的理想信仰,才会有政治定力,才会有道路自信、理论自信、制度自信和文化自信。

怎样培养正确的信仰

坚定正确的信仰需要长期磨炼和逐步养成。具体来说，要在以下几个方面下功夫。

1. **学习理论，提升思想境界**。学习理论与确立坚定的信仰息息相关。科学理论是人类思想的结晶，是让人豁然开朗的东西，能决定一个人的境界高度、眼界宽度、认识深度。站在理论的高地，我们可以看得更远，我们的心胸可以更加开阔。马克思唯物辩证法告诉我们，改造主观世界与改造客观世界是有机统一的。我们要自觉用先进理论、科学知识和高尚文化来武装头脑、推动实践。学习理论，一是坚定信仰，明确目标，知道往哪里干；二是掌握方法，知道怎么去干；三是凝聚人心，把群众组织起来干。人们要行动统一首先要思想统一，而思想的统一首先要理论的统一，所以，理论是引导人们行为的灵魂。中国共产党就是靠信仰把全体党员凝聚起来，靠理想把广大人民群众凝聚起来的。因此，对于广大共产党员来说，要学好马克思主义基本原理。习近平总书记指出，"马克思给我们留下的最有价值、最具影响力的精神财富，就是以他名字命名的科学理论——马克思主义"。马克思主义是科学的理论、人民的理论、实践的理论、不断发展的理论。他是公认的"千年第一思想家"。同时，我们要更加深入地掌握中国化马克思主义的最新理论成果。当前，我们要突出抓好中国特色社会主义理论体系，特别是习近平新时代中国特色社会主义思想的学习，加强政治理论修养，在学习中坚定共产主义信仰，在学习中提升思想境界，在学习中把握人生的坐标。

2. **凝魂聚气，践行社会主义核心价值观**。价值观与信仰密切相关，有正确的价值观才能有正确的信仰。习近平总书记指出，"人类社会发展的历史表明，对一个民族、一个国家来说，最持久、最深层的力量是全社会共同认可的核心价值观"。当前，全国人民正在中国特色社会主义伟大旗帜下，为实现中华民族伟大复兴的中国梦而努力奋斗。奋斗的路上，社会主义核心价值观是我们的"最大公约数"。党的十八大提出社会主义核心价值观，在国家层面，倡导富强、民主、文明、和谐；在社会层面，倡导自由、平等、公正、法治；在个人层面，倡导爱国、敬业、诚信、友善。核心价值观说到底就是教你怎样去做人、做事。讲爱国，就要热爱祖国的山山水水，热爱祖国的历史文化，自觉维护国家利益和民族尊严。学者张维为在《中国超越》中就感慨很多人"一出国，就爱国"，就是之前对中国文化、中国道路、中国特色了解不够、自信不足。讲敬业，就是用心做事，以强烈的事业心和责任感对待本职工作和从事的事业。讲诚信，就是要在工作生活中讲老实话、办老实事、做老实人，诚实无欺不做假、信守承诺不食言。讲友善，就是要乐于助人、学会宽容、团结协作、善待自然。自觉地践行社会主义核心价值观的人，才会是一个有正确信仰的人。

3. 加强修养，提升人文素养。正确的信仰一定来自深厚的文化积淀，信仰是有温度和厚度的文化。提升人文素养，要增强文化自觉。文化体现在一个人如何对待自己，如何对待他人，如何对待自己所处的自然环境上。正确对待自己就不会苟且而有品位，正确对待别人就不会霸道而有道德，正确对待自然界就不会掠夺而珍爱生命。费孝通先生对"文化自觉"历程的概括就是"各美其美，美人之美，美美与共，天下大同"。提升人文素养，也要增强文化自信。习近平总书记强调，"5000多年文明史，源远流长。而且我们是没有断流的文化。建立制度自信、理论自信、道路自信，还有文化自信。文化自信是基础"。我们要通过对中华文化深入的了解来树立对文明的自豪感，树立文化的自信、民族的自豪。中华文化渗透到每个中国人的骨髓里，是文化的DNA。我们既要形成对优秀民族传统的熟悉与热爱，也要推动对传统文化的弘扬与发展。提升人文素养，还要强化文化教化。自人类进入文明时代以来，文化就具有教化的功能，所谓"以文化人"。我们要在文化的浸润中，提升我们的品位，坚定我们的信仰。

4. **深入群众，培养大众情怀**。诗人艾青写道，"为什么我的眼里常含泪水？因为我对这土地爱得深沉"。确立共产主义信仰，必须培养大众情怀。古希腊神话中英雄安泰每当与敌人决斗遇到困难时，往大地母亲身上一靠就能获得力量，而一旦离开大地就失去了力量。《尚书·无逸篇》云："不知稼穑之艰难，无逸无谚。"时下的 80 后、90 后青年，他们的成长很多是从家门到校门再到党政机关门，中间少了农门、厂门、社区门等基层门。这种发展路径势必造成一些青年对基本国情的把握不够，对百姓疾苦的了解不深，对生活的磨炼和体验不足，所以也就不容易形成坚定的理想信念和政治信仰。所以，当代大学生以各种有效的方式深入人民大众的紧迫性和必要性十分明显。我们深入基层，就能把握经济、社会发展的脉搏，就能与人民群众面对面、心贴心，就能从切身感受上倾听广大人民群众的呼声、愿望和想法，就能真正了解中国、感知中国、感恩中国。有了这种来自灵魂深处的大众情怀，就一定会有正确的价值观与坚定的信仰。

5. **勇于实践，磨炼坚强意志**。实践锻炼是青年成长成才的一门必修课。实践不仅在于检验知识，更在于磨炼意志、砥砺品质。人一辈子不管做什么工作、在什么领域，要想坚持理想、坚守信念、取得成就，就需要有坚定的意志品格，这是朴素的真理。为此，深入实践，勇于实践，不断实践，是每一个青年的人生必修课。在实践中，养成严谨细致的工作作风，无论是学习还是工作，都做到敬业爱岗，干一行、钻一行、精一行。从处理好每一件小事做起，严谨细致、精益求精地对待每一件事，用心领会、用心把握面临的每一个细节。在实践中，培养不怕困难、艰苦奋斗的意志，遇到任何困难与挫折，都能够坚定地前行。在实践中，开阔眼界与胸怀，在奋斗中积累经验、掌握方法、观察大局、把握未来，以坚强的意志、高尚的品格，让信仰之光照亮美好的前程。

我曾经在井冈山干部学院学习过。那天，我们在井冈山革命烈士陵园接受了一次"祭奠井冈英烈"教学。井冈山革命烈士陵园吊唁大厅的石碑上镌刻着15744名革命烈士的名字，每一个闪光的名字背后，都有一个感人肺腑的故事。井冈山人民为中国人民的解放事业做出了难以想象的贡献，多少人因此而付出了宝贵的生命。漫步在庄严肃穆的陵园，我在想：平常我们总是不知道怎样解释"信仰"两个字，从井冈山烈士陵园这些活生生的名字中，很容易体会到信仰就是一种理想，一种情怀，一种对祖国和人民的赤胆忠心，一种忘我的境界。有了这样的境界，一个人就会勇往直前、不畏艰险，就会甘于奉献、不怕牺牲，就会不忘初心、牢记使命，这也就是信仰的力量。

【本文根据浙江大学"紫领·问政讲堂"第2期（2014年12月20日）和第22期（2018年12月21日）的演讲内容整理而成。作者系浙江省中国特色社会主义理论体系研究中心主任，浙江大学、中国美术学院特聘教授，曾任浙江省委组织部副部长、浙江省委宣传部常务副部长。】

文化的力量

杨建新

同学们好！我今天上台之前一直非常忐忑，刚才主持人介绍我后，我的压力更大了。因为我承担了一个看似简单但却非常难讲的题目——文化。我今天特意打了一条紫色的领带，这是我好不容易找到的。我非常赞赏浙大紫领计划的活动，高度评价阮老师所创建的彩虹人生育人体系，也由衷地参与其中，所以他给我的任务我必须接受。

坦率地说，我当了 10 年的文化厅厅长，连同在省委宣传部等单位的工作，从事文化宣传工作的时间近 30 年。在此期间，不知受到多少邀请，让我去讲一讲文化，我真的是能推则推。我也知道当下我们的国家、我们的民族乃至我们的个人都需要文化，而在文化还没有被全社会真正重视的时候，特需要有人站出来大声疾呼，通过各种方式来宣传文化的重要性。但是我越讲越觉得文化难讲，从事文化工作时间越长，越觉得要把文化这件事情讲清楚真是不容易。举一个例子，1951 年，美国的两位人类学家和社会学家，一位叫克罗伯，一位叫克拉克洪，他们写了一本书《文化，关于概念和定义的探讨》。这两位学者把 1871—1951 年全世界所有的文化学者、人类学家、社会学家对文化的定义做了汇总，最后列出了 164 个关于文化的定义。他们自己对文化的定义也多达十几个。我们对一个事物，如果连定义它都很困难的话，那么要把这个事物讲清楚应该是一件不那么容易的事情。大家不要忘记那是 1951 年，而且仅仅是汇总了上溯 80 年间人类关于文化研究的成果，这是一个原因。第二个原因呢，是我现在有一个桂冠——紫领导师。我能提供给大家的信息，是我个人的认知，是仅供参考的，是希望激起同学们思考的热情的，但是同学们会不会认为我说的是一个绝对的概念，甚至是一种不容置疑的正确道理呢？曾经有一个英国的教育学家说过，英国的教材说英国是世界上最伟大的国家，法国的教材说法国是世界上最伟大的国家。他说应该让学生们都读一读这两本教材。但有人反驳他，读了这两本教材，让同学们相信谁呢，是相信法国的教材还是英国的教材呢？这位教育学家说，我的看法是都不信。批评他的人就说，如果都不信，那你想达到什么目的呢？他说，如果说我们的同学们都不信这两本教材，我们的教育就成功了。当然他的这个"信"，指的是一种盲从。如果把教科书当作真理，那两本教科书放在你面前，它们的意见是相左的、对立的，而最好的办法是都不信。这个所谓的都不信，就是都不盲从。因为看了两本教材的同学就会想到底是英国伟大还是法国伟大，那就要进行研究，就要进行考察和了解。当经过考察、了解和一番研究之后，你自然会得出谁伟大或者说都很伟大但都有缺陷等结论。所以我想，正因为此，我是抱着接受任务的态度，承担了阮老师给我的课题，同大家来做一次交流。我说的，同学们可以参考，可以质疑，也可以反对。为此我还特地问了我小组的同学，同学们给我出了很多点子，我很感谢他们。我同样感谢小组同学刚才的精彩表演和展示，他们为我今天的发言做了铺垫，把大家带入了文化的境界，展示了传统文化的魅力。当然由此也可以引出很多问题，比如说什么是非物质文化遗产。我们国家将其分为 10 个大类，同联合国教科文组织的说法不完全一样，别的国家也有自己的说法，当然总的方向是没有问题的。将来如果有机会我们可以单独就非物质文化遗产来做一个交流，因为我们国家是联合国《非物质文化遗产保护公约》最早的缔约国之一，也是目前被列入人类非遗名录项目最多的国家。从 2003 年全国范围的非物质文化遗产保护工程开始，我有幸成为我国最早参与和见证非遗保护事业的第一代官员，有很多心得能和大家分享。

我在请教同学们的时候，同学们给我出了很多点子，有些点子比较难，今天做不到。但有一个点子，我欣然从命，同学们说可以多讲点故事。所以我先讲些故事，特别要说明的是，里面没有任何编造的成分，都是真人真事。

第一个故事，那是 2004 年，浙江省承担了第 7 届中国艺术节的承办任务，这是一件大事情。"中国艺术节"这几个字是邓小平同志题写的，胡锦涛总书记为艺术节专门发来了贺信，这是有史以来第一次。当时文化部的老领导都来参加这个盛典，其中有一位叫贺敬之。不知道在座的有谁知道贺敬之？请举个手。一位、两位，很少。这是曾经担任过我们国家文化部代部长的一位老人，他是一位非常著名的老革命诗人。在我的中学课本里面，就有他的诗篇——《回延安》，我们这代人是在他的诗篇的熏陶下长大的。如果按今天的话来讲，我就是他的粉丝。我不光看过他的诗，甚至很多都会背。《雷锋之歌》《十年放歌》《三门峡梳妆台》等，都是名篇。我们下乡的时候，还有一首叫《在西去列车的窗口》。像这种长诗，当年我们都是可以背下来的。这样一位老人见了我，第一句话就问："老杨啊，怎么来当文化厅厅长了啊，你过去干啥的？"我回答了他。他说："文化厅厅长是你自己要当的还是组织上派你来的？"我说："都有吧。"他说："我要不要给你讲一个段子，作为见面礼？"我说："可以啊。"他说，有一群人，省长带着下乡，前行路上一头老牛挡道。公安厅厅长下去，拔出手枪让老牛让道，老牛不理；财政厅厅长下去，让它赶紧走，给它钱，老牛似有所动，但还是不走；最后文化厅厅长下去，跟它耳语几句之后，老牛拔腿就跑。大家很奇怪，问文化厅厅长到底有什么能耐。他说："我哪有什么能耐，我和它实话实说，'你赶紧走吧，你不走我就得撤职。我撤职不要紧，让你来当文化厅厅长'，老牛害怕就跑了。"这是2004年的事。没想到几年以后，现在的文化部蔡武部长到杭州。我在一次聊天中说了当年贺部长给我讲的那个段子。他听了说，'老杨，我再给你讲一段。有一个省，省长开会，讨论分工，挺顺利，讨论到文化厅谁来分管的时候卡住了。其实大家都不想管，相持不下的时候，有人说要上个厕所，等他回来的时候已经定好了，大家一致赞成由他分管'。虽说这是两个段子，但都来自文化部最高领导，我想这包含什么寓意呢？是说文化厅厅长不好干呢，还是说文化工作任务艰巨呢，或者说影射文化工作不被重视呢？大家体味一下。

但是我从内心说一句，我很有幸，在我一线工作的最后10年，是在文化厅厅长的岗位上。而且当了5年厅长之后，我是有机会换岗的，但我还是决定在文化厅干下去。这样我就成为浙江省新中国成立以来在文化厅厅长任上干得最长的一位。离开文化厅的时候，我向大家告别。我没有回顾10年的工作和政绩，只是说了马克思在《青年在选择职业时的考虑》中的一句话：我们的事业并不显赫一时，却将永远存在。在我们的身后，善良的人们将会洒下崇高的眼泪。我想我们的文化事业应该就是这样一种并不显赫一时但却将永远存在的事业。

第二个故事，有一次，我参加全国宣传工作会议，大概是5年前。会议结束的时候，一位中央领导讲话，他是我们国家分管意识形态工作的最高领导。他讲了很多文化工作的重要性，最后讲了一句，同志们，还是要重视文化工作。人都要老的，你们也总有退休的时候，好好办几件事情，造几个图书馆、博物馆。现在好多同志退下去都在搞文化、学书法、学绘画，别到了将来你们退休，想办个书展、搞个画展都没地方。他还举了个例子，说某某书记现在很懊悔，当年文化厅的报告在他的桌上压了好几年，说想建个美术馆，但一直没批。现在他也在学画，想搞个展览都没地方。大家都笑了，掌声雷动。我却笑不出来，我有些难过，在我们的全国会议上，我们的领导同志希望大家要重视文化工作，多建几个文化场馆，满足人民的需要，却要用这样的语言、这样的例子来说服大家。说明了什么？这是第二个故事。

第三个故事，浙江美术馆大家都知道，这是当年习近平书记亲自选的地址。在雷峰塔的边上，离西湖咫尺之地。那是2003年年初的一个下雨天，大年三十，习书记现场踩点，打着雨伞说就定在这里，不管怎么样都要把这个土地拿出来。而后他召开会议，就这个美术馆怎么建，提出了指导性意见。接着他主持省委常委会审定美术馆的建设方案，再后来他亲自按下了美术馆的开工按钮。就是这么一个美术馆，有一天一位省领导来参观，我们向他汇报我们的美术馆怎么好，其中讲到美术馆灯光一流，最好的灯是5万多元一盏。好在哪里？它对所有展出的画都没有伤害，而且还可以调节灯光的形态和照度。省领导脱口而出："这么贵，都可以建一个乡镇卫生站了。"旁边的一位艺术学院的院长忍不住说："话不能这么说，卫生站是治病的，美术馆是治心的。"这句话很引人思考，院长的话对吗？当然对。但是你说美术馆是治心的，何以证明？卫生站是一个病人抬着进去，站着出来。美术馆你能说一个小人进去，出来就成了君子吗？后来我几次和人家探讨这个问题。说小了，你何以证明美术馆能治心病？说大了，你何以证明文化的力量？有一次我去上海，和上海市委宣传部的同志谈到这事。有一位部领导给了我一句话：一个听柴可夫斯基的人，是不会去杀人的。这句话我当时就觉得好，有一次在全省创作会议上，我把这个故事讲给大家听，我说你们觉得如何，你们能不能给出一句更有力的话来证明文化的重要！没想到会议结束后，我们图书馆馆长给了我一沓材料，我一看，它讲到希特勒的军队里有很多军人是懂艺术的，甚至讲到希特勒本人也是懂音乐的，他还是个画家。我看了以后想，一个听柴可夫斯基的人是不会杀人的，成立吗？我讲这个故事的目的是要让大家思考，我们怎么来认识文化的重要，又怎么来表述文化的重要。

第四个故事，我曾经出访过一些国家，不多，但是我喜欢思考。我到过津巴布韦。津巴布韦是个什么样的国家呢？是在南非边上的一个国家，是世界上为数不多的金融比较混乱的国家。穆加贝总统已经 90 岁了，他还在当总统。它的货币已经崩溃了，所以它现在用南非币和美元，国内通胀很严重。我花了 5 美元在机场买了一张津巴布韦纸币，这是世界上面值最高的纸币，1 后面有 13 个 0。这个货币已经没用了，只是当作旅游纪念品，专门卖给旅游者。突然之间我发现，接待我们的一群官员里面竟然有一个白人。我就很奇怪，这个白人是什么人？结果有人告诉我，他是文化部部长。我想一个非洲国家，如果文化上不能独立的话，就不能算真正的独立，它怎么能把文化部部长给外国人当呢？后来当地华侨告诉我，津巴布韦的执政党在政府里占了百分之八九十的席位，只拿出几席部长给在野党。那拿出什么部长席位呢？想来想去，文化部是最没用的，于是就让反对党当了文化部部长。我听了后就在想这个国家未来的命运。一个被奴役、被压迫的殖民地国家独立以后，假如对文化是如此认识的话，这个国家的前途估计也不会太妙。我回来以后本来想就此写篇文章，但来不及进一步查证，写好了最后没发表。

第五个故事，与此相对应的是另外一个国家的故事，也是非洲国家，叫尼日利亚。尼日利亚是一个有上亿人口的非洲大国，比较落后和贫穷。我有一次接待了它的文化与旅游部部长，我对这个女部长非常感兴趣，她是一个留学法国的黑人部长。我跟她探讨怎么去"讨钱"，去争取财政对文化的支持。她说："你说的太对了，文化是必须要投入的，但是我们国家太穷了，于是我做了一件事。我曾经是现任总统竞选团队的主要负责人，我们打赢了选战，打赢以后他让我当文化与旅游部部长，我不敢向他要钱，因为我知道我们国家没有钱给我。我就向他提了个建议，'总统，看在我为你付出那么多，能不能够支持我一下，允许从尼日利亚的海关关税里面提取 1%，给我当文化经费’，因此我就有了一笔钱。"然后她告诉我她用这些钱做了什么事。我对她说，你做了一件伟大的事情，我还没听说过哪个国家从海关关税里提取 1% 用于文化建设的，这是一个创举。我相信这个文化部部长会对她的国家和民族有所贡献，我也相信一个致力于振兴民族文化的国家是有希望的。

第六个故事，我们讲课的时候经常会用一个事例，用它来做什么呢？用它来说明文化的重要性。据说撒切尔夫人说过："不要害怕中国人，因为他们只会输出产品，他们不能输出思想。"这句话曾经被无数次引用，用来激励我们的国人，用来教育人们认识文化的重要性。后来我查了一下，这句话不是撒切尔夫人说的，撒切尔夫人没说过这样的话。但是不管是谁说的，这句话可以提醒我们，激励我们中国人。但是基辛格确实说过类似的话，这是一位香港朋友告诉我的。他说他的弟弟曾经见过基辛格，美国人都在关心中国什么时候超过美国。我过去还不是太在意，因为我觉得我们国家真正做到强大还需要时间，尽管今天中国是世界第二大经济体。但美国有不少人在担忧，而基辛格不担忧。朋友的弟弟问基辛格："50 年以后中国会超过美国吗？"基辛格回答道："不用 50 年中国的经济总量就会超过美国。"但是基辛格又说了 50 年以后美国依然是世界第一大国、第一强国。这奇怪了，为什么？基辛格说："因为美国有一种非常宝贵的文化，它可以吸纳世界上最优秀、最有才华的人，这是美国未来的力量所在。"美国的文化是不是具有这样的特质，还可以研究，但基辛格的话很值得我们思考。我想到还有一个关于中国文化的故事。有一位美国大使上任不久邀请马云见面。我问马云你跟美国大使谈什么，他说美国大使就跟我谈一个主题，中国的未来会怎么样，什么时候超过美国，超过美国后中国会做些什么？马云就和他谈中国文化，谈国学，谈儒释道。他告诉美国大使，就是中国强了、中国富了，中国依然是国际社会负责任的和平伙伴，中国不会侵略人家。因为中国的文化里面就没有侵略人家的基因，中国人讲和而不同。这跟习总书记的讲话是契合的。中国这头狮子已经醒来，但它是一头友好的狮子、和平的狮子，它是强大的，但不会伤害人。美国大使听得津津有味，问马云你知道这么多东西哪来的。马云说我书上看来的，大使说你赶紧把那些书推荐给我，给我开点书目，我也去学学中国的文化。马云说我给你请几个老师吧，让他们来给你上上课。

第七个故事，法国是一个历史悠久的文明古国，法国人非常重视法国的文化，法国的文化部是仅次于外交部的最大的部，但法国人说他们有 42 个文化部。为什么是 42 个？因为法国有 42 个政府的部，这 42 个部都承担着向全世界推广、介绍法国文化的任务，所以法国人很自豪地说我们有 42 个文化部。而美国没有文化部，但不要紧，美国有好莱坞。论产量，中国现在已经是世界上的电影生产大国，一年 600 多部。但我不知道在座的同学们有哪个能随口报出 10 部中国今年生产的电影名字，或者 5 部吧，有没有？多数国产电影连院线都没进去。但好莱坞的电影打遍世界。有一句话大家听说过吧，任何一个国家拍过的电影，美国都敢再拍，但美国人拍过的电影谁敢再拍？《泰坦尼克号》拍了 4 遍，最后一遍是美国人拍的，还有人敢拍第 5 遍吗？美国不仅拍西方的，还拍东方的，《花木兰》是中国的，《功夫熊猫》是中国的。所有人家的资源，美国都可以拿去为它所用。美国没有文化部，但是你不能说美国没有文化，而且它的文化是一种强势的、咄咄逼人的文化。法国人就提出要发动一场保卫法国文化的运动，抵御美国电影，但还是打不过。印度的宝莱坞不简单，但也不是美国的对手。韩国是下了死命令，政府要求放映国产电影必须到百分之多少以上，我记得好像是 45%，只要没到这个比例，韩国财政就给予国产电影重金补助。所以文化的背后，关系一个国家的话语权，体现的是一个国家的软实力。

第八个故事，不知道大家注意到没有，中国领导人的出访有一个变化。最早中国领导人出访，一般是小团队，随员总是由外交部等组成的工作班子，短小精悍。后来慢慢团队开始扩大，在李鹏总理那个时代开始带企业家，最多的时候可能几十个甚至上百个企业家。接着开始带夫人，再后来开始带文化部部长。我们的文化部部长一年出国四五次，这是在2000年以后。这个过程反映了什么？不少国家的领导，比如法国，哪怕是俄罗斯，带文化部部长出国都是一件非常有尊严、非常体面的事情，但是我们国家领导人带文化部部长出国还是不久前的事，为什么带文化部部长，这里说明了什么？大家可以想一想。

第九个故事。我去过以色列，我很关注这个国家，我去了耶路撒冷。去了以后，看到犹太人和阿拉伯人的怨仇，看到战争给人类带来的伤痛，心里真的百感交集。不知道这个历史的结什么时候能解开。它的背后就是文化，几个宗教集聚在一起。以色列的兵役制度是18岁就要当兵。以色列的街头，到处可以看到非常年轻的士兵，尤其是女兵。在这么一个战争的环境里面，每个人都可能上战场，每个人都可能死亡。以色列的年轻人高中毕业以后当兵，当完兵以后往往不会马上考大学，他们会有一段沉淀来思考未来的人生。我对此非常感兴趣，这个时间大约是一两年，然后决定未来干什么。我问他们在这一两年会到哪里去，回答是很多以色列年轻人会到印度去，在印度待一年或半年。印度主要是印度教徒，佛教在印度很小众，只有2%左右的信徒。印度教的教徒有几件终生追求的事情，比如说苦修，比如说到恒河里面洗个澡，比如说死了以后骨灰要撒在恒河里面。那个场面是惊心动魄的。我们乘坐一条小船，在恒河上缓缓驶过，恒河边上的小巷子一条一条通往河边，这个小巷子口上教徒的遗体正在火化，下一个小巷子口上正在进行宗教仪式，而再下一个小巷子口上人们正在寒冷的恒河里洗澡。整个空气中弥漫着尸体烧焦的气味。好多印度教徒拖着衰老的病躯不远千里来到恒河边上，就是希望死后实现葬于恒河的愿望。如果历尽千辛万苦到了恒河边人还没有死，他就在当地乞讨，苟延残喘，等待死亡的那一天。他会事先把所有死亡的事情都安排好，一旦死亡，会有人帮助他严格按照宗教仪规火化遗体并将骨灰撒入恒河。这就是印度教徒人生的追求，他们认为恒河水能够洗净一切，从肉体到心灵。印度教的核心就是苦修。他们认为这种极其痛苦的、触及肉体和心灵的修行可以使他们摆脱轮回，永远脱离苦难。不少以色列年轻人到印度旅游、游学，就是为了思考人生，寻找生命的真谛，以确定自己未来生活的方向和方式。

再说一个故事，我认识台湾的一个朋友，叫李政道，不是那个诺贝尔奖的获得者，他是台湾慈济佛教基金会的一个重要成员。他主要负责主持目前台湾的骨髓库，也是世界上最大的华人骨髓库。当年他亲手护送了数以百计份的骨髓到大陆来，拯救了很多大陆白血病患者的生命。现在人们捐献干细胞都是通过机器滤取的，而早些时候捐献者是要承受很大痛苦的。因为那时候是用很粗的针管从盆骨上直接抽取，而且要有1000毫升的量，然后放在冷藏箱里面，从台湾转运到大陆。所以那些捐赠者是值得我们由衷地表达敬意的。有一次正好遇到台湾大地震，整个手术台都在颤抖，人在上面都躺不住，几乎要掉下来，在这样的情况下，李政道博士断断续续做完了手术。随后紧紧地抱着冷藏箱从花莲赶到台北，又从台北飞到香港，中间因为飞机误点耽误了时间，香港的飞机本来要起飞了，但是一听说有这么一件事，全体乘客一致同意在机场等候，直到他上了飞机。我曾经到过李政道博士在美国旧金山的家，称得上是一座豪宅，我说你应该是一个有钱人，他说还可以，钱一辈子也花不完。我说你是慈济佛教基金会的，你信佛吗？他说不信。我说那你是基督徒？他说也不是。我说你信什么教，他说不信教。我说你不信教为什么做慈善，他说你这个问题问得很奇怪啊，为什么一定要信教才能做慈善？假如这样的话我当然有教。我说你什么教，他说我是大爱教，我有爱心，我信仰爱，我把后半生全部用来做慈善。大家可能没有接触过慈济人，慈济佛教功德基金会在台湾花莲，清一色的尼姑。它没有寺庙，不供菩萨，也不念经，就是做善事。无数的人为他们捐款，其中既有每天捐 1 台币的卖菜老妇，也有捐款亿万台币的富翁，大家都以慈济人为荣。他们还自己种茶叶，自己纺织。我有他们送给我的围巾，是僧人们自己织的。李政道博士就在其中。

以上这些故事，都是我亲身经历的，虽然每一个故事不一定是精挑细选的，但希望在这些故事背后，大家可以悟到一些什么。我想这样的思考还是有意义的。说这些故事最终还是围绕我想说的两个话题，那就是：什么是文化，文化的价值和意义何在。如果同学们听了以后对这两个问题有所领悟，我的目的就达到了。如果大家听不明白，没关系，慢慢思考。

首先谈谈文化是什么。我想讲两点，一个是定义，一个是特征。文化已经成为当下最时髦的词了，我想这个大家不反对吧。文化是被边缘化的，文化算什么？又不能吃，又不能穿，谈什么文化，酸溜溜的。像我父亲那一代，工农兵最革命，土八路是光荣的，文化人几乎就是资产阶级和小资产阶级的代名词。但即使在改革开放后很长一段时间里，文化建设还是不够被重视。前些年有个口号，叫"文化搭台，经济唱戏"，看起来重视文化，其实文化只是工具，只够当配角。今天不一样了，当下，人人都在谈文化。你说我没钱没关系，你说我没文化那是你羞辱我。但是到底什么是文化呢？刚才我说了，1951 年美国两个文化学者总结了各国学者 80 年的研究，归纳了 164 个关于文化的定义。我们国内的专家学者也有多个表述，我这里随便举几个。"文化是人们的生存状态和思维方式。"这是当年孙家正部长说的，这同梁漱溟所说的"文化就是人类生活的样法"有点相似。冯友兰则认为，"文化是包括历史、艺术、哲学、宗教等等在内的综合体"。

好，我们再来看一看刚刚我说的这两个美国学者，他们写的书叫《文化，关于概念和定义的探讨》，那他们自己对文化的定义是什么呢？他们其实也给出了多个定义，我选了一个："文化范畴在社会科学与人文科学的概念中间具有特殊的重要地位，因为它直接关系到揭示某个历史对象和整个历史过程的特殊性。此外，文化的界定还关系到能否满足各门社会科学和人文科学的要求，首先是满足历史学的要求。"这一说法有点复杂了，追溯到1871年，英国社会学家泰勒的说法比较通俗，在西方世界被认为是经典式的定义。他说："文化是一个复杂的整体，包括知识，包括信仰，包括艺术，包括道德，包括法律，包括习俗以及作为社会成员的个人而获得的任何能力和习惯。"相对比较具体的说法是英国著名的人类文化学的奠基者——马林诺夫斯基，他把文化的定义划分为三个层次：第一个层次是器物，包括生产工具、生活工具、战争工具等；第二个层次是组织制度，包括社会组织、经济组织、政治组织等；第三个层次是精神层面，包括价值观和伦理道德等。这是西方学者的定义。还是说说我们的吧，一般来说我们的教科书上是这样说的：文化分为大概念、中概念、小概念。大概念也就是大文化的概念，指人类改造主观世界和客观世界全部成果的总和，或者叫人类所创造的精神财富和物质财富的总和。比如说河姆渡文化，河姆渡文化指的是我们的先人们在7000～6000年前在河姆渡（今浙江余姚一带）这个区域创造的精神财富和物质财富的总称。中文化，指人类改造精神世界的全部成果。小文化，指教育、科技、文化、卫生、体育等。我们现在通常所指的文化，包括我在讲课当中讲到的文化，大致上是中文化的概念，有时候是小文化的概念。大体包括什么呢？包括一个国家的指导思想、法律制度、核心价值、道德文明、文学艺术、科学技术、传播媒介、教育、医疗卫生和体育。大概是这么一个范畴。我个人认为文化的概念可以从三个层面来定义：第一个是国家层面，国家层面我觉得主要看一个国家的软实力，看它的国际影响力，看它在国际上的话语权，看它文明进步的程度以及这个国家对人类文明的贡献程度。第二个是民族层面，从民族层面上主要看它的生活方式和精神实力，包括思维方式和价值观念以及宗教、信仰、习俗等。第三个是个人层面，主要看个人修为和知识水平，包括文明、教养、品德、受教育的程度和学识、能力等。文化的定义大概是这么个概念，这是我的看法。

文化有两个鲜明特征。**第一个特征是以人为本**。人民是文化的创造者和建设者，也是文化成果的享用者。文化离不开人，没有人就没有文化，有人群的地方一定有文化。这个概念要给大家讲清楚，文化有它自身的发展规律。原始人类也有文化，有原始的图腾崇拜，有原始宗教，那时候还没有社会，没有政府，但已经有文化了。文化没有对错之分，你不能说这个文化是对的，那个文化是错的。一定的人群生活所积累的文化是它的必然，它是特定历史、地理条件下的产物。文化没有对错之分，没有好坏之分，不等于说没有先进、落后之分。所谓先进和落后，关键是看能否适应人类社会发展的历史趋势和文明进程，当然，先进和落后也是一个比较的过程。所以，一方面，我们要看到文化有它相对的独立性和稳固性，文化有其自身的发展规律，它不以人的意志为转移。我们必须尊重规律，顺应规律。比如当年日本明治维新以后脱亚入欧，脱得了吗？它的工业化可以学西方，但它的文化脱得了吗？在今天的日本，中国传统文化的痕迹还很深。中国的传统文化是日本文化的源头，加上日本的民族文化，至今都比较完整地保留了下来。中国的华侨，背井离乡，走遍天下，尽管已经远离中华文化的土壤，但中华儿女特有的生活方式都会延续下来。即便在法律上入了外籍，但文化决定了他仍然是龙的传人。另一方面，我们也要看到，文化虽然是一种独立的存在，但人类对文化的认知，或者说，人们的文化自觉以及由此派生的文化政策和文化行为，对于能否沿着正确的方向去推动文化建设，能否有助于文化朝着先进方向加快发展，有着重要的意义。从这个意义上讲，一个国家，一个民族，一个地区，特别是作为管理者的政府，是否对文化和文化建设有正确的认知，是否具有很高的文化自觉，是否能够遵循规律提出正确的文化政策，不仅对这个国家和民族的文化发展至关重要，而且对这个国家和民族的前途具有战略意义。另外要特别注意的是，如果说在过去，在农耕时代，一个国家和民族的文化还可以在相对封闭的空间里发展的话，那么到了今天，在全球化、信息化的时代，一个国家、一个民族的文化建设必须要善于吸收全人类精神文明建设的成果。只有善于学习、善于借鉴、善于吸收的文化，才是有活力的、强大的、健康的文化。这就叫各美其美，美人之美，美美与共，天下大同。自然界有个规律，远缘杂交，其后必发。近亲繁殖，往往一代不如一代。文化建设也是如此。

第二个特征是以文化人。文化如水，滋养心田。文化是作用于人类精神世界的，它不能吃、不能穿，所以很多人误以为文化是没用的。文化之所以容易被忽视，也正是因为这个特质，尤其在物质匮乏的年代。刚才我说了，之所以难找到一句掷地有声的话来证明文化的重要，是因为实际上很难用一句话就让人们意识到文化的不可缺少。文化是点点滴滴、润物无声地渗透在我们的生活中的。文化是一种积淀的过程，文化是一种养成的培育，不可能一蹴而就。所以我们说，文化建设的规律是重在积累、贵在创新。先进文化作用于人，不仅满足人的思想精神需要，提升人的科技知识水平，而且增进人的道德情操和个人修养，从而促进人的全面自由发展。反之，落后的文化也会对人产生反作用。上海文学所的副所长蒯大申，是给中央政治局领导讲文化课的老师之一。他说，为了给中央政治局领导讲课他准备了1年多，不到1个小时的讲课稿他修改了30多次。省委赵洪祝书记把他请来给我们讲课，一个两页纸的讲课提纲，我看了不过瘾。事后我跟他交流，我说蒯老师，你应该对文化吃得非常透、认识非常深了，提纲上的话我都懂，就想跟你私下讨教一下，通过这些年的研究，你对文化最深刻的领悟是什么？他说我是搞文学的，过去对文化真的没有深入的研究，但是这次我好好补了补课。他说我最集中的思考，就是文化到底是个什么东西？我左思右想，文化应该是一个意义系统，是一个价值系统。文化的最高形态是信仰，包括宗教。这是他给我的话。

第二谈谈文化的意义和价值，或者叫文化的重要性，或者叫今天的题目——文化的力量。孙家正部长当了多年的文化部部长，他经常挂在口头的一句话就是：当历史的尘埃落定，一切都烟消云散的时候，唯有文化永存。人类目前可考的历史至少在 300 万年。现在最早发现的人类骨骼化石在埃塞俄比亚国家博物馆，我去看过。学界给她起名叫露西，这是一个一米三几的小女孩，全身都是毛，但是她已经具备人类所有的特征了，因此把她确定为目前发现的最早的人类。我们今天回头一看，几百万年的先人们留给我们的除了文化还有什么？一部世界史，就是一部文化史，一部人类文明史。但人们都意识到了吗？说个不是笑话的笑话，我老是动员领导同志要有一点文化生活，这既是精神享受，也是了解文化的切入点。所以我跟他们说你们应该看戏呀，看电影呀。但比较难。有一次我请一位领导看戏，他说不行，我要去锻炼，一个礼拜没健身，肚子都大起来了。所以我跟体育局局长说真羡慕你，第一你有体育彩票，第二人们对体育有内在的动力，谁不想活得健康一点呢？当文化厅厅长就难了，老跟省长纠缠，要钱、要项目。我跟文化部提过，我们国家没有发行文化彩票，英国是有文化彩票的。中国如果发文化彩票的话，中国的文化建设步伐还要快得多。你看，叫领导看戏，他说要锻炼。所以文化不能吃、不能穿，到底它的意义何在，价值何在？我这里引用几段习总书记主政浙江时在省委全会上讲过的话："一位哲学家曾做过这样的比喻：政治是骨骼，经济是血肉，文化是灵魂。这一比喻形象地说明了文化对人类社会发展所起的作用。""一定社会的文化环境，对生活在其中的人们产生着同化作用，进而化作维系社会、民族的生生不息的巨大力量。中华民族共同的文化传统才使我们有了强烈的对中华文明的认同感和归属感。要化解人与自然、人与人、人与社会的各种矛盾，必须依靠文化的熏陶、教化、激励作用，发挥先进文化的凝聚、润滑、整合作用。""今后的一段时期，浙江能否在全面建设小康社会、加快现代化建设进程中继续走在前列，很大程度上取决于我们对文化力量的深刻认识，对发展先进文化的高度自觉和对推进文化大省建设的工作力度。因为，文化的力量，或者我们称之为构成综合竞争力的文化软实力，总是'润物细无声'地融入经济力量、政治力量、社会力量之中，成为社会发展的'助推器'、政治文化的'导航灯'、社会和谐的'黏合剂'。所以，我们必须用战略的思维、时代的要求、发展的眼光来审视文化建设。进一步统一思想，把加快建设文化大省的认识提到一个新的高度。"

改革开放以来，随着中国特色社会主义建设事业的推进，我们党和国家对文化建设重要性的认识达到了新的历史高度。"三个代表"重要思想的提出，把"代表中国先进文化的前进方向"作为党的指导思想之一，从理论上、指导思想上确立了文化工作的战略地位。而科学发展观的提出则进一步确立了文化建设不仅是社会全面、协调、可持续发展的重要手段，而且也是重要内容、奋斗目标和根本保证。从一定意义上讲，科学发展观就是文化发展观，就是人的全面发展观。首先，科学发展观要实现的是社会的全面发展，社会的全面发展必须依靠人的全面发展，依靠先进文化的武装。同时，文化发展本身是社会发展的重要领域，繁荣发展文化事业是提高生活质量和促进人的全面发展的需要。人人享有公共文化服务，不仅是国家社会建设的主要任务，也是人民的基本权利。文化建设要以人为本，实现大繁荣、大发展，满足人民群众全面发展的需要。以习近平总书记为核心的党中央则把文化建设置于"五位一体"的战略布局和发展目标之中，整体加以推进。我们来看看文化的地位和作用。

"五位一体"是党中央着眼于全面建设小康社会、实现社会主义现代化和中华民族的伟大复兴、推进中国特色社会主义事业做出的总体布局。这个布局是一个有机整体，其中经济建设是根本，政治建设是保证，文化建设是灵魂，社会建设是条件，生态文明建设是基础。

第一是经济建设。经济建设离不开文化，经济建设的核心要素是人，劳动力素质需要提高，没有文化的人可以吗？人的创新能力、人的创造能力没有先进文化的武装可以吗？从纯经济的角度讲，品牌是什么？营销是什么？品牌、营销、广告、信誉、企业形象、老字号，所有这一切都是文化。所谓品牌就是多年积淀的一种文化符号、文化象征。同时，文化的一部分本身也是经济，大家可以关注一下文化产业的崛起。浙江省去年文化产业增加值刚刚突破2000亿元，占GDP 5.1%左右，并且开始成为浙江的支柱产业。文化产业是什么？是人脑＋电脑＋创意＋文化。它资源消耗少，对生态环境影响小，附加值高，是新兴产业、朝阳产业。大力发展文化产业，将成为经济发展的重要增长点。

第二是政治建设。我们国家的政治建设，必须要有科学理论的指导，要有核心价值的引领，要大力加强法制建设，实施依法治国，这些本身都是文化的概念，都是文化建设的题中之义。

第三是社会建设。人是社会关系的总和，社会建设说到底是人的建设，人的建设怎么能离开文化呢？人际关系的维系，和谐社会的打造，法治社会的建设，公民社会的形成，离得开文化吗？我们设想一下，如果没有文化建设，社会还能称为社会吗？

第四是生态文明建设。生态文明本身就是一个文化的概念，是人类自身为了实现可持续发展，而通过实践得到的一种新的认识、新的理念。生态文明建设就是在这种理念支配下的一种社会活动，它是人类社会发展到一定阶段人们的一种文化觉悟。它意识到人和自然环境必须和谐相处才有可能实现可持续发展，否则人类将自取灭亡。解决人与自然的关系问题根本上还是要靠文化。

总之，文化建设为各个方面的建设提供思想条件、人才保障、智力支持和精神动力。

再来谈谈党的建设与文化的关系。中国共产党是领导我们事业的核心力量，党的建设关乎我们国家的兴衰成败。毛泽东有一句名言：没有文化的军队是愚蠢的军队，而愚蠢的军队是不能战胜敌人的。新时期我们党面临着两个严峻的问题。一个是执政资格的问题，你凭什么坐在执政的位置上。第二个是执政能力的问题，你有没有能力领导好国家。解决这两个问题，同样要靠文化，靠先进文化的武装。你有没有资格执政，就看我们党能不能切实履行宗旨。过去封建帝王君临天下，他的法理是什么，君权神授。我为什么当皇帝呀？因为我是天子。那今天共产党当权凭什么？共产党执政的法理基础的基本点就是执政为民，我们的权力是人民赋予的。我们的党没有私利，唯一的宗旨就是执政为民。要确保我们党的执政地位，就看我们党的宗旨能不能确保贯彻如一。这就需要先进理论的武装，需要法治和正确的路线方针政策，需要千千万万勤政廉洁、德才兼备、全心全意为人民服务的党员干部队伍，这怎么离得开文化呢？提高执政能力也是同样，党的执政能力是由党员干部的素质决定的，而党员干部的素质是由文化决定的。只要看看那些抓出来的贪官污吏的所作所为，有哪一个是有文化的！所以说一个国家、一个民族、一个政党，不重视文化建设是危险的，是没有希望的。

最后讲讲人的自身发展与文化的关系。人是一种特殊的动物，人在这个星球上是唯一的。因为人是所有动物里唯一一种有智慧和创造力的、群居的、有精神需求的生物。这就决定了人必须有几个方面要面对：他要面对他人，因为他是群居的，他需要处理好人和社会的关系；他要面对自然，因为他要生产、发展、延续种族，他要从自然之中获取财富，所以他要处理好人和自然的关系；他要面对自己，因为他有思想，有自己的精神世界，所以他要处理好人和内心的关系。习总书记在浙江的时候说过一句话：当温饱没有解决的时候，我们只要解决一个温饱的烦恼就够了。但是当温饱解决以后，我们才知道必须面对的是无数的烦恼。因为温饱解决了，人们的需求更高了，也更多元了，因此烦恼也就多了。解决这些多元需求除了文化还有什么更好的手段呢？所以当解决温饱这个烦恼之后，文化的时代必然要到来。问题在于我们有没有这个自觉性，能不能主动地去适应它。可以说，今天人类面临的所有问题都跟文化有关。环境的问题、资源的问题、战争的问题、种族的问题，还有恐怖活动、宗教冲突、毒品泛滥、枪支管理等。哪一项不与文化有关？这不是单靠金钱和物质能够解决的，也不是单靠科技进步和医疗卫生可以解决的。改革开放30多年了，我们的物质财富增加了很多倍，浙江省从几千亿元的地区生产总值到现在40000多亿元，甚至超过了台湾。但是人们的精神状态、道德水准到底提高了多少？我们是不是要反思一下我们的文化建设、我们的教育到底有什么问题？现在大家有没有注意到，人们的精神疾患越来越多，焦虑症、抑郁症、精神分裂症患者数量明显上升。人们焦虑、紧张、不安、浮躁，为金钱，为物质，为住房，为孩子，为竞争。人们富起来了，但不少人并不快乐，为什么？我们的"三观"到底出了什么问题？在一个不愁饮食和穿衣的小康社会环境中，我们拿什么来安顿人们的心灵？拿什么来提升思想道德水准？我想这些问题同学们都可以仔细地思考一下，而解决这些问题的关键还是要建设好我们的文化，要确立正确的人生观、价值观。一个不重视文化建设的领导一定是短视的领导。我想说的是，我们说了那么多年的文化自觉，什么叫文化自觉？我给出的定义就是：对文化的科学认知和身体力行。换言之，对文化本质属性的科学把握，在此基础上对文化建设的重要性充分觉悟并付诸实践，那就是文化自觉。愿在座的每一位都能成为具有文化自觉和文化情怀的人！

　　谢谢大家！

　　【本文根据浙江大学"紫领·问政讲堂"第3期（2014年12月26日）的演讲录音整理而成，收入本书时有删节。作者时任浙江省政协常委、文卫体委员会主任，曾任浙江省文化厅党组书记、厅长。】

健康的力量

马伟杭

引言

"健康"是我们用到最多的词之一,百度一下"健康",能找到约 1 亿个相关结果。在经济、社会快速发展的今天,每个人都高度地关心健康问题,无论是个体还是群体,无论是自己还是他人。

我很高兴为同学们来做这场题为"健康的力量"的讲座。但说真的,我有点忐忑,因为在此之前,我们德高望重的老省长给大家讲过《历史的力量》,知识渊博的胡坚老师给大家讲过《信仰的力量》,文化底蕴深厚的杨建新老师给大家讲过《文化的力量》。当紫领秘书处邀请我也做个讲座时,闪念间我自然想到了"健康的力量"。然而,当我着手准备 PPT 时,感觉这个题目很有内涵和分量。我花了相当长的时间去思考,翻阅了不少书籍,与同事交流,我发现尽管自己一直在从事健康事业,但对健康的了解还是那么肤浅,还是那么陌生!但我要尽量去挖掘健康的故事,组织健康的要素,串起健康的主线,尽我所能与同学们交流好健康的话题。

请同学们看这张 PPT。这是我一位已故的老朋友,这是一张十分疲倦的、略带浮肿的脸。那时候,他很年轻,正处在人生和事业发展的上升期。他是一位商界的英才、一个"胆大包天"的创业者，然而，他38岁的生命没有战胜癌症这个病魔！

不知道我们的同学是否观赏过陈逸飞先生精湛的绘画作品？这些画作曾经赢得美术界广泛的赞誉，备受艺术品收藏家的推崇和喜爱，并在油画作品市场拍出了天价。陈逸飞先生还导演了电影《人约黄昏》，他是中国当代著名的画家、导演、艺术大师。59岁，因为肝疾并发症，他抛下了事业、抛了妻儿，离开了这个精彩的世界。

年轻总是与浪漫连在一起。广为流传的诗作有时就像春风，有着拂面而来的温暖。这个人叫查海生，我们都知道他的另一个名字——海子，还有那首诗："从明天起，做一个幸福的人，……我只愿面朝大海，春暖花开！"25岁的海子，本应在人生的旅途上开创他辉煌的事业，然而，因为抑郁症，在山海关一条通往远方的铁轨上他结束了自己年轻的生命，他的灵魂飘向了远方。

汪国真，一个有着鲜明时代符号的人物。"没有比脚更长的路，没有比人更高的山"，曾经激励过多少像我这样的年轻人。然而，肝癌却无情地夺去了他的生命。

或许我们可以数出更多富有才华的逝者，他们曾经是那样成功，那样充满活力，那样让这个世界崇拜。其实他们真的还十分年轻，正处在事业的巅峰，但是，因为没有了健康，失去了生命，一切归零！

健康是什么？如果"1"能代表健康，那么家庭、事业、财富、荣誉等都是"1"后面紧跟的"0"，每一个"0"都是很有价值的。但如果"1"倒下了，那么"0"可就是真正的"0"了！健康是什么？对每一个个体来说，健康是自己和亲人们所拥有的一切！

一个国家强大与否是与其国民健康息息相关的。在旧中国，国人的平均期望寿命仅为35岁，而孕产妇的死亡率高达1.5%，婴儿死亡率高达20%，中国人被称为"东亚病夫"！新中国成立后，党中央高度重视人民的健康事业，制定了我国卫生工作的基本方针，那就是："面向工农兵，预防为主，团结中西医，卫生工作与群众运动相结合。"从1952年开始，全国建设了4000余所由政府举办、标示为"人民"的各级医院，架构新中国的省、市、县三级医疗服务体系，同时建立了省、市、县三级"防疫站"（现为疾病预防控制中心和卫生监督所）。改革开放以来，我国的医疗卫生事业得到了快速发展，医疗保障实现了全民覆盖，高水平的医疗健康服务体系也在经济、社会发展中改革完善。

1958年1月5日，毛泽东主席专程来到了杭州小营巷视察卫生工作，他进庭院、访家庭，认真向居委会主任和居民询问健康状况，仔细察看了居民的卧室、厨房、水缸等，并赞扬"你们的卫生工作搞得不错！"之后，全国上下进一步掀起了爱国卫生运动新高潮。我国的爱国卫生运动历时60余年，爱国卫生运动随着经济社会的发展和人民群众对健康需求的不断增加，与时俱进地得到了发展。当今，"大健康"的理念给爱国卫生运动注入了持久的活力。

血吸虫病是一个古老的寄生虫病，在西汉马王堆古墓的女尸中就发现了血吸虫卵。新中国成立以前，在江南水网地带的广大区域，血吸虫病肆虐流行。"大肚子"病（血吸虫病导致肝硬化、腹水）不仅使患者失去劳动力，甚至会夺取人的生命！"千村薜荔人遗矢，万户萧疏鬼唱歌"，正是那时的真实写照。新中国成立初期，百废待兴，许多像血吸虫病这样的传染病都在广泛流行，严重危害着国人的健康和生命。这是摆在新生人民政府面前的巨大问题。从开展"爱国卫生运动"到"一定要消灭血吸虫病"，这是新中国缔造者们的决心和意志——人民的政府岂能让这些严重危害人民健康的疾病肆虐猖狂！毛泽东主席的指示得到了全面的贯彻落实，一场与疾病作战的人民战争轰轰烈烈地展开，并取得了决定性的胜利。1958年7月1日，当毛主席得知江西省余江县消灭了血吸虫病后，他夜不能寐，写下了著名的诗篇《送瘟神》。

正是有了中国共产党和人民政府的坚强意志，有了医疗和预防服务体系的不断完善，有了人民群众的广泛参与，新中国成立后，我国的传染病发病率和病死率快速、明显地下降。2017 年，我国孕产妇死亡率下降到 0.196‰，婴儿死亡率下降到 6.8‰，国人平均期望寿命显著提高，达到 76.7 岁。我们奠定了做"健康民族"的良好基础！

经过几十年的发展，2009 年中国超过德国，成为世界最大的出口国，2010 年超过日本，成为全球第二大经济体，一个强大的国家正在崛起！哈佛大学的学者研究指出：世界经济增长大约 8% ～ 10% 归因于健康人群；亚洲经济发展的奇迹源于 30% ～ 40% 的健康人群。今天，当我们立誓要实现中华民族伟大复兴，要实现百姓梦、中国梦的时候，我们不禁要问：健康是什么？健康是社会进步和国家强大的坚实基础，是让每一个公民实现梦想的根本保障！这就是健康的力量！

人类在与疾病的斗争中发展

马克思曾经说过：劳动创造了人本身。从健康的角度来看，在与自然、饥饿、疾病等的残酷斗争中，只有健康的个体和群体才能被筛选出来，存活下来。因此，我们是否也可以这样说：健康成就了人？进化论学说的创始人达尔文阐述了生物的"物竞天择，适者生存"，在某种程度上是否也可以理解为健康的物种才能繁衍生存？

我曾在一部纪录片中看到了沙鸭的故事。母鸭把蛋产在一个远离河边的树洞里，这树洞对成年鸭来说，飞进飞出毫无问题。而我担心的是小鸭孵出后如何出来？影片的结局是一只只刚刚孵出的小鸭不断地奋力攀跳，它们必须尽快离开可能被鹰、蛇等捕食的树洞，并尽快到河里获得食物。大多数的小鸭在经历多次的失败后跳出了树洞，但也有体弱的小鸭最终没能跃出树洞……这使我想象远古时期，当猿向人进化时，面对恶劣的生存环境，只有体魄健康的猿才能生存下来，只有头脑聪明的猿才会使用工具。经过大自然严酷的筛选，古人猿不断繁衍生存，不断遗传进化，才有了我们今天的人类。

其实，在健康这个层面上，人类与疾病的斗争一直没有停止。科学证据表明，我们的基因中有无数的病毒、细菌等组成成分。历史记录表明，斑疹伤寒、天花等烈性传染病的流行，曾使一个个强大的帝国走向灭亡。而不断流行的传染病，使千万计数的人命丧黄泉！

1333 年黑死病（鼠疫）肆虐，整个欧洲因鼠疫病死了 2000 多万人。从当时留下的画作中，你会看到尸横遍野，一片凄惶，那些还暂时活着的人们是那么悲惨、恐惧和无望！薄伽丘的《十日谈》有着深深的瘟疫时代的烙印。1348 年繁华的佛罗伦萨发生了一场残酷的瘟疫（黑死病），丧钟乱鸣，死了 10 多万人，在整个欧洲，因此病而死的人多达 1000 万。我们庆幸当时的 10 位青年在佛罗伦萨郊外山上的别墅躲过了瘟疫，并把故事流传了下来，即《十日谈》。

流感是大家都很熟悉的疾病，几乎人人都曾经患过。别以为流感很普通，它曾经杀人无数，罪行累累！它使多少人死去，又给多少家庭留下痛苦和悲伤！一个最初被媒体称为"爱之病"的瘟神于 1981 年在美国被发现。由于最初被认为与"性乱""同性恋"传播相关，故被如此称谓，现在大家都知道它叫"艾滋病"。到目前为止，全世界已有 8000 万人被感染，3000 万人被夺命！可我们到现在还没有很好的治疗办法，预防成为远离艾滋病唯一有效的手段。

埃博拉，又一个瘟神！它被认为是当今世界上最凶险的传染病，其病毒被列为最高等级防范的微生物。在非洲国家，埃博拉的病死率高达50% ～ 90%。我这里要特别讲一讲，中国作为一个负责任的大国，在西非疫情危急之际，我国派出了强大的医疗队，远赴利比里亚和塞拉利昂，帮助这些国家开展埃博拉疫情的防控和诊疗工作。我省来自浙大医学院附属医院和其他省市级医院、疾病控制与预防中心（CDC）等单位的 15

名专家也远赴非洲疫区国，在一线与死神面对面英勇斗争，展示了我省医务工作者的大爱精神和为了国家、为了人类健康事业无私奉献的高尚品格。

世界卫生组织（WHO）发布的材料表明：慢性疾病已经成为世界头号健康杀手，全世界超过60%的死亡和残疾都是由慢性病引起的。中国的经济发展很快，社会结构、年龄结构、生活行为习惯等都发生了巨大的变化，国人同样深受慢性疾病之苦。全国第三次死因调查显示，位于前4位的死因为脑血管病、恶性肿瘤、呼吸系统疾病和心脏病，慢性非传染性疾病占我国人群死因的比例已从1973年的53%上升至目前的85%。此外，慢性疾病有越来越年轻化的趋势，特别是高血压、肥胖、肿瘤等疾病在45岁以下人群中的发病率逐年提高，这不得不引起我们的高度重视。

在生活压力下，加之经济结构的调整和社会的转型，精神卫生疾病，诸如失眠、抑郁乃至严重的精神疾患也越来越困扰人类。据流行病学调查：我省15岁以上人群中精神疾病（包括心理疾病）总患病率为17.28%，重性精神病患病率为0.6%。据美国疾病控制与预防中心统计：自杀位于美国死亡率的第9位，15～24岁青年死亡率的第3位。2004年9月，《千手观音》亮相雅典残奥会闭幕式，2005年又上春晚，一舞世界惊！当我们都为之赞叹时，可知道这些美丽的舞者都是聋哑残障人士？正是因为疾病、药物使用不当等因素，这些天使般的姑娘们失去了人生那份听与说的健康和快乐！

正因如此，在推动人类健康的进程中，我们已经开始、并在进行第三次卫生革命。第一次卫生革命的主要目标是消除营养不良和消灭传染病，第二次卫生革命的主要目标是预防和控制慢性疾病，而第三次卫生革命的奋斗目标则是提高生命质量，促进全人类健康长寿和实现人人健康。三次卫生革命交替重叠，任重道远！这需要健康的力量来持续地推进和保障!

健康推进了经济社会的进步

到底是有了发展才有健康,还是有了健康才能发展,这真像鸡与蛋的关系,见仁见智,而我坚信健康一定是推动人类进步的力量。

全世界都在关注健康。发展应该以人为中心,而人的全面发展需要道德和文化的素养,更离不开健康的素养。人类社会面临气候变化、环境污染、生态破坏、资源短缺、健康安全等共同挑战,同时,不同经济发达程度的国家由于有各自的人口谱、疾病谱和死因谱,其健康服务的提供和保障各不相同,但都肩负着卫生改革与发展的任务。联合国在考量一个国家或地区发展时,用了人类发展指数(HDI)这个指标,这个指标的关键要素是人均期望寿命、教育和GDP。在2017年联合国《人类发展报告》中,中国的人类发展指数为0.719,位列191个成员国的第91位。在进入新千年之际,联合国全体191个成员国一致通过了一项旨在将全球贫困水平在2015年之前降低一半的行动计划,189个国家签署了《联合国千年宣言》。联合国千年发展目标共12个方面,这些目标和指标大多数是健康方面的内容,它们被置于全球议程的核心,这是一幅由全世界所有国家和主要发展机构共同展现的蓝图,彰显了健康在人类发展中的地位和力量。

健康的需求与经济的发展是如此紧密相连,我们需要清洁的饮水、充分的卫生设施及清洁的空气,需要基本的免疫和体格检查,需要获得对疾病和意外伤害的紧急救治。而随着经济社会的发展,我们可能会有更高、更多的需求,比如美容整形和激光视力矫正术等,这也需要市场来提供。

生命科学成为人类关注的重点,科学家们用他们的研究来诠释生命与健康的重要。最近10年,全世界自然科学论文中生命科学论文的占比一直处在 50% 以上，而在《自然》和《科学》这两本代表科学界崇高地位的杂志中，比例高达 55% 左右。

或许你会对一个木管听诊器的发明不屑一顾，但正是这些小小的发明，使人们用于疾病诊断和治疗的设备有了一步又一步的发展。从木管听诊器到电子听诊器，从水银血压计到心电监护仪，从多普勒超声仪到达·芬奇手术机器人，医疗仪器的发展总是走在高新技术的前列，医师手上的武器也不断地"鸟枪换炮"。科学家们公认：在当今的科技发展史上，高新技术应用最多的领域当属生命健康领域。

这是诊断技术进步的台阶：从 X 线摄片机到 CT、磁共振，到现在的 PET，医学影像学让你从"看得见"到"看得清"，让你从"看得准"到"看得早"，使人类对疾病的诊断一次次地提早、一步步地精确。这是临床技术进步的台阶：考古发现 3500 年前新疆罗布泊小河古人做过开颅手术，1667 年人类输血史上的第一个病人为法国人莫里，1954 年美国医学家哈特韦尔·哈里森和约瑟夫·默里成功完成第一例人体器官移植手术（肾移植），1978 年第一例试管婴儿路易斯·布朗在英国诞生。这是生物技术进步的台阶：从"种痘"中发明了疫苗，从微生物中发现了抗生素，从细胞中研究了生物治疗，从基因中探索了重组和修饰。技术的进步犹如春天的繁花竞相开放，比如生物克隆、基因芯片、3D 打印等。在信息技术的普及中，健康信息的开放和共享机制正在建立，自我健康信息的把握使越来越多的病人能够成为"聪明的病人"。在麻省理工学院（MIT）读博士的 Steven Keating 依靠自己的医疗数据，不仅帮助医生诊断出了自己的脑肿瘤，还把它用 3D 打印了出来，通过手术移除，逃过了癌症的诅咒，用好奇征服了病魔。

1985 年，美国科学家率先提出人类基因组计划（HGP），该项目于 1990 年正式启动，美国、英国、法国、德国、日本和中国的科学家共同参与了这一计划。2005 年，人体约 4 万个基因密码全部解开，同时绘制出人类基因的谱图。人类基因组计划与曼哈顿原子弹计划、阿波罗计划并称为三大科学计划，被誉为生命科学的登月计划。如果说人类基因谱图是本天书，目前确是如此，那如何能够看懂这本天书，就是后基因组计划需要解决的问题了。

1953 年 4 月，英国的《自然》杂志刊登了美国的沃森和英国的克里克在剑桥大学合作研究的成果——DNA 双螺旋结构的分子模型，这是20 世纪以来生物学方面最伟大的发现，标志着分子生物学的诞生。之后，无论是核酸扩增技术（PCR）的发展，还是基因芯片的应用，无论是全人基因的测序，还是基因重组、修饰，生命科学又以难以置信的速度带来了无性繁殖、克隆和计算机合成生命体。而沃森和克里克一定没有想到，62 年后 DNA 双螺旋结构的分子模型竟然会摆在 2015 年美国国情咨文的演讲现场，时任美国总统奥巴马会指着这个模型宣布：美国将开启精准医疗的宏大计划！

健康从来没有像今天这样与技术的进步紧密相随。在互联网时代，"互联网 + 医疗健康"不只是个概念和故事，而是现实和实践。当苹果的腕表风靡世界之时，小米的手环也走出了国门。而这些感知个人健康信息的移动设备在广泛应用之时，我们已经强烈感受到信息时代"颠覆医疗"的魅力和能量。感知健康、智慧医疗不仅是一个新的健康触点，更是促进人类健康的一个新引擎！

高度重视健康的维护

我们都深知：只要有人类的延续，健康必定是永恒的主题。从古人期望"长生不老"，到现代人追求"延年益寿"，无不围绕"健康"二字。但是，有太多影响健康的危险因素，也就有了更多维护健康的措施。

世界卫生组织报告指出，健康是由四个元素组成的：遗传占 15%，社会环境和自然环境分别占 10% 和 7%，医疗条件占 8%，个人生活方式占 60%。而我们面临雾霾、水污染、温室效应、食品安全、交通安全、职业安全、自然灾害、不良生活方式、老龄化社会、新老传染病和慢性病的危险和挑战。

人类对健康维护的需求正在不断地推动医学模式的转换。从生物医学模式到生物心理社会医学模式，从 4P 医学服务模式到 5P 医学服务模式，人类社会已经从神灵医学、经验医学、循证医学走向精准医学。那么，什么是 4P 医学服务模式呢？就是预防性（preventive）、预测性（predictive）、个性化（personalized）和参与性（participatory）。它必须基于社区卫生服务的提供，实施健康教育、对生活行为的干预、早期诊断等，并调动全社会全人群参与。现在，有学者把精准（precision）也加入其中，因此，也就提出了 5P 医学服务模式的概念。

医学技术的进步使健康的修复和维护有了更好的保障。现代健康服务呈现出新的特征：从被动看病到主动预防保健，人们可以无缝隙地享有卫生保健服务；从孤立的医疗卫生资源到细分、共享、协同的区域化医疗卫生资源；基于现代电子、工程、信息和系统生物工程等高科技的医疗卫生技术等。因此，我们必须建立以个人健康档案为核心，以资源共享为基础的医疗卫生服务体系。

现在最新潮、最科技、最热门的检查可能当属个体的全基因测序了。它有用吗？它靠谱吗？或许在相当程度上还说不上来。但有许多人愿意去试，全基因测序后的报告罗列了各系统发病风险的高低。当你的检测报告出来后，专业人士告诉你要注意这些、要预防那些，你会担忧吗？当你被测出有已经被证实的疾病易患基因时，你会采取某种预防性治疗措施吗？安吉丽娜·朱莉，一位十分著名的好莱坞女星，因为有基因缺陷，患癌风险很高，她决意预防性切除了乳房，后又切除了卵巢和输卵管。我们现在还无法来评判这刀是否真的开对了，朱莉是基因技术的受益者，还是受害者？我相信，科技的进步会给我们更加精确的答案。当然，科学还必须受到法律、道德、伦理的约束，对生命和健康的敬畏是照亮科学道路的明灯。

如何保持健康不退化？首先我们必须了解世界卫生组织的健康定义——躯体健康、心理健康、社会适应良好和道德健康，也就是我们常说的德、智、体、美全面发展。有个理念越来越被我们接受，那就是全人全程的健康管理。所谓全人全程健康管理，就是要从生命的时空维度，针对每一个健康的事件和影响因素，进行有效的平衡、管理和干预。因此，我们应该时刻关注健康问题，要不断提高自身的健康素养，健康必须从自身做起。对中国公民健康素养提出的 66 条内容，我们需要认真学习，理解其中要义和掌握基本技能。我们要了解"我献血、我健康"的含义，为社会献上一份爱心；我们要养成良好的生活习惯，预防各种疾病的侵扰；我们要保持良好的精神状态，过积极向上的日子；我们要学会感恩，让人际交流充满温馨……

还记得 3 年前在网络上"爆红"的中国好游客——"唐神医"吗？唐子人医生在美国圣地亚哥海洋公园抢救美国游客的照片传遍全世界，他的行动赢得了广泛的赞誉。其实每个人都应该学习一点基本的紧急医疗救护技能，如心肺复苏术（CPR），这也是个人健康素质的重要一部分。在关键的时刻，你的出手不仅会挽救一个人的宝贵生命，一不小心你也会走红网络！

要做身体健康的民族

随着中国经济社会的快速发展，人们越来越认识到健康的重要作用。健康是人的基本权利，是人类社会发展的重要基石，更是人类活动最基本的价值取向。健康已成为全面小康社会建设的重要目标，成为发展生产力的重要因素，成为改善社会公平正义的重要手段。

党的十九大提出要在全面建成小康社会的基础上，分两步走，在本世纪中叶建成富强民主文明和谐美丽的社会主义强国。而人民健康是民族昌盛和国家富强的重要标志。十九大确定了"健康中国"的发展战略，并明确提出要完善国民健康政策，为人民群众提供全方位、全周期的健康服务。

其实，早在 2003 年 12 月，时任浙江省委书记习近平在视察全国爱国卫生运动的代表性街道——杭州小营巷时，首次提出了"没有人民健康，就没有全面小康"的科学论断，他对健康内涵的诠释以及健康与经济社会发展关系的阐述，推动了浙江卫生健康事业的改革发展，也为"健康中国"战略的确立奠定了丰富的实践基础。2014 年 12 月，习近平总书记在视察江苏镇江时再次强调：没有全民健康，就没有全面小康！2016 年 8 月，中共中央召开了全国卫生与健康大会，习近平总书记提出要把人民健康放在优先发展的战略地位，要将健康融入所有政策，人民共建共享。

打造"健康中国"，应树立"全民健康"的理念，全部政策都应体现健康，促进国民健康应成为基本国策。要从政治、经济、文化、社会和环境等多维角度，使全部政策体现健康、全民覆盖一个不少、全人全程一生维系、全民参与人人有责。让健康使每个人感到有力量，活得更自信，活得更有意义。"实现两个一百年奋斗目标，要坚持以人民为中心的发展思想，经济要发展，健康要上去，人民的获得感、幸福感、安全感都离不开健康，要大力发展健康事业，要做身体健康的民族。"这不仅是总书记对卫生健康事业发展的殷切期望，更是中华民族伟大复兴的基础所在！

一个有着健康体魄的自我，才能实现人生美好的理想。一个有着健康国民的国家，才能担负起人类历史发展的责任！同学们，让我们以健康之躯投身于这个伟大的新时代，为实现两个一百年奋斗目标、为国家和民族的伟大振兴努力工作，贡献我们一份健康的力量！

【本文根据浙江大学"紫领·问政讲堂"第4期（2015年5月22日）的演讲内容整理而成。作者系浙江省卫健委巡视员、浙江省红十字会副会长，时任浙江省卫生与计生委副主任。】

创新的力量

——创新时代青年人的使命和态度

周国辉

今晚是台风夜，又快到国庆节，看到仍然座无虚席的场景，着实让我感动。从中可以看出浙大师生的求学之风，也显示了紫领计划在同学中的影响力、号召力。感谢各位老师、同学给我这么一个机会，讲一讲创新时代青年人的使命和态度。

我在科技厅厅长的岗位上接触到很多高校、企业的年轻科技人员，我越来越感到我们国家太需要创新了。只有创新，中国才有出路。我毕业已有30多年，我看同学们特别年轻，差不多都是1997、1998年出生的。我们相隔近40年，至少是两代人。但是，年龄只是符号，不是鸿沟，重要的是心态。我自以为还是年轻人，或者叫资深的年轻人。从大家身上我进一步增添了青春的力量、梦想的力量。今天跟大家分享三个问题。

第一个问题，关于我们的时代

我是1978年进的杭大，前一年参加了恢复高考后第一年的考试，所以仍叫77级。可以说我的大学生活是同改革开放相伴相随的。没有邓小平同志，没有改革开放，就没有今天的我。到杭大之前，我是宁波一个针织厂的印染工人，当了3个月的学徒，收到了杭大中文系的录取通知书。1978 年 3 月，一个难忘的春天，我第一次坐火车，第一次长途跋涉，第一次到省城，第一次过钱塘江。当时的杭大中文系不在西溪本部，而是借用工会干校场地。当时的那种兴奋、那种激动、那种憧憬难以名状。当然也夹杂着些许胆怯，因为第一次离开家和父母。进了大学，老师、辅导员、学姐、学长给了我很多帮助，让我很快进入了一种废寝忘食甚至通宵达旦的学习状态。杭大中文系很有名气，是全国非常优秀的中文系，当时有北大是"地主"、杭大是"富农"的说法。4 年的大学生活很丰富、很艰苦，也很充实。举个小例子，毕业之前的那个夏天，我和几个同学结伴到姑苏城外游玩，那是我第一次出省。天下着大雨，我就穿着一双雨鞋出行。第二天放晴，我没带其他鞋子，同学建议我去买一双球鞋。球鞋要好几块钱，那个时候我是拿着助学金上的学，也就每月 15 块钱，基本够伙食费，还要买书。真叫囊中羞涩。我们住的地方是当时苏州的一个浴室通铺，一夜 5 毛钱，如果用几块钱买了鞋子，伙食费就不够了，所以我坚持穿着雨鞋完成了旅程。大学毕业的时候，同学录上都要互相留言，同行的同学给我写了"一双大雨鞋"，这成了我在大学同学心目中的记忆。这本同学录还留有系主任王驾吾先生的题词。他生于 1900 年，是研究庄子、老子、墨子的大家，1982 年年末逝世。他给我们题了"平易恬淡，则忧患不能入"，这句话我差不多悟了 30 多年，才逐步明白老师的意思，就是要用一种平常心对待生命、生活和事业。虽然那个时候比较艰苦，但是我们精神非常充实、昂扬向上。

在座的同学不一样，你们出生的时候，中国发生了一件很重要的事情——高校扩招、大众化。现在高等院校毛入学率已经超过 70%，精英教育已经转化为大众教育，很多普通家庭的孩子都有上大学的机会。这当然是好事，但也带来一个问题，就是就业问题。我前些天对一位微信好友说，我要到浙大来演讲，您是浙大的老师，希望我讲什么好？他说我的儿子今年刚好进入大学，我问问他。后来他告诉我，希望我讲一讲就业问题。现在就业成了大学生普遍关心的问题。这是一种进步，也是一种纠结。我们如何看待这个事情？就我自己来说，我感到，我们每个人的生活一定是同我们的时代、同我们整个历史的发展进程相伴的。我们个人很难去改变整体，我们要承认这个现实，适应这个现实，更要去引领这个现实。刚才同学们在这里念了一首诗，其中有两句话，"这是最好的时代，也是最坏的时代"，这两句话是狄更斯说的。狄更斯写过《艰难时世》等小说，这句话出自他的《双城记》。这句话用在我们这个时代并不合适，但是这句话又能够不断引起不同时代的人的某种共鸣。一个时代总是有它的主流、它的基本面，另外又有矛盾、问题，会有很多不如意。所以，我们看一个时代的好与不好，主要取决于你的立场态度、你的选择。有个小寓言，说的是爷孙俩在一个房间，孙女打开了一扇窗，看到了坟墓，她说，爷爷，怎么都是坟墓？爷爷帮她打开另外一个朝向的窗，打开来看是鲜花盛开的风景。这就是鲁迅说的，人生一半是坟墓，一半是鲜花。我认为，我们身处的这个时代，是十分伟大的时代。我们要感恩这个时代，我们都是时代的幸运儿。没有改革开放，就没有今天的我。我想在座的也一样，没有改革开放，就没有大家的今天；没有高校大众化教育，也不可能有许多同学的今天。这是这个时代的主流和基本面。

我们处在什么样的时代，可以多角度进行观察。如果用三句话概括这个时代的话，我第一句想讲的是，**我们正处在一个勇担共筑中国梦的崭新时代**。大家一定都关注了这两天国家主席习近平在太平洋彼岸美国的访问。大家有没有注意到，国家主席习近平首站到的是西雅图。他不顾车马劳顿，第一个活动是参加晚会，发表演讲。他先讲了自己的一个故事。"文革"的时候，他下乡到了陕西梁家河，在那里生活了将近7年，后来当了大队党支部书记，他是在那里开始认识中国、中国农村、中国农民的。他用自己的经历来讲我们新中国成立60多年、改革开放30多年来，中国发生了什么和还将发生什么，形象生动地阐释了中国梦。改革开放 30 多年来，中国从万物萧条、百废待兴到成为全球第二大经济体，从一个低收入国家正向上中等收入国家跨越。我认为这样的中国故事，是美国人可以听得进去的。2000 年我也在美国学习过，你跟美国人讲大道理讲不通，他们听不进去。2014 年，哈佛大学一批学生来到浙大，我跟他们对话交流，他们对中国研究不够、了解不够，就感觉中国好像这也不是、那也不是，通过对话沟通和实地考察，他们感到原来对中国的许多看法是不正确的。中国虽然还存在这样那样的问题，比如环境问题、安全生产问题、腐败问题、诚信问题等。但是，这些都不是主流和基本面，而且党中央高度重视、严肃整治，已经取得了阶段性的明显成效。这是大家都能直接感受到的。所以，我认为，知识分子，特别是专家、学者，应该树立正确的观点，历史地、辩证地、发展地看中国问题。2015 年 8 月 20 日，美国《时代周刊》刊文说，中国过去几周遇到许多困难，股市暴跌、货币贬值、天津仓库爆炸事故占据了媒体头条，但不能因为这些暂时困难做出误判，中国这个新兴崛起的大国经济仍处于上升通道。人家说隔山看火，美国人是隔海看华，美国一些正直的人士还是非常理性的，并不会因为暂时、局部、支流的问题低看我们。

中国这些年的快速发展，内在的驱动力量是什么？习总书记将其概括为中国梦，中国人不甘、不愿落后，企盼富强，探求跨越。这样的一种梦想，在千千万万个普通老百姓中间，包括在座的老师和同学中间，共同组成了中国梦。所以习总书记说，应当让每一个中国人"共同享有人生出彩的机会，共同享有梦想成真的机会，共同享有同祖国和时代一起成长进步的机会"。这就是中国要富强、中国要富裕、中国要崛起的内在力量。我们是有着 5000 多年文明史的国家，近代才开始积贫积弱。新中国成立以后，尤其改革开放以后，迎来了民族复兴的历史机遇，进入了非常重要的发展阶段。青年是实现中国梦的中坚力量。青年的梦连着中国梦，而且是其中最为热血沸腾、神采飞扬的篇章，青年人梦想的角度决定了时代梦想的高度。所以，习总书记说，中国梦是我们的，更是你们青年一代的，中华民族伟大复兴终将在广大青年的奋斗中变为现实。因此，这是一个万众一心去成就中国梦的时代。

第二句话，我们正处于一个"大众创业、万众创新"的黄金时代。现在"双创"（大众创业、万众创新）是最热的词。一方面中国高速发展，我们现在已经是世界第二大经济体。这些年从科技投入、科技进步层面上来说增长也非常快，2014 年我国的科技投入已突破 1.3 万亿元、居世界第二位，研发（R&D）投入占国内生产总值（GDP）的比重首次突破 2%、达到 2.1%。更重要的是，中国的科技发展以前全部是跟跑的，但是现在出现"三跑并存"的情况，就是我们领跑的技术现在已经有 17%，跟跑的有 52%，并跑的有 30%。我们在一些方面，包括航空航天、军工、海洋和民生等领域的相关科技，都有很大的突破。同时，我们也面临产能过剩、价值低廉、环境不能承载等问题。另一方面，我们现在正迎来新的科技革命和产业变革，这是以信息经济为主要标志的，包括生物医药、新材料、新能源以及智能装备制造等，新的科技革命在逐步形成之中。中国如何抓住机遇，加快发展，这对我们来说是一个特别重大的时代命题。中国过去已经失去过很多机会，我们不能再失去了。"创新"现在是最热的词。过去，我们的科技工作，往往是就科技讲科技，是"小局"。现在的科技要求是"大局"，科技工作必须同经济发展、社会进步和民族振兴联系在一起。所以，中国梦一定要以创新梦作为支撑。党中央总结历史经验，紧紧抓住新的历史机遇期，把创新驱动发展战略摆在国家发展的核心位置，并通过全面深化改革，推动科技发展从"小局"到"大局"、科技依托力量从"小众"到"大众"、科技资源配置从"小投入"到"大投入"的转变。

上星期我去北京，参观了中关村创业大街。中关村创业大街都是年轻人，是中国创新创业最活跃的地区。在中关村，每1.5个小时诞生一家企业，每16分钟申请一项专利，每分钟收入464万元。实际上不仅仅在中关村，在浙江、在杭州，这几年创业创新也非常热。浙江科技工作在全国位列前茅，我省涌现了诸如梦想小镇、云栖小镇、云制造小镇等37个特色小镇。这些特色小镇不是行政上的小镇，其实是创业创新的巨型空间。杭州的众创空间平均每天举行的创业创新活动大约2.7场。国家已经批准杭州建设自主创新示范区，这是一个重大的机遇，我们要打造众创天堂。杭州有这个优势和基础。我们拥有创新创业"新四军"：第一个是以浙大为代表的高校系，第二个是以阿里巴巴IPO后出来创业的创业者为代表的阿里系，第三个是以"国千""省千"人才为代表的海归系，最后一个就是以创二代、新生代为代表的浙商系。创新创业"新四军"已经成为杭州、也是全省科技创新的重要新生力量。这里面浙江大学发挥了十分重要的作用。浙江大学毕业生的创业率全国第一，发明专利量在全国高校中也是第一。去年李克强总理来浙江大学时同学生交谈，专门讲到了创新的力量。浙大涌现了许多创业者代表，比如：方毅，他的个推热力图可以非常精准地测试出区域相关要素的集聚；陈伟星，创立了快的打车；还有蘑菇街的陈琪，也非常不错。有很多事例可以说明这是"大众创业、万众创新"的黄金时代。

我们正处于一个经济社会转型和变革的时代。现在经济发展非常快，社会在急剧转型，我们如何来认知这种社会？这里面容易产生几种倾向：第一种，在个人发展中碰到一些不如意，可能会归咎于体制。第二种，一种精致的利己主义，只考虑自己，不考虑其他人的感受。第三种，碰到困难就抱怨。这些都不是年轻人应有的态度，我们应该从那些创业者身上汲取创新的力量。马云是这个时代的英雄。他说，这个世界上有两种人，一种是抱怨问题的人，一种是解决问题的人。爱抱怨的人不明白他们其实可以解决自己所抱怨的问题，而解决问题就是创业的内核。他们不知道问题越大，机会就越多。创业者不会去抱怨问题，而要去解决问题。我听过马云多次演讲，他一般都是这样开始的。他说，我要感谢这个时代，是这个时代成就了我。其中他就讲到阿里巴巴、电子商务、淘宝网的成功，很大程度上是因为我们的商业网络和体系没有像美国那样足够发达，这才给马云的阿里巴巴创造了空间。他说这个时代的一个问题是诚信缺失，这也给他通过网络技术创建新的信用体系提供了机会。这种基于技术进步带来的一种新的商业业态成就了阿里和他，所以他感谢这个时代。我非常赞同马云的观点，我们应当有这样的态度。

"知识就是力量"，这是培根讲的。这句话可以分解为两句话，第一句话是说，知识拥有者具备比其他人更多的选择机会和权利，他有很多道路可以选择。一个没有文化的人，他的选择可能很单一，农民就是种地，做生意可能就是当小贩，但是拥有知识以后就有很多条路可以选择。但是，这也会带来选择的纠结，很多人都会在选择中间左右摇摆、东张西望。第二句话是说，那些真正的智者，他们在拥有知识以后，能够经过分析、思量和权衡，做出坚定的选择。这才是知识真正的力量，这种能力是创新时代所需要的。我问过很多创业者成功的原因，他们的回答都很相似。第一，选择的目标和道路是正确的。第二，坚持。第三，这种选择和坚持一定不光是为了个人，首先是为了社会，希望为社会和公众做出一种贡献。这不是大道理，这是大多数成功者必谈的经验。所以，我们这个时代需要依靠信仰，需要依靠被点燃的青春，需要依靠激情、梦想和责任，推动我们的发展。

第二个问题，青年领时代之先的作用

我们在大学时期都会背诵毛主席的不少诗词，其中有一首《沁园春·长沙》是我特别喜欢的。"恰同学少年，风华正茂"，好像讲的就是每个青年人。当然场景不在湘江的橘子洲头，而在西子湖畔。你们也应当记得老校长竺可桢的话，他说进入浙大以后应该搞清两个问题：一是到浙大来做什么？二是将来毕业后做什么样的人？我认为这两个问题非常重要，这是对我们青年大学生应有的理性拷问。最近，浙江大学新任校长吴朝晖在新生开学典礼上说了一句挺有诗意和励志的话，他说，"浙里，恰逢创新时代。无限可能，无限惊喜"。吴校长本身就是一个非常励志的故事。前些年，我在舟山当市长，当时跟浙大有很多合作，从张曦书记到金德水书记，我们一直在研究创建浙江大学海洋学院的问题。当时吴校长就是我们之间的直接联系人。通过几年的努力，今年，海洋学院已经建成开学了。我当时就感觉朝晖同志的节奏特别快，经常都是三班倒，白天在舟山谈工作，晚上很晚还要到北京，次日向相关部门汇报，争取项目资源。与此同时，他的学术研究也做得非常好。这个靠什么？我认为他在用行动回答竺可桢老校长的提问，恰逢创新时代，无限可能、无限惊喜，他有自己的追求，这种力量指引着他。所以说这是一个好例子。

我认为，在这个时代，青年人应具有几个"最"。

第一，青年人最富有领时代之先的梦想。首先要讲梦想。我引用两段话，一段是管理学院院长吴晓波在去年开学的时候说的，他说"梦想、激情、责任是我们必须要拥有的一种特质"。还有一段是叫吴晓波的财经作家说的，他说"地球上唯一生生不息的就是野草和青年人的梦想"。两个吴晓波，英雄所见略同，都是符合时势的。中国近代史上，1919年的五四运动对我国的发展起着十分重大的作用，这是由一群年轻人推动的。两年之后陈独秀、李大钊、毛泽东等一批先进青年创立了中国共产党，这更是开天辟地的大事，他们都拥有改变中国现状的梦想。前一段时间，我去嘉兴南湖的一大会址参观。当年13个党代表平均年龄是28岁，最年轻的只有19岁，基本就是我们在座的同学的年龄。当年，李大钊讲"以青春之火，创新青春之家庭、青春之国家、青春之人类、青春之地球、青春之宇宙"。各位一定能够从中看到，青年最富有领时代之先的梦想，这种梦想是可以改变和改革社会的巨大力量。

第二，青年人最擅长领时代之先的创新。金德水书记最近在学习总书记给浙江大学张泽院士等 49 位教师的回信的体会文章中说，总书记在几年前就提出浙江大学要争创一流大学的号召。什么是一流大学？一流大学的核心就是"创新"。路甬祥老校长把"创新"列入浙大校训，与"求是"并提。这揭示了社会和教育的发展规律。创新与青年连在一起，创新是青年的特质和使命。大家可能会讲，这个年代有非常多的纠结——纠结自己有没有背景、有没有资金、有没有经验、有没有空间。这些因素确实都需要，但创新之心却是青年人最重要的资本。归根结底还是你有没有这份心，只要你有了这份心，没有钱，会有钱；没有空间，会有空间；没有资源，会有资源。梦想小镇在余杭仓前，仓前因为当时在粮仓之前而得名，那个时候仓前是杭州重要的粮食基地。去年，李强省长提议，依托未来科技城，建一个梦想小镇。策划、建设时间很短，很快得到了社会特别是年轻人的响应。当时面临的是"四无"：第一，没有资金；第二，没有经验；第三，没有人脉资源；第四，没有空间。梦想小镇就是在这样的条件下搞起来的。现在在杭州，只要你有好项目，人家会追着你投资，希望给你钱。

现在很多人说自己没有背景。前几天我听几个资深投资人说，投资投的最重要的是人，最反感的是好像很有背景的人，这可能意味着创业者本身不一定靠谱。施一公还讲过一句话，"可能最不重要的素质就是你的智商"。你的智商高低并不重要，真正重要的是你有没有一颗热衷、专注于创新的心。所以说，创新是青年的本质属性。再就是没有资金的问题，年轻人没有什么收入，但因此才有奋发的力量。还有一个是没有经验，也因为"无知"，所以有一种"初生牛犊不畏虎"、一种勇往直前的精神。这些看上去很负面的东西，恰恰可以成为激发青年人创业发展的宝贵财富，关键是怎样看待这些东西。

第三，青年人最充满领时代之先的能量。李克强总理今年在中关村考察时说，"折腾就是创新，青年人最经得起折腾，似乎永远都是能量的满格"。青年人有时间，跌倒了，爬起来继续前行。路甬祥老校长跟我说过，最富创新能力的年龄大致就是在 25 ～ 35 岁，这是人生最有能量的时期。过了这个时期，不是说不可以，但是相比较来说一个人的热情、激情、勇气都会递减。所以科技部门应当更多地为年轻人创业打造良好的条件。

第三个问题，基于年轻人与这个时代内在的逻辑关系，对我们的青年学子讲几点不成熟的建议

第一个建议，做一个有行动力的理想主义者。我们以前把大学比作象牙塔，基本上是贬义的。但我认为，这句话并不是贬义的。象牙塔是非常珍贵并且具有一定高度的。当然，我们的学生不能始终在象牙塔里生活，我们应当走向社会、走向群众、走向生产生活的第一线。但是，象牙塔里面也有一种重要的理想主义成分。这样一种理想主义恰恰是引领青年人创业创新的指路牌和加油器。大学和青年人都应当有理想。假如我们的大学没有理想，假如我们的青年学子没有理想，那我们的理想应当安放在哪里呢？有位诗人说得好，"生活不止眼前的苟且，还有诗和远方"。我对此深有同感。当然，对于青年人来说，不仅仅要有理想，还要付诸行动、能够实践，不能好高骛远、不要眼高手低。这是我所谓的有行动力的理想主义者的意思。

第二个建议，做一个求是创新的创业者。克强总理到访浙江大学，与大学生们进行交流时，形象地诠释了浙大校训的含义，令人印象深刻。总理说，"求是"源自古文，"创新"取自现代，四字融古通今。求是，就是孜孜不倦地追求真理，这是创新之基；创新，则是在求是的基础上，合乎规律地探索，不断开拓前进。英国著名的投资人格雷厄姆认为，最

适合创业的年龄在 25 岁，因为 25 岁时，人们拥有"精力、贫穷、无根、同窗和无知"的武器。这里的"无知"是创业者根本不知道创业的前途有多么艰难，因而无所畏惧。希望广大青年创业者既要仰望星空，又要脚踏实地，树立正确的创业观、价值观，这样，未来的中国才有可能诞生更多像腾讯、阿里这样的企业。

第三个建议，做一个孜孜以求的学习者。在座的都是学生，以学习为天职。我深切地感受到时代发展之快、知识更新之快，所以一定要树立归零的思想，树立持续学习、终身学习的思想。特别是在互联网时代，一定要善于利用碎片化时间学习，把零零碎碎的时间更好地利用起来。在这个知识为王的时代，知识是最好的武装，专业技能是最大的法宝。我接触到的很多互联网创业的年轻人，都是在学生时代就打下了良好的专业基础。扎克伯格在清华大学全程中文演讲，当时的小伙伴们都惊呆了。他从 2010 年起每天都花时间来学习外国人眼中最难学的语言——汉语，2015 年又给自己设立了新的挑战，平均每两周读一本新书，学习不同的文化、信仰、历史和科技。他还在脸书上开设了专页，与用户一起分享与讨论读书心得。有一句话是这么说的，世界上最可怕的，不是有比你优秀的人，而是那些比你优秀的人比你更加努力。所以，请不要拿时间来当借口，要随时随地地去学习，"博学之、审问之、慎思之、明辨之、笃行之"。

第四个建议，做一个传播正能量的青春使者。最近，有一部电影《滚蛋吧，肿瘤君》。主人公是浙江丽水人，她得了癌症，但她用擅长的漫画画出了自己对待生病的心态——"滚蛋吧，肿瘤君"。央视《新闻周刊》有段评论："也许我们制止不了恶，但是我和平地扩大了善，若我们都扩大了善，恶还有多少空间？"在内在的世界里与恶做不懈的斗争，在外在的世界里不断传递欢乐。真诚希望每一位同学多一点阳光，少一点忧郁，做会发光的光源，去照亮身边的每个人。

　　最后，引用一段流行的话结束我的发言："你所站立的地方，就是你的中国；你怎么样，中国便怎么样；你是什么，中国便是什么；你有光明，中国便不再黑暗。"

　　【本文根据浙江大学"紫领·问政讲堂"第7期（2015年9月29日）的演讲内容整理而成。作者系浙江省政协副主席，时任浙江省科技厅厅长。】

思想的力量

——社会主义为什么行

毛瑞福

长期以来，有两个问题一直萦绕于心，苦苦思索。

一是在国际意识形态领域，社会主义国家为什么似乎总是处于守势，被西方某些资本主义国家扣上"不民主""不人权"的帽子，而疲于解释？在国内传播理想、信念等价值观，也常常陷入教条主义的桎梏。伯特兰·罗素说："忠诚的信仰者渴望信仰得到真正传播，其他人则满足于表面的信奉。"

二是在拓宽社会主义建设的道路上，特别是在改革深水区的跋涉中，为什么总是阻力重重？尤其是在涉及政治体制改革的问题上，思想观念的障碍就更多，阻力更大，难以摆脱意识形态的迷思。习近平总书记指出："在深化改革问题上，一些思想观念障碍往往不是来自体制外，而是来自体制内。"

我认为，归根到底，是对"什么是社会主义"还没有真正说清楚，有理说不出，理论言说滞后于现实、滞后于时代。说教多于说理，说了传不开，这用年轻人的话说就是"理想太美好，现实太骨感"，导致头脑僵化，思想难以解放。

这两大问题，事关全局。

黑格尔说："一个民族需要一群仰望星空的人，他们不只是注意自己的脚下。"

说理，就是从人性和理性出发，坚持科学、理性，努力探索人类社会发展的规律性认识。

说理，就是站在大众的立场来审视社会。综观人类发展历程，纵向看就是历史，横向看就是社会，不变的永远是老百姓。这也是习近平总书记所说的："始终把人民利益至上作为最高和最终的检验和评判标准。"

说理，就是坚持以真正的马克思主义为指导。所谓真正的，就如李瑞环同志在《学哲学　用哲学》中说："我们所说的马克思主义，不是指被歪曲了的理论，也不是化了妆的马克思主义，更不是附加到马克思主义名下的错误观点。"

说理，就是要厘清目的与手段的关系。我们过去所犯的错误，很大程度上就是不分场合，把手段当目的，以至于长期受意识形态束缚，难以迈开脚步。邓小平同志的伟大成就之一，就是把市场当作发展经济的手段，提出了"社会主义也可以搞市场经济"的论断，果敢地抛开意识形态的纠缠和内耗。恩格斯指出："对每一个国家来说，能最快、最有把握地实现目标的策略，就是最好的策略。"

从一元思维向多元思维转变

从历史来看，作为社会主义的制度形态，就是比资本主义制度有更高的政治文明、生产力文明和社会文明。

当代世界，关于社会主义与资本主义的各种观点层出不穷，而这些观点往往是针锋相对的，令人眼花缭乱，难辨是非。其中既有《资本主义的终结》（J.K. 吉布森—格雷汉姆）《资本主义的失败》（理查德·波斯纳）的说法，也有《资本主义并未破产》（莫·约翰·奥瑟斯）的声音。瑞典等北欧国家是重塑资本主义的超级典范，但如瑞典社民党领导人奥洛夫·帕尔梅1974年所说的："新资本主义时代正在走向终结，未来的关键是某种社会主义。"苏联社会主义模式的失败，是福山所说的"历史终结"吗？中国是正在走向资本主义，还是正在朝着真正的社会主义方向前进？美国是纯粹的、典型的资本主义国家吗？它的社会主义因素又在哪里？这些都需要我们在理论上进一步研究探索，才能明辨方向，认清本质。

为什么对"何为社会主义"这一问题，在理论上难以完整回答，在实践中又容易犯错误呢？我长期苦苦思考得到的启示是：对这个问题的回答，其实就如同问你是谁一样，在不同的场合，有不同的你。在父母面前，你是子女；在子女面前，你又是父母；在单位的领导面前，你是下属；在下属面前，你又是领导；在同学、战友、老乡面前，你又有特定的身份。"到什么山上唱什么歌"，尽管你还是那个你，在不同的场合下你还是得扮演不一样的角色。同样，对"何为社会主义"，在不同的场合，尤其在实践工作的不同条件下，也有不同的含义，因为它具有多层次性。我认为，社会主义是由五个层次有序构成的。上一层次是目的，下一层次是手段；上一层次是内容，下一层次是形式。内容决定形式，形式又反过来为内容服务。同时，内容和形式相互之间又形成一个有机统一的整体。

第一层次，社会主义是什么？社会主义是人类的一种理想。

每个人来到世上，都想追求幸福的生活。虽然每个人对幸福的理解可能不一样，但却都有基本的共同点。从大的方面讲，主要就是生理上和心理上的愉悦。生理上的愉悦，要求我们努力从艰险、艰辛的劳动中解放出来，从贫穷困苦中解放出来；心理或精神上的愉悦，要求人人平等，没有歧视，没有压迫，人人有奔头，人人有希望。人为希望而活着，没有希望，人就失去了幸福的动力和源泉。所以，社会主义作为一种理想，其目标就是实现人的解放、人的自由和全面发展。解放什么？解放物役和制度役对人的桎梏。物役解放，要求我们努力从艰辛的劳动中解放出来，从贫穷困苦中解放出来；制度役解放，要求人人平等，没有歧视，没有压迫，人人有奔头，人人有希望。因此，从这个角度看，社会主义理想并不是遥不可及的，更不是虚无缥缈的。只不过，它既是一种理想目标，又是一个实践过程。如何实现这两大目标呢？其途径就是建立社会主义制度。

第二层次，社会主义是什么？社会主义社会是一种社会制度形态。

人类社会经历了奴隶社会、封建社会和资本主义社会这三个形态的制度社会，从实践来看，都没有或者说都无法实现人的"两大解放"。所以人类社会必须要建立一种新的社会制度，它最终可以实现"两大解放"。这种社会制度被命名为社会主义制度。

人类历史的进步，总是在原来的基础上扬弃而发展的。马克思认为：社会形态的更替是"一种自然史的过程"。人类社会从封建社会过渡到资本主义社会，是一个"客观的、自然的历史进程"，同样，社会主义社会代替资本主义社会，也是一个"客观的、自然的历史进程"，是对资本主义社会的扬弃。所以，作为社会形态的社会主义，它是高于资本主义社会的，即比资本主义社会有更高的政治文明、生产力文明和社会文明，同时又能实现"两个解放"，这是社会主义社会最显著、最核心的特征。

只有一个更先进的社会形态，才能真正实现资本主义社会"不可遏止地向其趋归"，才能真正实现孔子所提出的"为政之德，譬如北辰，居其所，而众星共之"的理想。

第三层次，社会主义是什么？社会主义是一种道路。

作为道路的社会主义，就是实现社会主义制度形态的路径。路径的目的地，就是为实现"两大解放"的"三个更高文明"。

实现物役解放，必须有更高的生产力。实践证明，只有科技不断进步，社会生产力不断发展，人类才能从物役中逐步得到解放。所以，社会主义建设的一条路径就是解放生产力，发展生产力，其根本动力就是技术革命。正是从这个角度来理解，邓小平同志才说："科学技术是第一生产力。"

实现制度役的解放，必须要有更高的政治文明和社会文明，使人人在政治上和经济上都成为自由人。在政治上成为自由人，就是要让所有合法的劳动者都成为社会的主人；在经济上成为自由人，就是要消灭剥削和压迫，把劳动由人维持生存的手段变成人类本质的自由活动。所以，要实现政治上成为自由人这一目标，社会主义道路所采用的一条路径，就是让人民当家作主。没有人民当家作主，就不可能有真正的民主、自由、公平和正义。要实现经济上的自由人，社会主义道路的一条路径，就是解放人，让广大人民自由流动、自主择业、自由创业。没有人的自由，没有自主择业和自由创业的机会和空间，是最大的压迫和剥削。所以，作为道路的社会主义，核心是三条路径：一是让人民当家作主；二是不断解放生产力，发展生产力；三是解放人。对于这个认识，其实我们党特别是邓小平同志已经在社会主义实践中得到解决，邓小平说："在总结经验的基础上，我党十一届三中全会提出一系列新的政策。就国内政策而言，最重大的两条：一条是政治上发展民主，一条是经济上进行改革，同时相应地进行社会其他领域的改革。"

第四层次，社会主义是什么？社会主义是一种技术方法。

作为技术方法的社会主义，实质就是确保路径顺畅的政策工具。邓小平曾经说过："现在，特别是在青年当中，有人怀疑社会主义制度，说什么社会主义制度不如资本主义制度，这种思想一定要大力纠正。社会主义制度并不等于建设社会主义的具体做法。"所谓具体做法，就是"到什么山上唱什么歌""在什么道上开什么车"以及怎么开的问题。在平坦的道路上，最好是开跑车，在崎岖的道路上，越野车更适合；在平路时，高挡高速，在爬坡时，低挡低速。没有最好，只有相互适合、相互匹配，才能更好。

改革开放以前，社会建设之车，开的是低速高挡，口号喊得震天响，要大踏步进入共产主义社会，经济社会发展跑的却是低速。改革开放以来，我国社会建设之车，总的来看，是挡速相宜。我国走的是渐进式的改革之路。经济快速发展，政治体制改革也取得了重大进展。当前，我国社会建设进入了新的历史阶段，种种迹象表明，我国社会建设之车开的是高速低挡。经济发展虽然继续以中高速前进，但政治、社会体制改革变挡速度在结构上似乎慢于经济发展速度。所以，坐车的人的感觉是，总有一股被拉住的力，颠坡、摇晃、头晕。因为不匹配，所以不顺畅。这也就是经济在发展，人民生活水平在提高，但不满情绪却在滋长的原因所在。这也正是党的十八大以来，习总书记提出要全面深化改革的目的所在、动力所在。

实现社会主义道路的第一路径，即人民真正当家作主，顺畅的核心技术手段是民主。民主是人类社会迄今最好的政治形式（但并非完美无缺），没有民主，何来当家作主？只有实现比资本主义社会更加真实、更加广泛的民主，才能说人民真正当家作主。当然，民主的具体实现形式，要与本国的历史文化传统、生产力发展阶段和广大人民的素质、愿望相适应。

实现社会主义道路的第二条路径，即不断解放生产力，发展生产力，顺畅的核心技术手段是市场经济。市场经济未必是人类最终的、最完美的解放生产力、发展生产力的工具，但它是到目前为止，人类所能创造的，最能可持续激发人类创新的动力、创业的活力，促进技术进步，实现资源优化配置，让财富不断充分涌流的最好的政策工具。从实践来看，市场经济是通向繁荣的必经之路。国家要繁荣，必须实行市场经济。对于会产生的危险，则需要政府有形之手的宏观调控来把握。

实现社会主义道路的第三条路径，即解放人，其核心技术手段就是

人的现代化。要成为经济上的自由之人，把劳动由人维持生存的手段变成人类本性的自由活动，就必须把人从土地等生产资料的束缚中解放出来，实现人的自主、自由，即自由流动、自主择业、自由创业、自主管理。而自主、自由，这是首要的选择。但在经济越来越知识化的今天，要实现从形式上的自主、自由向实质上的自主、自由的转变，就必须实现人的现代化，即要把人从无知培养到有知再到良知。"只有拥有较强、较丰富知识技能的人，才能在自由的环境中，真正提高自己愿意过自己向往生活的能力，这才是真正的自由。"（《以自由看待发展》，阿马蒂亚·森）。所以，人能够自主的核心在于同时具备两条途径：一是自由，二是较高的人力资本。因此，民主化、市场化、人的现代化程度的高低以及它们相互之间的相匹配程度，是社会主义能否顺畅实现第三条路径的关键。

　　第五层次，社会主义是什么？社会主义是一种文化。

　　英国诗人艾略特称："文化是一个民族的全部生活方式，从出生到走进坟墓，从清晨到夜晚，甚至在睡梦之中。"人是文化的动物，中华民族生生不息，一个重要原因在于我们有文化信仰。文化沉淀着我们最深层次的精神追求——大同世界，天下为公。作为一种文化的社会主义，它是确保民主、法制、公平、正义充分、良好地实现的一种思想意识、思想观念，是理念上的自觉。社会主义文化，它强调的是文化的"社会"性，相对应的是"个人"主义。社会主义文化的核心是一种更加公平、更加公正、更加公共的"三公"文化。所谓公平文化，核心是人人平等，公平竞争，这是实现政治上的民主化和经济上的市场化的基础。所谓公正文化，核心是国家领导人和公共管理服务人员是人民的公仆，不得享有特权，是公仆文化、无特权文化、无压迫和剥削文化。所谓公共文化，核心是公共选举、公共决策、公共管理、公共监督，是造福公共大众。

　　从某种程度上讲，弘扬社会主义文化，是我们从意识形态上战胜资本主义的真正利器，"夫如是，故远人不服，则修文德以来之"。

搞清楚社会主义是有层次的，在不同场合，它亦有不同身份，其目的和意义，就是在思维方式上，从只见"大厦"不见"楼层"的一元思维中解放出来，开启一扇门，进入"大厦"内部观察。社会主义大厦是由五层构成的，既要仰望星空、坚定理想，又要脚踏实地、一层一层地走；既要避免把理想当现实的急躁冒进的错误思想，又要避免犯对具体方法因意识形态化的恐惧而加以愚蠢地排斥进而排斥现代文明成果的低级错误，同时，还要避免太现实、太功利，把现实当理想，失去了信念和方向，失去了向上走的动力。

从对立排斥思维向包容互鉴思维转变

从本质上看，社会主义就是为大多数人谋利益。

"社会主义自从成为科学以来，就要求人们把它当作科学看待。"科学社会主义之所以为科学，首先在于它不再把社会主义建立在主观臆想的基础上，而是建立在对现实社会进行科学研究的基础上。因为是科学，所以人们的认识总是受他们所处的历史条件的制约，这些条件达到什么程度，人们的认识才能达到什么程度。因为是科学，所以科学社会主义理论也要随着社会的发展以及认识的深化而不断丰富、完善。

正如恩格斯所反复强调的："马克思的整个世界观不是教义，而是方法。它提供的不是现成的教条，而是进一步研究的出发点和供这种研究使用的方法。"邓小平同志也说过："世界形势日新月异，特别是现代科学技术发展很快。现在一天抵得上过去古老社会几十年甚至上百年，不以新的思想、观点去继承、发展马列主义，不是真正的马列主义者。"

我们就是要用马克思主义的科学方法来审视当今社会的发展变化，以更好地认清资本主义和社会主义的新特征和变化发展规律。

第一个变化，劳资矛盾被"高知"与"低知"之间的矛盾所取代。

《后资本主义社会》一书作者彼得·德鲁克在 1993 年指出，我们正在步入一个新的社会，在这个社会中，社会结构、阶级关系、国家职能、经济动机以及社会问题都在发生深刻变化。资本主义被主要定义为资本与劳动之间的矛盾和冲突的时代已经终结。现在，决定性根源和生产因素已不再是资本、土地和劳动，而是一类新型劳动者所掌握的知识。

过去是由资本家组织资本和劳动，现在由掌握知识和信息的劳动者从事这项工作并领导生产过程。他们依然受雇于某一家企业，但必要的生产材料和工具掌握在他们手中，因为这都包含在他们的知识里，可以带到他们想去的任何地方。

以劳动为主要职业的传统产业工人并没有消失，但退居次席。可以说，由于所有权与控制权的分离，传统意义的资本主义企业已经消失。资产阶级与无产阶级之间的对抗已经被掌控知识的劳动者与从事技术含量较低工作的劳动者之间的紧张关系所代替。

第二个变化，资、知地位关系改变。随着科学技术革命的不断推进，商品生产向知识生产的转化导致了新的劳动分工。知识经济社会，从资整合资源向知整合资源转变。

第三个变化，全球化。随着经济全球化，生产、资本、分工、知识和信息等的流动也在全球化，即资本、生产以及新的内部矛盾在跨国化。

我们只有深刻认识和理解这些新的经济机制，才能更好地寻找新的政党战略、新的政府治理定位。

那么，既然社会主义是从资本主义高度发育的胎胞里自然成熟分娩出来的，在资本主义生产方式还有较大生命力的今天，是否意味着真正的社会主义还没有诞生呢？"抑或已在资本主义和社会主义之间开创了一条'中间道路'或'第三条道路'呢？"（吉登斯）

要回答这个问题，就要回答姓社姓资的标准是什么。

1. 生产资料的所有制性质，是区分资本主义和社会主义的标准吗？

生产资料的私有制代表着资本主义，生产资料的公有制代表着社会主义，在改革开放之前，我们都曾经这样认为，所以，搞社会主义，就必须"一大二公"。在当今以美国为例的西方发达国家，作为资本主义社会的典型代表，既有大量的私有制，也有公有制的存在，我国作为社会主义国家的典型，既有公有制，又大力鼓励非公经济的发展，而各国都存在着公私合营的混合所有制、股份合作制等企业。习近平指出："在功能定位上，明确公有制经济和非公有制经济都是社会主义市场经济的重要组成部分，都是我国经济社会发展的重要基础。"因此，以生产资料的所有制为标准，是难以划清社会的制度性质的，公有制和私有制都只是促进生产力发展的产权安排而已。

归根到底，如果把促进发展作为目的，那么所有制只是一种手段或形式。究竟有没有存在着是纯公有的好，还是纯私有的好，抑或是混合所有制的好这样一个命题呢？我认为，关键是看两条：一是与这种形式相匹配的客观条件是否存在。实行纯公有制的客观条件是全社会形成了一个高尚的、纯粹的、彻底的、完全的民主制度，否则就会形成"名义所有者"的"一无所有"，真正得实惠的则是受"所有者"委托的实际管理人。实行纯私有制的客观条件是全社会形成了一个高尚的、纯洁的道德规范和绝对公平、公正的法律制度，否则就会不可避免地形成优胜劣汰、适者生存的社会生态"自然化"。所以，从这个角度上看，所有制本身并无优劣、好坏、高低之分，而是取决于与之相匹配的社会环境。二是取决于经济形态以及产品的属性。农业经济、工业经济、知识经济，竞争性产品、垄断性产品，都需要与之相匹配的产权制度的安排，是存在决定需要，内容决定形式，而不是相反。

2. 市场经济是划分姓资姓社的标准吗？

改革开放以前，我们曾经认为资本主义社会才实行市场经济。马克思、恩格斯也认为，正是实行市场经济，导致了单个企业生产的有组织性与整个社会生产的无政府状态之间的矛盾，使周期性的经济危机持续不断地爆发。所以，搞社会主义建设，必须实行计划经济，一切生产和分配都按计划进行，才能"有条不紊"。而实际结果是，这个做法短时间内可能可以使生产力快速增长，但从长期来看，这个做法是不可持续的，它会导致生产低效，阻碍生产力的发展，造成普遍贫穷。邓小平曾经告诉我们：计划经济不等于社会主义，资本主义也有计划；市场经济不等于资本主义，社会主义也有市场。计划和市场都只是经济手段而已。

3. 民主是划分姓资姓社的标准吗？

资本主义社会国家的人对这个问题的答案是肯定的。他们认为：资本主义国家讲民主、自由和法制；社会主义国家讲集权、过度集权甚至独裁，没有民主、自由和法制。事实上，追求人的自由和全面发展是社会主义的出发点和落脚点。马克思曾经说过，"每个人的自由发展是一切人的自由发展的条件"，"建立自由人联合体"才是共产党人最终的奋斗目标，才是共产主义的真谛。恩格斯曾明确表示："批评是工人运动生命的要求，工人运动本身怎么能逃避批评，禁止争论呢？难道我们要求别人给自己的言论自由，仅仅是为了在我们自己队伍中又消灭言论自由吗？"威廉·李卜克内西更是精辟地提出，"没有民主的社会主义是臆想的社会主义，正如没有社会主义的民主是虚伪的民主一样"，"未来将属于以民主为基础的社会主义和以社会主义为基础的民主"。

如果说社会主义民主与资本主义民主相比有什么特殊之处，那就是社会主义民主比资本主义民主更加真实。

4. 生产力或科技水平的高低，是划分姓社姓资的标准吗？

当今以美国为代表的西方发达资本主义国家，科技发达，拥有较高的生产力发展水平，他们更接近社会主义吗？

从全球化、现代化、信息化的历史进程来看，它们的原动力是科技革命，主动力是生产力革命，并进而引发生产方式的变革。谁在科技革命和生产力革命中占据有利位置，谁就会在全球化和现代化世界变化发展中起主导作用。正如第一次科技革命中的英国，第二次科技革命中的德国、美国、英国、法国，第三次科技革命中的美国，它们在全球化不同历史时期起着主导作用。

由此我们可以看出，科技革命引发了产业革命，进而促进社会生产力的不断进步，它实质上是促进了经济形态的变化和国家现代化程度的提高，即从农业经济社会向工业经济社会，进而向知识经济社会迈进。由产业革命引发的生产方式的变化，虽然最初都来自西方发达资本主义国家，但生产方式本身并不是姓社姓资的标准。有利于生产力发展的先进生产方式，是人类社会共同创造的文明成果。当今世界各国，包括当今社会主义国家，通过实行对外开放，主动吸收世界先进文明成果，特别是当今发达国家资本主义的文明成果，融入世界经济体系。可以这么说，生产力和科技水平的高低，决定着一个国家的经济形态和现代化水平的高低，其并不是社会制度形态（性质）划分的标准。生产的本质在分配，如果一定要说有标准，社会主义国家最终必须努力实现比资本主义国家更高的生产力和科技水平，才能真正显示社会主义制度的优越性，增强制度的吸引力。

那么，什么是真正衡量社会制度性质的根本标准呢？我认为，国由家构成，国为家服务。国为什么样的家服务，即国为什么样的政治、经济、文化利益的社会阶层服务，是认定国家社会制度性质的最本质特征和标准。当然，这个服务不仅仅是写在纸上，说在嘴上，而是实际上的。如果国是为奴隶主阶层服务的，就是奴隶社会；如果国是为封建官僚阶层服务的，就是封建社会；如果国是为资本家阶层服务的，就是资本主义社会；如果国是为广大社会大众服务的，那就是社会主义社会。

从零和思维向共赢思维转变

大同世界改变的不是目标，而是实现目标的方式，应建立人类命运

共同体。

我们必须客观全面地研究资本主义，弄清哪些是反动的，哪些是过时的，哪些是人类社会共有的文明成果。我们还要客观全面地研究社会主义，弄清哪些是正确的，哪些是错误的，哪些是需要完善的，同时把两个结合起来，保持社会主义的优秀成果，借鉴、融合资本主义的优秀成果，我们就成了最好的。马克思主义认为，人类的认识来源于实践，这种实践不只是个人直接实践，还包括对纵向历史的继承和对横向经验的借鉴，离开这些就很难谈认识的发展和社会的进步。

传统的观点认为，资本主义与社会主义是两种根本对立的社会制度，是取代关系，必须用暴力手段通过推翻资产阶级，夺取政权，实行无产阶级专政，才能建立社会主义制度。

早期的资本主义社会，其实质是资本至上。所谓资本至上，就是一种以人的财富多少来决定人的政治权利和分配决策权的有无（多寡）的思想观念、国家政治制度和社会经济制度。资本主义在国家政治制度上最显著的特点就是以财产资格限制人的政治权利，特别是选举权。在社会经济制度上最显著的特点是采取自由放任的经济制度，以资本限制人的分配决策权。这种以人的资本和财富的多寡来决定人的政治权利的有无和社会分配决策权的有无的政治思想，就是早期的资本主义社会。

早期资本主义社会的后果是：大资本家对中小资产阶级进行弱肉强食的欺凌，以大欺小，以强欺弱。所以，早期的资本主义制度是一种不公正的、罪恶的社会制度。马克思正是深刻洞察了早期资本主义社会的种种弊端和矛盾的不可调和，才得出了资本主义必然灭亡的结论。马克思的预言已经实现了，因为马克思观察到的早期的，或者说原始的，或者说旧的资本主义确实已经灭亡了。

新的资本主义在《资本论》的冲击下，通过变革，又逐渐恢复了生机，其变革的要义，就是逐渐"社会主义化"。因为马克思帮助他们分析了资本主义的优点，也让他们看到了弊端。而克服其弊端的出路，就是"社会主义化"。其途径主要是三条：

一是政治化解。即实行多党轮替的财团政党政治制度和全民直接选举，这就是以美国为代表的现代资本主义国家所盛行的西式民主制度。正如郑永年所说的："把资本主义和民主等同起来是一个很大的误解，因为民主体制就是要遏制资本主义，西方社会从原始资本主义发展到现在的福利资本主义或者带有福利性质的资本主义，这不是资本主义本身的发展逻辑，西方的这个转型是政治改革和社会改革的结果。"在这种政治制度下，某个财团政党要想成为执政党，就必须比另一个财团政党更能化解劳资矛盾，也就是看谁更能取悦选民，而选民对于财团政党的取拿标准就是两害相权择其轻。所谓政治化解，实质就是扩大民主，而民主就是社会主义的本质和生命，是广大人民当家作主的一种体现。

二是制度化解。主要是通过立法等制度创新的办法，限制资本的极权和霸权，限制个人主义的过度膨胀。比如：英国就是把社会的公平观念加入了法案里面；美国于1890年制定了《反垄断法》或叫《反托拉斯法》，把劳资矛盾冲突从资本家本身开始化解。美国还通过股票市场的财富再分配功能，使大企业从资本家或资本家族所有变成全民或大众所有，达到藏富于民、化解冲突的效果，其本质就是经济的民主化，同时依法建立规范的公司治理结构。正是在法治化的约束下，资本家才不敢以大欺小、以强欺弱。其革命性的举措，在欧美等发达资本主义国家，普遍建立了福利保障制度，增强了普通劳动者的安全感和归属感。在保障资本家先富起来的同时，也保障并不断提高普通劳动者的生活水平，普通民众的幸福感不断增强，剥削感不断淡化或弱化。实行更加公平的法制，保障全体普通大众的利益，这也是社会主义的特征之一。

三是技术化解。即通过技术手段来增加劳工的绝对所得，从而减轻劳工的生存发展压力。其主要途径就是通过技术创新，一方面提高劳动生产率，做大国民经济这块蛋糕，蛋糕做大了，大众所能分到的蛋糕也就增加了；另一方面从体力上减轻了劳动者的负担，也就是我们上面讲到的从艰辛的劳动中解放出来。当今，资本主义做大蛋糕的主要办法就是通过全球化来不断拓展资源、市场、技术等客观因素。

所以，新的资本主义社会之所以仍然繁荣富强，实际上是因为它已经被"社会主义化"了，瑞典等北欧国家的社会主义化体现得更加明显。所以，繁荣的根本就在于资本主义社会也是一个开放、包容、善于学习和借鉴的体制，是学习和借鉴了社会主义制度的优点，在不断的创新积累中，慢慢地社会主义化了。从我们传统习惯的斗争思维上讲，马克思的预言也正在实现。同时，社会主义通过其自身内涵的本质优势，和平演变了资本主义社会，正是从这个意义上说，这是社会主义对资本主义的不战而胜。所以，地球的另一端是社会主义化了的资本主义社会。

同样，早期的社会主义就是社会至上。表现为以生产资料公有制为基础、以计划为手段的平均主义，其最终实践的结果是普遍的贫穷。可以说，早期的、传统的、旧的社会主义也已经不存在了，当然这其实根本不是真正的社会主义。

中国的社会主义新生活始于改革开放，之所以要改革，是我们认识到传统的社会主义有弊端；之所以要开放，是我们认识到外面的世界很精彩，新资本主义国家也有许多优点，其文明成果也可以为我们所学习和借鉴。最成功的是两条：一是放手发展民营经济，把民营经济作为社会主义的重要组成部分；二是实行市场经济，认识到市场和计划都只是发展经济的手段。我国经济持续30多年来的快速增长，综合国力的显著增强，老百姓的生活明显改善，其根本原因在于我们找到了适合我国国情的社会主义道路，也就是中国特色社会主义道路。

为什么资本主义国家在社会主义化后垂而不死，看上去还生机勃勃呢？为什么社会主义国家在实行改革开放后，不但僵而不死，还繁荣昌盛呢？看似两个世界，实则趋归，似乎看到了世界大同之曙光。我认为原因有二：

一是社会发展形态的趋归。 从社会关系的角度来划分，整个人类社会同处于"以物的依赖性为基础的人的独立性"的第二大形态。马克思主义揭示了人类社会发展的一般规律，并且对人类社会形态做出了科学的划分。从社会关系的角度划分，有三种形态：人的依赖关系（起初完全是自然发生的），是最初的社会形态，在这种形态下，人的生产能力只是在狭窄的范围内和孤立的地点上发展着。以物的依赖性为基础的人的独立性，是第二大形态，在这种形态下，形成了普遍的社会物质交换，建立了全面的关系、多方面的需求和全面的能力体系。建立在个人全面发展和他们共同的社会生产能力成为他们的社会财富这一基础上的自由个性，是第三阶段。与从社会制度的角度划分相对应的关系是：原始社会、奴隶社会、封建社会对应于"人的依赖关系"；资本主义社会对应于"以物的依赖性为基础的人的独立性"；共产主义社会对应于"建立在个人全面发展和他们共同的社会生产能力成为他们的社会财富这一基础上的自由个性"。

从总体上看，人类社会今天的发展状况，绝大多数国家都已经超越了"人的依赖性"阶段，但都远未达到"人的全面发展和自由个性"的阶段，各国同属于以"物的依赖性"为基础的人的独立性阶段。这一阶段消除了原始的、奴隶的、封建的社会中人对人的依附关系，劳动者独立了，但这种独立性由于物的不丰富而必须以对物的依赖为前提。人的社会权利基本表现为以物的形式占有，这可以解释由穷变富的阶段，相对来说，贪腐就比较多的原因。人类社会目前处于"以物的依赖性为基础的人的独立性"阶段，中国也不例外。我们可以认为，在这个阶段，不同国家，其制度的形式、名称可以不同，但它们都有一个共同的目标——解放生产力、发展生产力。换句话说，从封建社会到共产主义社会，中间必须经过一个生产力高度发展的社会形态，使人真正从对物的依赖性中解放出来。这就是目标趋归。

人们能否自由选择某一社会形态呢？马克思主义基本原理认为，不能。

十一届三中全会之后，我们党根据中国国情的实际，确立了社会主义初级阶段的基本路线，把发展生产力作为第一要务，发展才是硬道理，这是顺应人类社会发展规律的结果。

资本主义制度和社会主义制度虽然性质不同，但仍处于同一形态之中，具有共同的"社会存在"，而"社会存在"决定社会意识。在这一形态中，生产力发展服从商品经济的基本规律，货币、市场、交换价值的存在不以人的意志为转移，因此，市场经济既可以为资本主义所用，也可以为社会主义初级阶段所用。在这一形态中，物质利益原则是决定生产关系和人们社会关系的基础性原则，是生产力发展的原动力。任何忽视物质利益的政策，都会带来适得其反的效应。资本主义国家要吸收社会主义国家的优点，兼顾社会公正；社会主义国家在主动地、自觉地维护社会公正的同时，必须更加重视效率。

在这一形态中，资本、劳动都是客观的经济现象，是由"物的依赖性"决定的。过去，我们对这些客观事物或视而不见，或简单地贴上资本主义的标签加以排斥，阻碍了社会生产力的发展。

总之，为实现同一目标，各国根据国情、历史选择了不同的制度、道路，但在实践中，大家共同认识到，每一种制度、道路都有优缺点，都可以相互取长补短，使之成为一种综合的、多样化的手段，更好地促进生产力的发展，更好地达到目标。

二是工具手段的趋归。社会主义与资本主义两大阵营，不管过去还是现在都难以摆脱零和博弈的思维，怎么会趋归呢？

其实，这都是在传统的资本主义和社会主义的影响下，意识形态领域的交锋，这种交锋是有其特殊背景的。也正由于这样的斗争，使原始的资本主义觉醒，认识到资本主义制度存在严重缺陷，如果不接受马克思的警告，必定走入死胡同。唯一的良方，就是吸收社会主义的公平、公正。这同样也使社会主义觉醒，社会主义的本质就是民主，就是解放生产力、发展生产力，实现共同富裕。

就这样，凡是真正深刻认识到资本主义的弊端并勇于接受马克思主义预言和警告的，便使旧的资本主义获得新生，说明这些资本主义国家是开放的、包容的，它们还是有一定生命力的。同样，凡是真正深刻认识到旧模式的所谓社会主义是有误区的，说明这些社会主义国家也是开放的、包容的，也有一定的生命力。民主是社会主义的本质，解放和发展生产力是社会主义的根本任务。资本主义国家首先使用的市场机制，在现实生产力发展阶段，是提高资源配置效率的有效手段，必须充分利用，为民造福。以此认识来推进社会主义改革，使社会主义获得新生，新的、真正的社会主义就此诞生。正所谓"不打不相识"，当资本主义从初级阶段的残酷、血腥和无知中走向成熟，社会主义从当初的理想、浪漫和冲动中走向成熟，蓦然回首，大家发现，你我都有优缺点。你中有我，我中有你。只不过是，资本主义是社会主义的前世，社会主义是资本主义的今生。新的资本主义社会，正在孕育着社会主义的种子，新的社会主义社会则是对资本主义社会的扬弃和发展。

所以，必须坚决摒弃"东西""资社"简单的黑白、对错、是非的二元划线思维，而要树立美美其美、各美其美、美美与共的思维。正如习近平总书记指出的，"文明是平等的，人类文明因平等才有交流互鉴的前提。各种人类文明在价值上是平等的，都各有千秋，也各有不足。世界上不存在十全十美的文明，也不存在一无是处的文明，文明没有高低、优劣之分"。傲慢与偏见是文明交流互鉴最大的敌人，平等和尊重才是文明交流互鉴的前提。

在经济全球化的背景下，各个国家、地区间的文化交流越来越密切，加速了文化间相互的影响、渗透、模仿、学习、融合，当然也有冲突。文化的核心内容是价值观。价值观的相互影响是不可避免的，实际上对所有的人来说都是难得的机遇，尽管表现形式不同，但人类对真善美的追求具有趋归性和内在一致性。

我们应当实事求是地承认，中国改革开放的实践过程中，世界各国先进的文化都为中国的发展做出了不可替代的贡献，中国的优秀文化也同样为世界各国的社会发展做出了应有的贡献。因此，在全球化背景下，世界各国都在重构价值观及体系，虽然表现形式多样，但越来越在内在上趋归，这是一个"自然的"历史趋势。

当然，趋归并非相同，而是多样性中的统一性。各国各民族各有所长，有些观念深深根植于民族的历史之中，越是经济走向全球化，就越需要重视全球各个民族之间的平等和相互尊重，包括尊重文化的多样性。全世界不可能仅仅是一种文化、一种价值。恰恰相反，正由于文化或价值观念的多元、多样，在相互竞争、交融中，才更有利于人类文明的共同繁荣。但文化的多样性，决不能成为保护落后文化、拒绝先进文化和闭关锁国的理由，由此，只会导致价值观的封闭性和排他性。只强调本我的优越性就会忽视可能存在的缺点，只强调本身的纯洁性就会畏惧新的发展，以至于对外采取隔绝的态度，对内压制创新、求变的积极因素，结果只会导致价值观的停滞、衰微。

历经磨难的人类社会，是一个越来越理性、开放的社会。价值趋归与价值多元是一个问题的两个方面，趋归的前提是多元，趋归是多元发展的内在要求，是人类理性共同成长进步的必然结果。

万物皆有律，终究是以不同的方式在演算着一个相同的定理——"大同世界"，改变的不是目标，而是实现目标的方式。

【本文根据浙江大学"紫领·问政讲堂"第9期（2016年3月11日）的演讲内容整理而成。作者系浙江省驻京办副主任，时任浙江省委老干部局副局长。】

包容的力量

楼炳文

包容，其意是宽容、容纳。"草木有情皆长养，乾坤无地不包容"，这是说大自然的包容。而我今天所说的包容，则是文化的包容、政治的包容、人格的包容。

包容，是中华文明的基因

文明，是有史以来沉淀下来的，使人类脱离野蛮状态的所有社会行为和自然行为构成的集合，即人类所创造的财富的总和，涵盖了人与人、人与社会、人与自然之间的关系。这些集合至少包括了以下要素：家族观念、工具、语言、文字、信仰、宗教观念、法律、城邦和国家等。学界公认的结论是，由于各种文明要素在时间和地域上的分布并不均匀，产生了显而易见的各种文明，具体到现代，就是西方文明、阿拉伯文明、中华文明、古印度文明四大文明，以及若干个亚文明。《文明的冲突》作者塞缪尔·亨廷顿认为，冷战后，世界格局的决定因素表现为七大或八大文明，即中华文明、日本文明、印度文明、伊斯兰文明、西方文明、东正教文明、拉美文明，还有可能存在的非洲文明。冷战后的世界，冲突的基本根源不再是意识形态，而是文化方面的差异，主宰全球的将是"文明的冲突"。

应该说，一种文明之所以得以延续和发展，肯定有其特殊的历史条件和独特的品质。审视中华文明的延续和发展，有一项特别明显的品质，那就是包容。

1. 易的发现。

《易·系辞传》："古者伏羲氏之王天下也，仰则观象于天，俯则观法于地，观鸟兽之文与地之宜，近取诸身，远取诸物，于是始作八卦。"

后经文王演绎、老子集成、庄子阐述，周易之学，巍然而立。《史记·孔子世家》："孔子晚而喜《易》，序《彖》、《系》、《象》、《说卦》、《文言》。读《易》，韦编三绝。"

《易经》包罗万象，纲纪群伦，是中华文化的杰出代表；广大精微，包罗万象，亦是中华文明的源头活水。其内容涉及哲学、政治、生活、文学、艺术、科学等诸多领域，是群经之首，是儒家、道家共同的经典。

太极之形、太极之义，直观而深刻地诠释着包容的哲学内涵，决定了中华文明的基因和底色。太极之形与太极之义告诉人们，阴阳互包，此消彼长，和而不同，浑然一体。大到宇宙乾坤，小到草木虫鱼，无不经历着元亨利贞这一过程，又无不遵循着一生二、二生三、三生万物这一规律。包容，包而容之。包者，囊也；容者，纳也。包容，就是以宽大仁厚之心，容纳万事万物。

2. 孔子的加入。

又过了 2000 年，在山东曲阜的尼山，有一位智者——孔子，与他的学生有过两次短暂的对话。

子曰："参乎！吾道一以贯之。"曾子曰："唯。"子出，门人问曰："何谓也？"曾子曰："夫子之道忠恕而已矣。"

子贡问曰："有一言而可以终身行之者乎？"子曰："其恕乎。己所不欲，勿施于人。"

一是"忠恕"，一是"恕"，其义一也。这就是孔子的恕道。这个恕，有两个意思：一是宽容、原谅；二是以己之心推想别人的心，这就是包容。以己之心推想别人的心，是"己"做出的一个心理活动。这个心理活动的前提不仅不排斥他人，而且努力做到自己与他人内心上的一致。推己及人，己所不欲，勿施于人。善恶在心，行止在心，天下皆能以己之心推想别人的心，则和谐的世界自然形成。

由于孔子的加入，中华文明包容的基因变得更强大，底色更鲜明。后来，经过无数哲人的加入与弘扬，百家争鸣，各种学术、各种思想、各种智慧相互融合，中华文明包容的力量越来越强大。

3. 佛的加入。

然而，这还不够，又过了 400 年，公元 67 年，有两位印度高僧，用白马把《四十二章佛经》驮到了洛阳。汉明帝命令在洛阳城的西面以天竺的样式，造一座佛寺，供奉这些经书，这就是白马寺。从此，佛教以"无缘同慈，同体大悲"的精神，以同样辽阔的包容之心，融入了中华文明的滚滚长河。

佛的加入，本身就表明中华文明具有兼容并包的气质与胸襟。

包容，这是上天给予中华民族最慷慨和最伟大的馈赠。

中华民族最初繁衍生息在黄河、长江之滨时，只是几个小小的部落，其文化也只是单薄的部落文化，但随着儒、释、道三位一体的架构的形成，中华民族手中拥有的，不只是一种文化，而是整个辉煌的文明。

大度兼容，则万物兼济。远古的孕育，千年的包容，终于使中华文明具有了大象无形、大气磅礴的气质。书同文，车同轨，中华民族以其极大的胸襟与气度，包容着相逢的一切，乾坤万象、山川大地、国家民族，生态位越来越广，同心圆越画越大，直到今天。

今天，环顾四周，我们发现，世界上那些曾经辉煌的古代文明，都已经湮灭无寻，风光不再，唯有中华文明，历 5000 年而不衰。人类进化发展的历史，就好比世界各民族的接力赛，如果以百年算一棒，前 40

多棒中华文明一路领先，甚至一骑绝尘，遥遥领先。到了 19 世纪，中华民族内忧外患，我们掉棒了，落在了西方的后面。从 1949 年开始，中国共产党从地上捡起了那支掉落的接力棒，率领中国人民奋起直追，60 多年过去了，我们超过了一个又一个国家。现在，我们离跑得最前面的几个对手已经不远了，我们甚至能听到他们呼哧呼哧的呼吸声和沉重的脚步声。我们坚信，到新中国成立 100 年的时候，也就是本世纪中叶，我们将再次跑到世界的最前面，为人类领跑。

为什么我们的国家与民族具有如此坚韧不拔的毅力和持久的耐力？谁都会去寻找这其中的奥妙。原因很多，但最根本的原因，无疑是包容。

包容，是统一战线的特质

统一战线是中国共产党的发明，是中国革命、建设和改革开放的"三大法宝"之一。因为有了包容，才诞生了统一战线；因为有了包括统一战线的"三大法宝"，中国共产党才无往而不胜。

1. 过去，是统一战线包容的力量，改变了中国革命的力量对比。

我们把时间回放到 1939 年 7 月 9 日，延安。这一天，延安要举行陕北公学、延安鲁艺师生奔赴前线的送行会，毛泽东应邀发表即席讲话。毛泽东当时 46 岁，风华正茂，气宇轩昂，谈笑风生。他以《封神榜》里的故事做比喻，说："当年姜子牙下昆仑山，元始天尊送他三件法宝：杏黄旗、方天印、打神鞭。姜子牙用这三件法宝打败了所有的敌人，辅佐武王伐纣，建立了周朝。今天，你们也要下山了，要去前线跟日本侵略者作战，我也赠你们三件法宝，这就是：统一战线、游击战争和革命团结。"1939 年 10 月，毛泽东在《〈共产党人〉发刊词》一文中，正式把"三大法宝"重新概括为：统一战线、武装斗争和党的建设。

从此，统一战线就成了我们党的第一大法宝，一直牢牢地握在手中。

为什么中国共产党把统一战线奉为第一件法宝？这要从井冈山和瑞金说起。

第一次国共合作破裂后，土地革命战争时期，血雨腥风，是我党最艰难的时期。我党提出"反封建压迫、反国民党统治的工农民主的民族统一战线"，开展井冈山斗争，后来开辟了中央苏区。

中央苏区，是中华苏维埃共和国党、政、军首脑机关所在地，是共和国的摇篮，是中国共产党建国思想的一次大实践。中央苏区最盛时，1933 年秋，中央苏区辖有江西、福建、闽赣、粤赣四个省级苏维埃政权，拥有 60 个行政县。但是，好景不长，中央苏维埃政权很快就受到错误路线的冲击。王明坚持教条主义，照搬共产国际论断，认为在中国，工、农两大阶级是革命的唯一动力，城市小资产阶级等"中间势力是最危险的敌人"，要"一切斗争、否认联合"，否认统一战线，实行关门主义，导致革命事业遭受重大损失。中央苏区搞纯而又纯，最后变成孤家寡人。第五次"反围剿"失败后，红军被迫进行战略转移——长征，根据地丧失 90%，红军人数则从 30 万锐减至 3 万。

这段历史，尽人皆知，但深究其理者，则不多。作为一名统战工作者，我从这段历史中深刻理解了毛泽东为什么把统一战线作为第一大法宝。

大道理不说，还是举一个例子吧。蔡协民，曾志的丈夫，早年参加南昌起义，随即上井冈山，又发动湘南起义，曾担任工农革命军第一师政治部主任、红四军政治部主任，在中央苏区时任中共福州中心市委书记兼军委书记，是我党高级将领和卓越领导人。1929 年，在中央苏区，有人揭发他早年在上海参加过社会民主党，组织上就突然解除其红军领导职务。为了证明自己的清白，蔡协民潜回上海，想找到自己当年的入党介绍人，无果，只得返回苏区。1934 年 4 月 16 日，蔡协民离开厦门前往中央苏区，行至石马，因叛徒出卖而遭逮捕，经受多次刑讯仍坚贞不屈。7 月，在福建漳州就义，年仅 33 岁。当时在中央苏区，像蔡协民这样的例子还很多。毛泽东后来多次论及这段历史，指出，"关门主义"是为渊驱鱼、为丛驱雀，把千千万万和浩浩荡荡的人都赶到敌人那一边去了。

正因为经历了如此严峻的挫折和重大的牺牲，毛泽东才深感统一战线的极端重要性，才明确将统一战线作为中国革命的三大法宝。

在延安时，毛泽东曾问胡耀邦：什么是政治？后来，毛泽东自己回答道：统一战线就是最大的政治。什么叫统一战线？统一战线就是把自己人搞得多多的，把敌人搞得少少的。

其实，统一战线的本质，就是团结一切可以团结的力量，调动一切可以调动的积极因素，改变力量对比。

延安时期，是我党统一战线战略运用得最为娴熟的时期。"坚持抗战、反对投降，坚持团结、反对分裂，坚持进步、反对倒退"的三大口号和"发展进步势力，争取中间势力，反对顽固势力"的策略，就是统一战线的具体体现。1945年8月29日，毛泽东赴重庆谈判，受到各民主党派、各阶层的热烈欢迎，民主人士称赞毛泽东此举为"弥天大勇"。43天时间，毛泽东利用一切机会，广泛接触各党派、各阶层和各界人士。他说："拜客，什么人那里我都去。"甚至到了陈立夫、张群等国民党顽固派家中拜客，使他们的反共态度发生了不同程度的转变。这令蒋介石大为惊恐，惊呼："毛泽东把统战工作做到我们家里来了。"毛泽东的重庆之行，掀起了一股旋风，更重要的是，中国共产党人包容的胸怀，使人心的天平正悄悄地开始向共产党一方倾斜。

4年后，1949年4月1日，国民政府和平谈判代表团到达北平。在双方代表先进行的个别商谈期间，毛泽东曾以"老乡见老乡，两眼泪汪汪"为开场白，接见了和谈代表之一的刘斐（湖南醴陵县人），拉近了人心。毛主席纵论天下大势，分析李宗仁有几股势力可以依靠，但蒋介石靠不住，美帝国主义靠不住，蒋介石那些被打得残破不全的军队靠不住，桂系军队虽然还没有残破，但那点子力量也靠不住，只有共产党靠得住。在吃饭时，刘斐想趁机试探一下这个问题，问毛泽东："毛主席会打麻将吗？"毛泽东立即应道："晓得些，晓得些。"刘斐见毛泽东高兴，又追问一句："您爱打清一色呢？还是喜欢打平和（音 hú，麻将用语）？"毛泽东马上意识到老乡的用意，立即答话："我不喜欢打清一色，我喜欢混一色，平和，只要平和就行了。"这个回答寓意深刻，一语双关！毛泽东的回答，更加坚定了刘斐主和反蒋的思想。8 月下旬，他应邀北上，到北平出席了具有伟大历史意义的中国人民政治协商会议。

正因为中国共产党的这种包容的气度，中国革命势如破竹，天下归心，新中国犹如一轮红日，在世界的东方，冉冉升起。

你看，1949 年新中国成立的时候，中华人民共和国的国名，是无党派人士张奚若提出来的，被正式采纳；以《义勇军进行曲》作为国歌的建议，是无党派人士徐悲鸿提出来的，被正式采纳；五星红旗，是无党派人士曾联松设计的，被正式采纳，成为中华人民共和国的国旗。

五星红旗一颗大星，代表中国共产党，边上的四颗小星，代表工人阶级、农民阶级、城市小资产阶级、民族资产阶级紧紧团结在党的周围。国旗，就是一面统一战线的旗帜。

经过了长达 28 年艰苦卓绝的革命斗争，中国共产党从不懂统一战线到提出统一战线再到娴熟地运用统一战线，其间经历了国共两党两次合作、两次分裂的严峻考验，积累了失败的教训和成功的经验。从不懂得掌握统一战线的领导权到主动争取领导权，从不善于处理与同盟者的关系到炉火纯青地驾驭这种关系，其间既付出了巨大的代价，也使中国共产党的领导力量从无到有、从弱到强，最后彻底改变了力量对比，一举夺取了政权。

什么时候我们党把这个法宝用好了，革命事业就发展，相反，革命事业就遭到挫折。

2.现在，是统一战线包容的力量，画出了最大的同心圆。

习近平总书记指出："现在，我们党所处的历史方位、所面临的内外形势、所肩负的使命任务发生了重大变化。越是变化大，越是要把统一战线发展好、把统战工作开展好。"

习近平总书记又说："人心向背、力量对比是决定党和人民事业成败的关键，是最大的政治，统战工作的本质要求是大团结、大联合，解决的是人心和力量问题。这是我们党治国理政必须花大心思、下大力气解决好的重大战略问题。"

今天的统一战线，已经发展成中国共产党领导的、以工农联盟为基础的"四者"的联盟，包括全体社会主义劳动者、社会主义事业建设者、拥护社会主义爱国者、拥护祖国统一和致力于中华民族伟大复兴爱国者。

今天，一方面，中华民族越来越走近世界舞台的中央，我们离中华民族伟大复兴中国梦的目标从没像今天这么近过。但另一方面，随着改革开放的深化，经济社会转型的加快，我国阶层分化、利益调整、思想多元、矛盾凸显、诉求增强，我们面临的内外形势也从没像今天这般错综复杂。以社会转型为例，过去，在计划经济时代，差不多所有的人都是"单位人"，不复杂，好管理。改革开放以后，许多人没有单位了，"单位人"变成"社会人"。互联网时代，"现实人"又变成"虚拟人"。各种群体也快速圈层化、国际化。在这样的形势下，如何统一思想、凝聚人心、汇聚力量，需要我们动脑筋、想办法。

在这种形势下，要实现中国梦，有四个离不开：一是全面建成小康社会、加快推进社会主义现代化，离不开统一战线；二是维护社会和谐稳定、维护国家主权和发展利益，离不开统一战线；三是保持香港、澳门长期繁荣稳定、实现祖国完全统一，离不开统一战线；四是增强党的阶级基础、扩大党的群众基础、巩固党的执政地位，离不开统一战线。

以统一战线为基础，我们党进行了一整套的制度设计，最著名的就是中国共产党设计了中国共产党领导的多党合作和政治协商制度这一基本政治制度。这一基本政治制度,与人民代表大会制度等四大政治制度,共同构成了我们国家国体、政体的基本框架,犹如国之四维,四维不张,国将不国。

现在,西方政界、学界越来越强烈地感受到,中国的一党主政、多党辅政,正展现出巨大的政治优势。

统一战线的核心是协商民主。协商民主,是中国共产党的伟大创造,是中国土生土长的民主。随着我国在全球话语权的增强,世界越来越多的有识之士开始认识到,协商民主,即公民自由而平等地通过讨论参与公共政策形成的制度安排,不只是选举民主的补充,也是民主的更高形态,比选举民主更科学。亨廷顿说过:"选举是民主的本质。"这是个错误的结论。正确的结论应该是:"选举是民主的形式之一。"选举民主或者票决民主,非赢即输,非黑即白,你上台我拆台,你支持我反对,只能零和,不能共赢。这样的一种民主形式,使政党利益甚至政客利益凌驾于人民利益和国家利益之上,使行政效率低下,甚至族群分裂、社会动荡。因此,越来越多的西方政党对中国政党制度和基本政治制度表示认可甚至羡慕。他们表示,中国的政党制度和政治制度,能凝聚人心、汇聚力量,能确保国家长治久安,能制定长远规划,能产生比西方高得多的效率。

习近平总书记说过:"我到一些国家访问时,不少发展中国家的领导人羡慕我们的多党合作制度,说他们就缺少像中国民主党派这样跟执政党能够合作的政治力量,各政党相互争斗,不仅很难干成什么事,而且造成社会政治动荡不已。"

正因为统一战线的包容,我们赢得了民心,甚至让我们的对手也心悦诚服。1981年,邓小平会见蒋经国的特使沈诚。一见面,沈诚说:"我是国民党党员,还是国民党中央顾问委员会委员,我是坚定的反共者。"

邓小平抽了口烟，哈哈一笑，说：“反共不要紧，只要不反华就行。”有了这种包容，相逢一笑泯恩仇，两岸之间的隔绝开始打破，坚冰开始融化。

因此，如果说统一战线是一门学问，就是战略学、团结学；如果说统一战线是一种理论，就是动力论、力量论。法宝，不是用来看的。法宝，要为越来越多的中国共产党人所掌握和运用。当代青年，一定要学习和掌握统一战线这门大学问、这个大法宝。

统一战线，高举爱国主义和社会主义的旗帜，用两个一百年目标和中华民族伟大复兴作为海内外中华儿女团结奋斗的最大公约数，求同存异，体谅包容，促进政党关系、民族关系、宗教关系、阶层关系和海内外同胞关系的和谐，把最广泛的力量凝聚起来，最大限度地团结一切可以团结的力量，画出一个最大的同心圆。

这就是统一战线包容的力量。

包容，是当代青年应有的气格

包容，不仅是一种伟大文明应有的基因，也不仅是一个伟大政党应有的品质，更应成为当代青年的一种气格。气格，是气度和品格，是胸襟和涵养。古人重气格，深知一个人的格局有多大，能容纳的事物就有多大。碗大的格局，只能装一碗水；海洋的格局，就能在其上潮起潮落、百舸争流。当代青年要成为有作为的一代，就要具备包容的性格、包容的胸襟、包容的思维方式。当我们用包容的思维，去思考人与人、人与自然、人与社会的关系的时候，我们会发现，我们自己与他人、与自然、与社会是如此息息相通、和谐顺遂、浑然一体。

有容乃大，学会包容的人，才真正成熟；懂得包容的人，才获得快乐。包容是一门艺术，是一种美德，是一种境界，是一种财富，是交友之道、处世之法，各种文章讲得很多，我今天主要想讲讲包容的思维这个问题。

1. 包容的思维不包括对信念的包容，对信念唯有坚守和自觉，别无他途。

信念不是可有可无的，不是有条件接受、无条件放弃的。对广大青年来说，一定要坚定对中国共产党的领导和中国特色社会主义理论的信念，树立信心，矢志不渝。

中国共产党作为中华民族的代表、作为全中国人民的领导核心，命中注定要过四关：夺取政权关、经济建设关、社会治理关、国家统一关。广大青年要善于从五个维度认识中国共产党：历史的维度、人民的维度、文化的维度、实践的维度、世界的维度。

中国的崛起是当今世界的大事件，中国的快速发展和展现出的生机活力吸引了全世界的目光，也吸引了越来越多的学者投入对中国的研究中来。要研究好中国，就应该研究好中国共产党。为什么？答案很简单。因为中国共产党是中国的执政党，是中国革命、建设、改革事业的领导核心。当今中国的发展成就是在中国共产党领导下取得的，中国特色社会主义最本质的特征就是中国共产党的领导。没有中国共产党，就没有新中国，也没有中国特色社会主义。

第一，**历史的维度**。观察和研究中国共产党，需要联系中国近代以来的历史大背景，认识中华民族复兴的历史大趋势。20世纪初，中国内忧外患、四分五裂。在这样的情况下怎么办？当时的中国人想了很多办法，奉行各种主义的这个党、那个党都曾登上过历史的舞台，君主立宪制、议会制、多党制、总统制也都曾在中国试验过，你方唱罢我登场，但都是昙花一现，结果都行不通。一个政党，能否真正赢得人民的爱戴，概括起来是能否做到三个一：能否找到一种科学的思想和理论做指导，能否找到一条适合中国的路，能否用一种恰当的方式把老百姓组织起来。这就是现在对应的理论自信、道理自信、制度自信"三个自信"。可以说，只有共产党做到了。今天，制度之争、主义之争，依然不绝于耳，我们一定要冷静观察，善于比较，得出自己的结论。一个国家的发展道路合不合适，只有这个国家的人民才最有发言权。中国共产党的领导和执政地位不是自封的，而是经过艰苦卓绝的浴血奋战得来的，是用无数烈士的生命换来的，是历史的选择、人民的选择。

第二，人民的维度。中国共产党始终代表着中国最广大人民的根本利益，而不是哪一个或哪几个利益集团的特殊利益。这一初心，从革命到建设再到改革开放，一路走来，从未改变。邓小平曾说过："把人民拥护不拥护、赞成不赞成、高兴不高兴、答应不答应，作为评判各项政策成败得失的根本依据。"这已经成为我们中国共产党人奉行的格言。在实践中，人民拥护的事、赞成的事、高兴的事、答应的事，我们就坚决去做、主动去做。十八大以来，我们党反腐败的力度是很大的，提出"老虎、苍蝇一起打"。之所以这么做，就是因为老百姓拥护和支持。美国皮尤公司多次进行的全球民意调查都显示，绝大多数中国人对自己国家发展的方向"非常满意"，中国人对自己国家的前途"最有信心"。

第三，文化的维度。中国共产党之所以能在中国扎根、成长、发展、执政，离不开中华优秀传统文化的滋养。中国共产党倡导的价值观、秉持的执政理念，与中华优秀传统文化的内涵是一脉相承的。仁义、诚信、统一、和平、和合、大同等，中国共产党倡导的核心价值观与中华民族特有的文化传统，一脉相承，源远流长。

第四，实践的维度。实践是检验真理的唯一标准，发展才是硬道理。是中国共产党，在民族复兴的道路上，率领中国人民奋力前行，从60多年前的一穷二白，到今天的全球经济大国，弹指一挥间，我们60多年走过了人家几百年才能走过的路。

第五，世界的维度。西方许多政党，十分羡慕中国共产党所具有的严密的组织纪律和能够制定长远战略的能力。中国的发展离不开世界，中国共产党一直强调要有世界眼光、全球视野，以开放的胸怀博采众长。

习近平总书记指出，中国要永远做一个学习大国，对世界文明优秀成果，对各国政党的好经验、好做法，我们都愿意借鉴吸收。

这五个维度的观点，不是我的发明。我认为，这应该成为当代青年的共识。对中国共产党的信念、对中华民族前途的信心，应成为当代青年最基本的世界观。

2. 包容的思维，是透过现象看本质，看事物要看主流，切不可一叶障目、以偏概全。

现实世界纷繁复杂，各种信息相互交织。对一个事物，一定要从全面的、整体的角度去观察、判断，不能被局部或暂时的现象所迷惑。比如对党的领导、社会主义制度以及我们国家前进中出现的各种问题，一定要全面、客观、历史地去看，不能只见树木不见森林，一片叶子挡在眼前会让人看不到外面的广阔世界。这里我特别想与大家谈谈如何认识和判断互联网上的一些信息。

互联网，让世界变成地球村。互联网的飞速发展，使信息传播方式发生革命性变化，有力推动了全球也包括我国政治、经济、社会和文化的发展。同时，互联网是一把双刃剑，也有风险和挑战，互联网对政治安全、国家安全、社会安全等都产生了深刻的影响。

在互联网上，我们时不时看到一些与中国社会制度、公平正义、社会管理等有关的负面文章，这些暴露社会阴影面的文章，往往有一个共同的特点，就是抓住其中一个点、一件事、一个角度，然后进行分析。这些文章乍一看，还很有道理，很容易让人得出"整个制度不行"这样的结论，有些人一看到这些文章，就"义愤填膺"地转发了，还发表了自己的评论和感想。这是失之偏颇的。

看待这些东西，就需要确立包容的思维。要透过现象看本质，要看清事物的全貌，不能盲目轻信、盲目下结论，一定要经过科学的调查和验证，以谦虚谨慎的态度看待这些问题。特别是对待政党理论、国家制度、社会道理、历史文化这些大是大非的问题，一定要全局地看、历史地看、科学地看、辩证地看，切不可以偏概全。

3. 包容的思维，不是孤立的点状思维，而是历史的思维、运动的思维、连续的思维。

任何一个事物，既是现实事物，又都是历史事物。过去的有些事，放在今天来看，肯定说不通，肯定有问题。现在的许多事物，放在明天看，也不一定行得通。

比如，新中国成立初期我国对农业、手工业和资本主义工商业实行社会主义改造，虽然与今天国家大力鼓励的支持民营经济健康发展的政策不一致，但在当时是十分必要的，是正确的。如果没有这一步，社会主义的基本经济制度就建立不起来，我们就抵挡不住新中国成立初期面临的诸多困难和严峻挑战。同样，今天社会管理领域的一些问题，比如有人利用法律的不完善大打擦边球，钻制度的空子、管理的边界，一时半会儿没有受到制裁，得了不少利益，但社会在发展，这些问题今天行得通、明天未必行得通。因此，一定要善于历史地看问题。

4. 包容的思维，不是非黑即白、非对即错，而是在一个事物的整体中有时可以同时存在。

1940 年，黄炎培给儿子黄大能写了一个座右铭："理必求真，事必求是；言必守信，行必踏实；事闲勿荒，事繁勿慌；有言必信，无欲则刚；和若春风，肃若秋霜；取象于钱，外圆内方。"

外圆内方，就是包容。外圆，是处世之道、行事之法；内方，是原则和底线，两者完美地存在于一个铜钱之中。在现实中，这样的例子很多。

在改革开放之初，小平同志提出过著名的"三个有利于"的观点，这就是典型的包容的思维。只要抓住本质、守牢底线、把守方向，其他的枝节问题、局部利益，都是可以让步的，都是可以共存的。

总之，一个人，一旦确立了包容的思维，就会心胸开阔，就能不断接纳，就能不断积累，就能不断收获。泰山不让土壤，故能成其大；沧海不择细流，故能就其深；王者不却众庶，故能明其德。我们这个时代，是一个需要巨人而产生了巨人的时代。我们常说，"世界上最宽阔的是海洋，比海洋宽阔的是天空，比天空更宽阔的是人的胸怀"。人人多一份宽容，人类就会多一份理解，多一份真善，多一份珍重与美好，生活中的酸甜苦辣也将化作五彩的乐章。包容的心，是强大的。我也相信，当代青年，一定能培育出一颗宏大而具有包容精神的心。

【本文根据浙江大学"紫领·问政讲堂"第10期（2016年5月22日）的演讲内容整理而成。作者系浙江省委统战部副部长、浙江省民族宗教事务委员会主任。】

弄潮的力量

徐有成

"长忆观潮，满郭人争江上望。来疑沧海尽成空，万面鼓声中。弄潮儿向涛头立，手把红旗旗不湿。别来几向梦中看，梦觉尚心寒。"出自宋代诗人潘阆的《酒泉子》。习主席在 G20 峰会上引用了"弄潮儿向涛头立，手把红旗旗不湿"，来表达中国人民发展经济的精神状态。

钱塘江，一条不长的江，全长不到 700 千米，但它以著名的钱江潮而享誉天下。

钱江潮在不同人的视角下是不一样的。

旅行家关注：这壮丽的奇观何时高度最大，潮型有几种？

环境学家关注：涌潮对盐度、污染物扩散混合的影响，是否造成土地盐碱化，污染扩散与消解如何？

生物学家关注：鱼类、水生物在这种强涌潮环境下的生存状态怎样？

动力学家关注：涌潮产生机理、力学特征、形成和演化规律，如何解释这自然奥秘？

土木工程师关注：工程（海塘、大桥、码头等）抗御涌潮的结构形式究竟如何优化？

经济学家关注：资源稀缺的钱江潮能否促进经济发展？

社会学家、哲学家、艺术家、诗人关注点也各不相同。

我们今天关注下钱江潮的美学价值——弄潮精神。

认识钱江潮

1.景观奇特　潮景多样

潮汐从大海深入杭州湾，在浙江省海宁市尖山以东约 20 千米处形成涌潮。掀起波涛，呈现出白浪，咆哮着，带领着潮波，轰轰烈烈向上游挺进。

钱塘江涌潮（钱江潮）闻名古今中外，与巴西亚马孙涌潮及印度恒河涌潮并称为世界三大涌潮。钱江潮古称浙江潮、钱塘潮。最早对钱塘江涌潮的记载在距今约 2000 年前东汉王充的《论衡·书虚篇》中，他明确记载"浙江、山阴江、上虞江皆有涛"。钱江潮从海宁与海盐交界的高阳山至上虞夏盖山一带开始出现，溯江而上约 100 余千米，到杭州市闻堰以上逐渐消失。

这是钱塘江独特的涨潮形式——

轻渺于岸滩，欣然而舞的起始潮。外海潮波传到钱塘江口，江面收

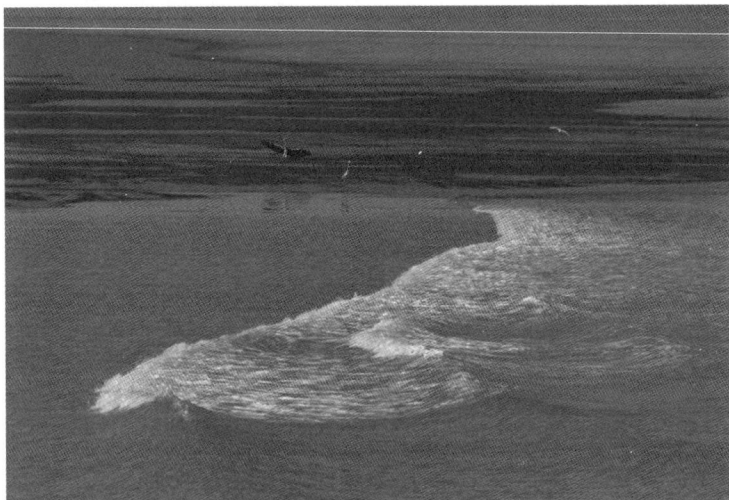

窄，从 100 千米减少到 20 千米，加之河床抬升，潮波变形，波峰变陡，在岸滩水浅处潮波破碎，形成涌潮。

分合有序，形如十字的交叉潮。涌潮继续推进，遇到江中沙洲，分隔水流，潮水分成两股，因地形差异，方向不同，时间有错，在流经沙洲后形成交叉，此种景象一般发生在弯道处。

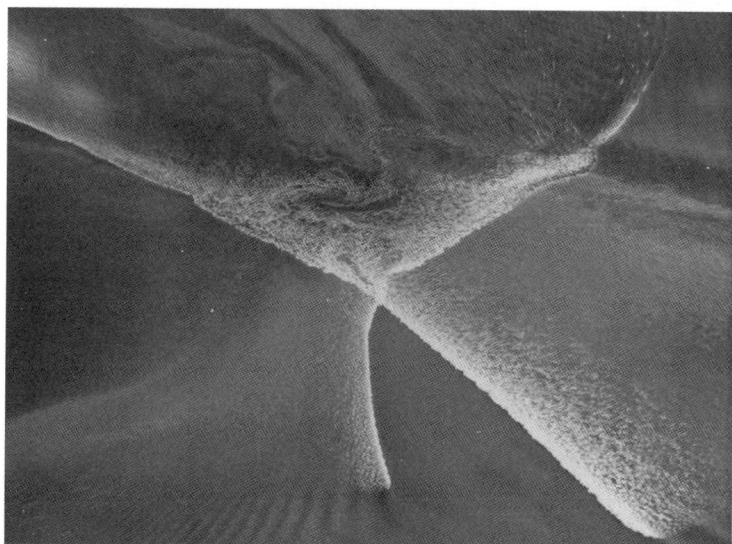

千军列队，隆隆而过的一线潮。涌潮来到顺直江道，潮波方向一致，能量聚集加强，潮波破碎加剧，白浪翻腾，壮观雄伟的涌潮横跨整个江面。

丁坝山体拦挡，遇阻而狂的回头潮。涌潮前进中，遇到突出在江中的山体或丁坝，潮波遇阻，形成倒流的回头潮，这时形成外海潮汐推进的潮波奔涌向前，在此水面之上，另一股潮波相向而去的奇特景观。

纵然年迈也优雅的波状涌潮。涌潮经过长途跋涉，能量消耗殆尽，又会生成多股波状涌潮。

　　钱江潮潮景丰富多彩，有交叉潮、二度潮、一线潮、回头潮、兜潮、对撞潮等。常见的主要是一线潮、回头潮与兜潮；交叉潮与二度潮须在江中有沙洲浅滩方得形成，较为少见；对撞潮则在二度潮的基础上，前潮成为回头潮与后潮相撞而成，壮观异常，更为罕见。

2. 江河景观中的绝唱

钱塘江从雄丽的黄山走来，经过秀丽的开化国家森林公园及水光潋滟的千岛湖，出落成婉约秀美的富春江山居图，在河口邂逅汹涌澎湃的钱江潮。于是优美与粗犷，阴柔与阳刚，完美地糅合在钱塘江里。钱江潮是祖国大江大河景观中的绝唱。

3. 充溢阳刚之气

钱江潮来临时，咆哮着，在人们面前奔腾，它的气势总能使我们惊愕，既会嗅到危险的气息，又能感受到无穷的力量，心中不自觉就会产生对大自然的敬畏。进而，凭借理性，发现我们能超越自然，获取自由，恐惧即转化为欢愉，再进一步转换为崇高感。康德曾经说过：自然引起的崇高的观念，主要由于它的莽荒，它粗野、无规则的杂乱和荒凉，只要它标识出体积和力量。钱江潮恰恰如此，它广阔、壮观、汹涌，充溢阳刚之气，熏陶、激发人们的感情，塑造人们的性格。

钱江潮诞生了弄潮儿

钱江潮的景色多种多样。一线潮、交叉潮、回头潮，人们期望不同，欣赏角度不同，观潮以后的感受也不同。有人欣赏涌潮的气势，有人为涌潮溅起的浪花激动，有人欣赏涌潮汹涌，有人爱看涌潮的优雅，有人欣赏涌潮本身，但更令人振奋的是弄潮儿。

钱塘江弄潮源于祭祀，执旗泅水上，以迓子胥弄潮之戏；源于人们的生存，所谓"抠潮头鱼"，每当潮头将鱼搅得晕头转向时，正是捕鱼时。

唐代李吉普《元和郡县志·钱塘》:每年八月十八日,数百里士女共观,舟人渔子溯涛触浪，谓之弄潮。

宋代周密《武林旧事·观潮》：吴儿善泅者数百，皆披发文身，手持十幅大彩旗，争先鼓勇，溯迎而上，出没于鲸波万仞中，腾身百变，而旗尾略沾湿，以此夸能。

明代田汝成《西湖游览表》：濒江之人，好踏浪翻波，名曰弄潮。

钱塘江弄潮历史悠久，发展于唐代，鼎盛于宋代，衰弱于清代。近代偶有记载，唯其因乃是弄潮过于危险。现代，人们借助于舟船弄潮，冲浪弄潮。

独特的文化精神

1. 弄潮儿成为一种敢于挑战自我与自然的象征

钱江潮其力量尤大，每平方米推力达 5～7 吨，白色潮头水流翻滚旋转，潮头推进速度一般在 20～30 千米/时。弄潮儿能随波逐流，立于水中，确实危险非常，没有勇气、没有泅水技能、没有体力都是不行的。因此，在唐宋时期，弄潮儿被人们膜拜，如宋人吴儆《钱塘观潮记》记述：弄潮儿"一跃而登，出乎众人之上者，率常醉饱自得，且厚持金帛以归，志气扬扬，市井之人甚宠善之"。何等潇洒。

2. 沉而复起，人世间成败得失相辅相成

弄潮之时，弄潮儿常常被潮头卷翻，沉入水中，正当人们惊叫之时，弄潮儿尤复水中跃起，迎来一片欢呼。覆之，潮势之为，复出，潮力之助。弄潮儿懂得避害借力，为其所用，展现了受到挫折时，不屈不挠、坚持不懈、顽强拼搏的精神意志。

3. 吴越霸国之余风

古人形象地写到"千古英雄恨未消，海风吹上浙江潮。怒驱貔虎谁能敌，雄压鲲鲵不敢骄。踏浪掀旗空远迩，临流投袂若为招。扁舟浩荡身先进，输与陶渔共采樵"。浙江大地上流淌着这样的血性，孕育着这样的性格，无论何种时代，浙江人都敢于勇立潮头，走在前列。

钱江潮是如此强大，一往无前，弄潮是意志、胜利的象征，最宜寄托英雄崇拜的情怀。弄潮人被赋予了英雄崇拜的象征。

漫长的历史长河中，我们民族也曾崇拜英雄，赞美力量。

1903 年 2 月，《浙江潮》吹响新文化运动的序曲。12 年后，1915 年，陈独秀创办《新青年》，拉开了新文化运动的大幕。

1921 年，共产党人更是弄潮于中华民族统一与振兴的大潮中。1978 年，中国大地涌起改革开放的大潮。

水利弄潮人

千百年来，钱塘江中上游哺育着浙江两岸世世代代的人们，然而钱塘江下游河口常会发怒发威，任性游荡，河道主槽时而摆北，时而荡南，甚至昼夜摆动 240 余米。河道主槽走南闯北，随着洪水年、枯水年周期摆动，河流一旦改道，农田沦丧、房屋倒塌、生灵涂炭，损失惨重。钱塘江的潮水若遭遇台风，就会成摧枯拉朽之势，横扫堤岸。杭嘉湖地区乃长江冲积平原，低于钱塘江高潮位 2～4 米，一旦海塘溃决，咸潮影响可远到湖州、松江等地，所到之处，泥沙掩埋农田、淤塞河道，内河水质变咸，持久不能消除。远的不说，近代就有很多。仅 1946 年一年之中，有"小上海"之称的头蓬镇大部分、新湾镇局部坍陷，6000 余户人民失去土地，逾 4 万难民流离失所。当年报纸的消息标题就是："居民纷纷拆屋搬家，一幅凄惨流亡图"。

钱塘江就是这样一条让人既喜又忧的江，为了抗御潮灾，历代当政者与两岸人民不遗余力修建海塘。从汉魏、两晋及至南北朝，所谓的筑塘相对简单，无非是堆土拦水而已。隋唐时，开始较大规模地修筑捍海塘。从五代吴越王钱镠开始，钱塘江海塘便进入积极防坍的阶段，钱镠创造的竹笼木桩石塘之法，是由土塘到石塘的一次飞跃。清代于海宁、仁和（今杭州余杭）间海塘塘身的建筑规格，主要为鱼鳞大石塘。历经千余年无数次失败，克服今日难以想象的困难，终在 18 世纪初建成世所罕见的海塘。

特别是新中国成立后，党和政府十分重视钱塘江海塘修建。早在 20 世纪 50 年代海塘工程就按规范标准进行加固建设；1993 年，浙江省水利厅开始规划钱塘江标准海塘工程建设；1994 年 17 号台风后，浙江省人民政府正式向国务院提出："将钱塘江海塘按国家规定标准进行改造加固，在全线修建能防御百年一遇大潮和 12 级台风形成的高潮位和历经潮浪沧桑的标准海塘。"1997 年 11 号台风后，省政府下决心"砸锅卖铁"也要建成标准海塘。至今，钱塘江两岸基本建成高标准海塘。

海塘，历经沧桑，屡建屡毁，屡毁屡建，记录着钱江潮的凶猛和暴戾，镌刻着前辈的艰辛、坚韧和智慧。钱塘水利，人与潮为伴，敢于弄潮，治江结合围涂，围涂服从治江，经过长达 50 年的治理，钱塘江河口主流稳定，海塘坚固，两岸人民生命、财产得到保障。从 20 世纪中叶至今，钱塘江河口围垦近 200 万亩土地，为两岸经济发展提供了广阔的空间。

弄潮的启迪与思考

乾隆（1751）在《钱塘江潮歌》中写道："榜人弄潮偏得意，金支翠旗箫鼓沸。或出或入安其危，但过潮头寂无事。因悟万理在人为，持志不定颠患随。迟疑避祸反遭祸，多应见笑于舟师。"他因多次观潮而从钱塘江弄潮中有所感悟。

我们身在钱塘江边，喝着钱塘江水，感受着弄潮文化，有所思：

当今地球，经济大潮澎湃，我们如何把控自己，勇立潮头？

自然世界，科技大潮汹涌，我们如何提升自己，紧跟潮头？

人类社会，各种浪潮层出不穷，我们如何锻炼自己，敢于弄潮？

如何做一个时代弄潮儿？

要具备敢于弄潮的力量，就得有弄潮的勇气加弄潮的智慧。

面对社会，面对人生，不满足于现状，不怕困难，不怕挫折，不怕危险，敢于探索，敢于挑战，敢于拼搏。这就是勇气。面对社会，面对人生，学会格物致知，学会辩证统一，学会取舍得失，做到知行合一，求真务实，和谐有度。这就是智慧。

浙江大地上正上演着一幕一幕的弄潮景象，让我们跟上并继续！

【本文根据浙江大学"紫领·问政讲堂"第12期（2016年11月17日）的演讲内容整理而成。作者时任浙江省水利厅副巡视员，曾任浙江省钱塘江管理局局长。】

坐标的力量
——漫谈儒家"三不朽"

陈广胜

很高兴到浙江大学与大家交流。因为紫领讲坛推出的是力量系，所以我今天就谈谈坐标的力量。大家都学过数学，学过平面直角坐标系。通过相交于原点的 X、Y 两条数轴，可以定位平面内某一点的具体位置。还有我们看地球仪，都标有经纬线，也是一组坐标。坐标，确定了物质存在的空间位置，告诉人们这里是哪儿。当然，今天谈"坐标的力量"，自然讲人生坐标。哲学有三大终极问题：我是谁？我从哪里来？要到哪里去？这三个问题，其实都与坐标相关，都与世界观、价值观相连。但今天我们不讲形而上、纯哲理的，更多地聚焦人生的意义和价值，由此引出儒家的"三不朽"理论。所谓"三不朽"，即立德、立功、立言。大家一听，也许深感"高、大、上"。但我要说的是，"三不朽"其实是很接地气，是人人均适用的三维坐标。

为何这么说？因为任何人都有一个面对衰老、面对死亡的大问题。人活在世上，真的很短暂，尤其在古代，"人生七十古来稀"。像苏东坡37岁作《江城子》，就喟叹"老夫聊发少年狂"。至于半老徐娘，那是多少年纪？30岁。在衰老与死亡面前，人人都是无奈的，以致感到人生没有任何意义。事实上，宗教的一大效用，就是解决如何面对死亡的问题，从而为人生提供原动力。宗教都有死后归宿论。佛教讲"三世"：前世、现世和来世。"三世"由因缘连接，今生今世是前世所作所为的结果，同时又是来世的原因，人死后假如不能进入圣界，就在凡界轮回。基督教分天堂、地狱，人有灵魂，依生前行为，死后受审判。这样一讲，人的来龙去脉就有了交代，行善、作恶就有了相对称的后果差异，活着的意义由此显现。"诸善皆行，诸恶莫做"，便不是凭空的说教，而是每个人趋利避害的理性选择，成了像吃饭一样自觉的基本行为。

但在儒家思想占主流的古代中国，没有彼岸、天堂、上帝的概念。孔子"敬鬼神而远之"，认为"未能事人，焉能事鬼"，将注意力放在今生。而假如这辈子是唯一的，面对只有几十年寿期的肉体生命，又该怎么办？最直接的想法是延年益寿，于是道教追求长生不老，出了诸多的炼丹术、补养术。像秦始皇、汉武帝这样的千古一帝，都被方士们骗得团团转。遗憾的是，吃灵丹不仅不能让人成仙，反而成了催命的毒药。

当个体生命不可能永恒的时候，对死亡的超越就只能退而求其次，转向传宗接代。所谓"父死子继曰生"，只要代代相传，生命的接力棒也就得以延续。但假如人生的目的，止于完成繁衍的使命，人就与一般动物没有两样。所以，人生一定得考虑不依赖于肉体生命的存在，也就是能超越死亡的那些东西。对不信宗教、没有来世的人们，不正是人生意义之所在？

公元前549年，也就是孔夫子三虚岁那一年，鲁国大夫叔孙豹出使晋国，当时的晋国执政范宣子迎接他。范宣子问："死而不朽"是什么意思？紧接着，他列举了一大堆老祖宗，他们世世代代都享有爵位。叔孙豹摇了摇头，认为鲁国大夫臧文仲死后，他所说的话世代流传，所谓不朽，说的是这个吧！他随后进一步阐述道："大上有立德，其次有立功，其次有立言。"这便是"三不朽"的出处。

立德、立功、立言是一组人生价值的坐标系。德指道德操守，功指事功业绩，言指著书立说。"三不朽"不是指肉体或灵魂的永存，而是一个人短暂生命所创造的永久影响。虽然生命必然会消失，但此种社会影响却仍然会延续，将融入不死的、绵延不断的集体生命乃至整个中华文化的历史记忆中。所以，立德、立功、立言这个架构看似简单，却对后世产生了极其重大的影响，成为儒家甚至中国传统生命价值观的主导思想，成为人们实现自我超越、寻求和发掘生命意义的精神源泉。即使今天已较少谈论这一概念，但其隐性的影响依然存在。我们衡量一个人的社会价值，又何尝不是按照这样的坐标？

紧接着，谈谈古人中有哪几位被公认为"三不朽"。按流传最广的说法，有"两个半"：所谓两个，即孔子、王阳明；所谓半个，即曾国藩。我们不讨论此种说法的合理性、准确性，姑且借这三位做一些剖析。对于他们，我想大家应该都比较熟悉。孔子是儒家创始人，被后世喻作圣人。王阳明生于明朝中叶，名守仁，阳明为其别号，是儒家心学的集大成者，曾平定宁王朱宸濠之乱。曾国藩被喻为晚清中兴第一名臣，是湘军的创立者和最高统帅，也是洋务运动的重要开拓者。这几位超凡绝伦的风云人物，从起步来看，其实也是普通人，甚至还需克服常人所未有的困难，为何成就了"三不朽"？究其原因，很重要的在于他们确立的人生坐标以及围绕既定坐标的不懈进取。

立圣贤之志

王阳明说："志不立，天下无可成之事。"何为志？"心之所之"，也就是人生的方向。孔子有一次问子路、颜回的志向。子路说：我愿意拿出自己的车马、衣服、皮袍，同我的朋友共同使用，用坏了也不抱怨。颜回说：我愿意不夸耀自己的长处，不表白自己的功劳。可见，子路是一个爽快人，非常乐善好施，但颜回的层次更高一些。孔子也说了自己的志向："老者安之，朋友信之，少者怀之。"使老年人安逸，使朋友互相信任,使年少者得到关怀,这体现了他的圣人境界和胸怀。再说王阳明,12 岁时曾问"何为第一等事?"塾师回答:"唯读书登第耳。"哪知他回了一句话:"登第恐未为第一等事,读书学圣贤耳。"有意思的是,道光二十二年(1842)十月初一,年届而立的曾国藩也立下"学作圣人"的宏愿。这说明三个人的志向,都超越了一般的世俗功利,更超越了一己私利。

需要指出的是,王阳明、曾国藩立志做圣贤时,仍有许许多多顽性和劣根。王阳明是蛮奇怪的人,婚礼当日居然将正事忘了,在道观待了一整天。按常理判断,实在是不牢靠。曾国藩年轻时喜欢抽水烟,时常睡懒觉,也不免有好利之心。他曾有一句话:"不为圣贤,便为禽兽。"因为人性是相通的,差别在于你给自己定的标杆。当你往前进一步,便离圣贤近了;而往后滑一步,就将不知不觉沦为禽兽。

以圣贤为取向的立志,相比功利取向是否太过高远?这就看从哪个角度进行理解。由于人的禀赋不同,机遇也不同,事业成功的总是少数人,假如以功利衡量,大多数人会有强烈的挫败感。宗教是对此的一种拯救,因为上帝看人,无论智愚、成败都是平等的。儒家是入世的,如何才能让人人都有平等的目标呢?道德和人格便是儒家首先加以聚焦的。正如孟子所言:"人皆可以为尧舜。"在"三不朽"的构架中,圣贤虽然也离不开事功,但更侧重于立德。钱穆说:"圣人不从事业论。事业要看机会,哪能每个人都有机会成大事业的呢?哪能每个人都著书立说成大学者的呢?所以中国观念中之立德、立功、立言,'德'为首,'功''言'次之。"他还专门举了武训的例子。武训生于清道光年间,是山东的一个乞丐,却用行乞所得捐办学校,最终被写入正史,也成为后世公认的圣贤。所以,做圣贤虽是极高的追求,对有志者却不是高不可攀的门槛,反而是人人都可以一试的。

回过头来讲一个问题,孔子、王阳明、曾国藩有没有功利欲呢?孔子说："富与贵，是人之所欲也；不以其道得之，不处也。"可见，孔子并不否定功利、欲望存在的合理性。孔子周游列国，曾国藩索要实权，也不乏对功利的追求。但儒家有其准绳，即功利的实现应该符合道德规范，应"见利思义"。更重要的是，功利目标应非终极目的，那只是必经的过程和自然的结果。曾国藩官至两江总督、直隶总督，获封一等毅勇侯，但这些官位却不是他的志向。孔子假如想谋一个高位，凭他当时的社会影响力，只要来一点圆通，也是轻而易举的事。所以，志向在怎样的频道上，就会有怎样的选择和底线，这是由信念支撑和价值观驱动的结果。

修卓越之身

儒家修身不同于佛家修心，它不是纯粹内省的精神活动，而是与外在的实践活动相连，因而有"内圣外王""修齐治平"的概念。需要说明的是，"内圣外王"出自《庄子·天下》篇，但逐渐成为儒家重要思想。"内圣"即内修圣人之德，"外王"即外行王者之道；"内圣"是改造自己，"外王"是改造社会。在这里，修身是核心，是"内圣"的途径，也是"外王"的前提。格物、致知、诚意、正心、修身、齐家、治国、平天下，构成儒家"八条目"。其中，格物、致知、诚意、正心是为修身服务的，修身又奠定了齐家、治国、平天下的根基。一句话，人通过修身而"内圣"，成就道德自我和智慧自我，然后"外王"，致力于齐家、治国、平天下。

修身德为先。孔子说"君子怀德，小人怀土"，认为德的价值绝对高于权力、地位、才能。在他看来，即使是像周公那样具有杰出才能的人，如果没有道德，也不值得赞誉。孟子将爵位分为"天爵""人爵"，认为"仁义忠信，乐善不倦，此天爵也；公卿大夫，此人爵也"。所谓天赐的爵位，是以道德修养来衡量的，无须谁来封赏，却比统治者赐予的爵位更可贵，也更持久。孔子被喻为"素王"，孟子被喻为"亚圣"，不正是一种"天爵"？在"三不朽"的坐标系中，以立德为体，立功、立言为用。德是根本，立功、立言是立德的外在拓展。

着眼于致良知，王阳明强调"省察克治"，主张"无事时，将好色、好货、好名等私欲逐一追究搜寻出来，定要拔去病根，永不复起，方始为快"。他以猫抓老鼠为例，要求务必克去邪念。曾国藩一介书生，带兵原非其所长，为何却打造了当时最具战斗力的湘军？根本原因在于以德感人、以德服人。他说："带兵之道，用恩莫如用仁，用威莫如用礼。"由于修德在身，曾国藩才有人格力量，能在长期没有地方实权的基础上仍然凝聚一大批读书人。他的幕僚团队英才辈出，以至日后"天下督抚，半出曾幕"。而这一切，首先源于他修身做人形成的品牌。

修身的关键是做有心人。孔子"发愤忘食，乐以忘忧，不知老之将至"，王阳明一直将"诚意"作为本原工夫，而修身的关键是养成习惯。曾国藩曾列过"修身十二款"：主敬、静坐、早起、读书不二、读史、谨言、养气、保身、日知所亡、月无亡不能、作字、夜不出门。比如，黎明即起，醒后勿沾恋；一本书没有读完，就不看另外一本；每日读史十页，每月做诗文数首；每天用端楷写日记，将日间身过、心过、口过一一记下。其实即使曾国藩这样的人，真要说到做到也不容易。像每日读史十页，他就没有坚持。至于写日记，在道光二十五年（1845）三月至咸丰七年（1857）十二月这一大段时间里，他只有一些零散的记录。直至咸丰八年（1858）六月初七曾国藩第二次出山之日，他才开始恢复写日记。从此以后到同治十一年（1872）二月初三，他去世的前一天，再也没有中断过。

迈实在之步

立德、立功、立言并不完全取决于人的意志。儒家有天命的概念，"五十而知天命"的孔子，显然清晰地感知到一生遭际中潜存的人力之外的某种必然性。但儒家知命而不宿命，所以对"命"的回应是积极的。孔子便是典型中的典型，他55岁开始周游列国，这在当时完全已算高龄。在春秋"礼崩乐坏"的时代，孔子从鲁国出发，一路走了卫、曹、宋、郑、陈、蔡、楚、卫等国，究竟图个啥呢？曾经有位叫桀溺的隐士对子路说：你跟随为躲避暴君乱臣的人到处奔波，还不如跟我们为躲避乱世而隐居呢！孔子听后说："天下有道，丘不与易也。"（要是天下太平，我孔丘也就不用为改变这种局面四处奔波了。）很显然，那位隐士是现实生活的失望者，他采取了消极避世的态度。孔子也许同样抱着对现实的失望，却全力以赴于履德、行义的征程。

"三不朽"并非光有志向、修为就能成的，必须有实在的行动，尤其要有在特定关头躬身入局的精神。据说曾国藩有《挺经》十八条传给李鸿章，李称之为"精通造化，守身用世"的宝诀，其精髓"大抵谓天下事在局外呐喊议论，总是无益，必须躬身入局，挺膺负责，乃有成事之可冀"。王阳明、曾国藩便是纯正的躬身入局之人。宁王朱宸濠叛乱时，王阳明正被朝廷派往福建，平叛着实与他无关。宁王手下有六七万人，而王阳明起初仅有百余疲弱士卒。按照常理，王阳明完全可以袖手旁观，哪知他"甘冒弃职之诛"，以舍我其谁的气概挺身而出、力挽狂澜。曾国藩被清廷任为团练大臣，所谓团练不过帮办性质，等于民兵协会主席。当时在东南一带一共任命了43位团练大臣，他不过其中之一。曾国藩要干就真干，将过去不离家园、不离生产、不食于官的临时武装，改编为远离家园、脱离生产、"粮饷取诸公家"的职业兵，将一支体制外的部队锻造成了一支真正能打硬仗的湘军。若以官场游戏规则论，曾国藩越权了，但谁让他是真心想做事的人呢？于是，我们不记得其他42位团练大臣的姓名，唯独记住了曾国藩。

儒家是践行主义者。即使面对不能自主的天命，也主张以自觉的实践来"尽人事"。程颐说："儒者只合言人事，不合言有数，直到不得已处，然后归之于命可也。"程朱理学如此,主张"知行合一"的王阳明就更是行动派。王阳明强调:"未有知而不行者,知而不行只是未知。"他将知与行整合在一个实践系统中,认为知与行只是两个不同的方面,不是两个不同的阶段,更不是两个不同的内容。"知是行的主意,行是知的功夫;知是行之始,行是知之成。"以这样的理论做指导,王阳明必定是一个实在人,不光会坐而论道,更会脚踏实地,把别人干不了的事办成了。

迈实在之步,本质上是做人的品格,继而成为做事的风格。曾国藩更是将实在做到"拙"的地步。他说:"天下之至拙,能胜天下之至巧。"因而崇尚"拙诚",遇事不走捷径,坚持按最踏实乃至最"笨拙"的方式做事。曾国藩在京师做翰林时就服膺"不诚无物"的理学古训,后来带兵也善打愚战、笨战,其作战风格归结为六个字:"扎硬寨,打呆仗"。太平军希望诱使湘军野战,但湘军一般不主动出击,讲求后发制人。湘军攻城也用"笨办法",如巨蟒缠人,用一道道壕沟把城池困死。他们攻城的时间,不是一天、两天,往往是一年、两年,将壕沟挖得里一层、外一层。安庆、九江、天京都是这样打下来的。从战略上,曾国藩提出"以上制下,取建瓴之势",同样体现了"拙诚"两字。这样一个"笨办法"其实极为高明,最能积小胜为大胜,曾国藩的功就是这样立下的。

忍万千之难

人在世上,不可能一路坦途。孟子说:"故天将降大任于是人也,必先苦其心志,劳其筋骨,饿其体肤,空乏其身,行拂乱其所为,所以动心忍性,增益其所不能。"在儒家思想中,苦难不纯粹是一种负担,而是完善人生、跨越事业的必要条件,对苦难的忍耐与克服有着非凡的道德意蕴。人要干一番大事,必须有一股忍劲。忍字心头一把刀,忍是一种将锋芒内敛的能力。当然,忍耐绝对不是为了忍耐而忍耐,不是息事宁人和忍气吞声。曾国藩有一个形象说法,人要想"跳过龙门",必须"先钻狗洞"。钻狗洞是暂时忍受委屈，跳龙门才是长远目的所在。

在忍功方面，曾国藩是绝顶高手。他早年做官很顺，曾十年七迁，连跃十级，尤其是道光二十七年（1847）六月初二由从四品的翰林院侍讲学士连跃四级，升为从二品的内阁学士兼礼部侍郎衔。37 岁官至二品，清朝在湖南仅此一人。此后数年间，曾国藩还先后担任过礼部、刑部、兵部、吏部、工部侍郎，六部居然占了五部。但在 42 岁那年，曾母去世。古时"以孝治天下"，官员丁忧需回乡守制。此时太平军攻城略地、所向披靡，清廷原有的八旗、绿营不堪重任，咸丰帝决定兴办民间团练。曾国藩的人生进入了新轨道，但这是一条磕磕碰碰的路。他打过许多败仗，有岳州之败、靖港之败、湖口之败，还自杀过两回。"打脱牙和血吞之"，是曾国藩忍功的生动写照。他还有一个典故，一次在给皇上的奏折里初写了"臣屡战屡败"，后倒了一个次序，"臣屡败屡战"，语意顷刻大变，那种百折不挠的精神跃然纸上。

但让曾国藩难熬的，更在于朝廷的不信任。他以在籍侍郎的身份办团练，起点无疑是最高的，可朝廷一直不授予他地方实权。咸丰四年（1854）七月，湘军攻下岳州府，朝廷竟给原任正二品礼部侍郎的曾国藩"着赏给三品顶戴"；同年八月，湘军收复武昌，咸丰帝一时兴奋，赏曾国藩二品顶戴，署理湖北巡抚。圣旨都已下达，却又火速草拟另一道圣旨："曾国藩着赏给兵部侍郎衔，办理军务，毋庸署理湖北巡抚。"曾氏早就是正二品的礼部侍郎，此种奖赏等于没有封赏。究其原因，有这么一条野史：大学士祁隽藻向咸丰帝进言，曾国藩现为在籍侍郎，不过一介布衣而已，登台一呼，应者云集，可不是好事。而转年，湖北巡抚的职位却授给远比其资历浅又同属湘军阵营的胡林翼。这么厚此薄彼，无疑让曾国藩郁闷、寒心。多年来，清廷对曾国藩是只让他"拉车"，不给"吃草"。直到后来江南、江北大营覆灭，举国唯湘军可赖，才赏加曾国藩兵部尚书衔，署理两江总督。事实上，朝廷对曾国藩始终有所防范，随后又破格提拔湘军系其他将领。如短短两三年就将左宗棠从四品京堂候补升作闽浙总督，与曾国藩分庭抗礼。面对种种不堪，曾国藩均咬牙坚忍。

王阳明也一直处于朝廷猜忌和官员排挤之中。正德十四年（1519）八月，他平定宁王朱宸濠之乱，不仅没有获得封赏，反而被奸佞小人诬陷，被说成与宁王同谋、拥兵欲图谋反。王阳明于两年之后还乡，才由继位的嘉靖皇帝封为新建伯，并任命为南京兵部尚书。虽然朝廷明言赐予岁俸一千石，但官府却没有发诰券，也没有兑现岁俸。王阳明两次辞退封爵，又引发了针对他的弹劾。面对这一切，他始终"无辩止谤"。"吾心自有光明月，千古团圆永无缺"，体现了王阳明的忍耐，更充分反映了他的坦荡。也应该看到，人的忍耐尤其是极度困境中的忍耐，往往是一个强者升华境界的前夜，是实现人生跨越的绝佳机遇。王阳明早年心无定性，正是被贬到极其荒僻的贵州龙场担任驿丞，才得以超然尘世，排除荣辱得失的杂念，实现向内心求理的顿悟，自此开启向自建心学体系的飞跃。假如没有龙场这一段煎熬，王阳明未必有那么伟大。

如果说许多人甘于忍耐，是因为看得到前头的光亮，那么最苦莫过于"知其不可而为之"，明明知道走不通，还要忍辱负重。孔子周游列国四处碰壁，被讥笑"累累若丧家之犬"。孔子听后十分坦然，在他看来，现实世界中栖栖惶惶、无家可归的人，很可能安贫乐道；不少生活无虞、富足优裕的人，反而麻木不仁，才是真正可耻的精神世界"丧家之犬"。当困于陈、蔡时，弟子又饿又病，孔子依然讲学论道，弦歌之音不绝。子路愤愤然说："君子亦有穷乎？"孔子说："君子固穷，小人穷斯滥矣！"在这里，"穷"不是贫穷，而与"达"相对。因为君子坚持自己的价值观与道德操守，不随波逐流，确实可能难以将路走通，但人生之不朽，必然不可缺一种认准之后的坚毅，不可缺这样一股百折不挠的精神。

审进退之势

先讲曾国藩的审时度势。他并不机巧，但也绝不迂腐，其好友欧阳兆熊说曾国藩"一生凡三变"：先奉程朱，继而申韩，后用黄老。在创办湘军初期，曾国藩大刀阔斧、六亲不认。所谓"以霹雳手段，行菩萨心肠"，恰似一个为目标不择手段的法家人物，因而得了"曾剃头"的绰号。在为父亲守制期间，曾国藩进行自我反省，深感办事过激，缺乏通融之害，此后倾向于黄老之术，注重和光同尘，讲求以柔克刚。同治三年（1864），太平天国被剿灭，曾国藩的事功达到巅峰。此时，有不少"劝进"之人。不料他却大刀阔斧自剪羽翼，还让弟弟曾国荃解甲归田。曾国藩还为此写了一首诗，其中有两句："千秋邈矣独留我，百战归来再读书。"曾国藩的主动退却，当然与他的个性、修为、道义紧密相关，但又何尝不是权衡时势、深思熟虑的理性选择？！

王阳明的知进退，则充分体现在人生精力的组合上。可以说，他有两种身份，一是朝廷命官，一是传道先生。据考证，至少有七所书院与王阳明相关联，分别是龙冈书院、贵阳书院、濂溪书院、白鹿洞书院、稽山书院、南宁书院和敷文书院。王阳明34岁就开门授徒；38岁被贬龙场，第二年就开讲；42岁、47岁时因为官清闲又开讲。对他来说，朝廷未予重任之际，退而讲学是不二选择。当然，该建功时他也善于跳出书院。王阳明所立军功有"三征"之说：一是赣南为中心的四省剿匪，二是平定宁王朱宸濠之乱，三是讨伐思田及断藤峡、八寨叛乱。以王阳明之才，假如遇上明君，原本有入阁辅政的较大可能。但也许天意并不想让他在官场上浸得太深，故以屈才的方式赋予"定制化"的时运，让阳明先生常有倾心讲学的时段。自正德十六年（1521）至嘉靖六年（1527），他终于回到了家乡，从而迎来思想最有建树的时间窗口。纵观王阳明一生，始终有隐退的念头，也曾多次借病辞官。师道、臣道是中国古代知识阶层最主要的进取之路，如果说孔子、曾国藩各走通其一，王阳明则在知进知退中两道皆通，实在可谓人生之大幸运。

那么孔子是否审时度势呢？粗粗一看，孔子太不合时宜，推介的那一套学说在春秋年代纯属滞销产品。但其实不然。孔子说："邦有道，则仕；邦无道，则可卷而怀之。"意思是，国家政治清明时就做官行事，政治黑暗时便隐退藏身。孟子称孔子"圣之时者"，认为他能根据一时一地的具体情况，灵活决定自己的行动。从孔子身上，我们可以体会审时度势，而并非随波逐流。孔子不仕，绝非孔子不能仕，而是他自有大追求，坚信自己这一套思想具有跨时代的生命力。因此，孔子的"不识时务"反而是大智慧，是看清大时势、拓展大人生的体现。无怪乎仪封人见过孔子后，满怀敬意地说："天将以夫子为木铎！"木铎是宣行教化用的木舌铃铛，孔子确实是我们民族穿越历史、穿越时代的木铎。

今天谈论"三不朽"，谈了孔子、王阳明、曾国藩这些彪炳史册的圣贤，不禁使我想起明朝李贽读《三国志》后写的一副对联："身无半亩，心忧天下；读破万卷，神交古人。"虽然诸位圣贤的人生高度绝非常人能及，却不妨碍我们"虽不能至，然心向往之"。事实上，圣贤在起步之时也都平凡无奇。《史记》称孔子"贫且贱"，也曾从事"委吏""乘田"（即仓库管理员、牲畜饲养员）之类的杂务。王阳明不仅是一个"问题少年"，年轻时就得了在当时属于很严重的肺病，后来又经常咳嗽，体质差得出奇。曾国藩更是以愚笨出名，同样患有肺病，且时时有耳鸣、头晕等症状。"余今年已三十，资禀顽钝，精神亏损，此后岂复能有所成？"这是他写在日记中的话。可见，年轻人都是一样的，对未来无不憧憬，又带有种种莫名的焦虑。任何大人物都是从小人物起步的，往往由不显山、不露水甚至条件更差的"笨鸟"所炼成。

对"三不朽"说得直白一点，**立德即做人，立功即做事，立言即做学问。**作为一组人生价值的坐标系，它们是多层次、多台阶的，完全可以为每一个人所用。这就好比登山，可以冲海拔几千米的高峰，也可以爬不太起眼的丘陵。做人、做事、做学问的追求因人而异，但终究要为自己立一个目标，寻求力所能及的突破。冯友兰先生说："立言靠天赋，立功靠机缘，立德靠一生看似平淡的坚持。"由此来看，每个人应量体裁衣、各施所长，如果你有文才，应争取留一点文字，要是机会适宜，则可以认定一件事做精、做透。而在道德层面，至少先有底线，再向高处提升。立德不只是大原则，而是具体、实在的，既有政治品质的要求，也是真情、良知的体现。前阶段传遍微信朋友圈的杭州某中学退休老师韦思浩，多年捡垃圾捐资助学，便实现了精神生命的留存。总之，"取法于上，仅得为中；取法于中，故为其下"，这句话尤其适用于人生坐标的确立。

【本文根据浙江大学"紫领·问政讲堂"第13期（2017年3月15日）的演讲内容整理而成。作者系浙江省政府副秘书长。】

行动的力量

——为者常成 行者常至

叶美峰

很高兴来到浙江大学"紫领·问政讲堂"。近几年，有幸在浙大紫金港校区参加过几次短期培训。最近一次是在去年的上半年，培训地点就在今天开讲堂的这栋楼里。每次培训，都是从思想到能力的"充电"，为的是更好地出发和行动。借此机会，我向大家介绍下常山和常山的发展，并分享自己对"行动的力量"的一些认识和体会。

美丽的慢城

常山县位于浙江省西南部，面积 1099 平方千米，相当于一个香港（香港是 1104 平方千米）的大小。人口 34.2 万，相当于半个澳门。常山地形图像一片叶子，与台湾的地形图比较接近。常山的县情，可以概括为六个数字，"一十百千万亿"。

一座慢城。常山是国家重点生态功能区，也是浙江省的重要生态屏障。全县拥有 73.2% 的森林覆盖率，出境水水质、空气质量都在 Ⅱ 类以上。尤其在常山城市东部，一条马路之隔，南边是城市的新区，北边是一些山体。这些山体不高不矮，植被非常丰富，林相也很好。中国城市规划研究院的专家看过以后，认为在全国 2800 多个县城里，如此之好的地形地貌也是不多的，常山非常适合建设"国际慢城"。所以，我们专门委托北京大学土人设计公司做了"国际慢城"的规划。

十方通衢。"衢"在字典里是大道的意思。尽管常山地处浙江省西南部，但交通区位条件越来越好。现有三条高速公路、三条国道、一条省道、一条沿江（旅游）公路，九景衢铁路将在本月开通。开通之后，常山百姓向东可以直达杭州、宁波、上海，向西可以直达九江、景德镇、武汉等地。还有常山江的航运开发，原计划是"十四五"期间进行，现在有望提前到"十三五"中期。常山江航运开发的战略意义在于，通过在常山境内和相邻的江西省玉山县境内建设浙赣运河，把长江水系和钱塘江水系贯通。

百亿产业。常山的工业基础原先比较好的是轴承、纺织、建材，我们把它们称为常山工业的"老三篇"。同时，通过近几年招商引资，常山逐步培育形成了以农机、新材料和生物医药为主的新产业，相应把它们叫作工业"新三篇"。在此基础上，结合供给侧结构性改革要求，明确常山工业发展的重点方向，提出了打造轴承、农机、新材料和生物医药"四大百亿"产业计划。

千载古县。常山建县历史悠久，东汉建安二十三年（公元218）建县，始称定阳县。后来"古常山"的先民，就是常山赵子龙的后裔迁移到了定阳县。他们因思念故土，把定阳县改成了常山县。古常山就是现在河北省石家庄市的正定县，正定县现在对外宣传口号是"常山古郡，子龙故里"。明年，我们将迎来常山建县1800周年。

万亩金柚。包含三个"万"。第一个"万"是常山胡柚，这是以常山地名命名的一种功能性水果，有10万亩。常山胡柚非常适合雾霾地区人群、吸烟人士等群体食用，因为胡柚对呼吸道和咽喉的保健功效非常好。第二个"万"是常山油茶，有30万亩，在浙江省是第一。去年常山县召开了全国首届油茶文化节，这是国家林业局专门放在常山召开的，因为常山种植油茶历史早、油品好。有文字记载，常山种植油茶是在元末明初，实际种植已有 2000 多年。油品怎么好？很多专家讲解，山茶油比橄榄油更好。理由有很多，简而言之有三条：第一，凡是对人体有利的指标，山茶油都大于或等于橄榄油，不利的指标都小于或等于橄榄油；第二，超市中常见的大豆油、花生籽油、葵花籽油等植物油，若其原料腐烂，则含有大量的黄曲霉素等高致癌物质，而山茶油原料在同样情况下只含有很少的黄曲霉素；第三，橄榄油烟点是 100 多度，冒烟以后营养成分几乎破坏殆尽，而山茶油的烟点是 250 度左右，在烟点营养成分很少被破坏。因此，橄榄油更适合西方人的凉拌习惯，山茶油则更适合中国人的烹饪习惯，煎、炸、炒等。第三个"万"是常山猴头菇，有 5 万袋左右规模。猴头菇是一种非常养胃的食用菌，常山是第一个野生驯化栽培成功的地方。常山胡柚、山茶油、猴头菇，近些年被广泛誉为"常山三宝"，也是常山传统的农业特色产业。

亿年奇石。常山境内有中国第一枚地质"金钉子"剖面，在 4.6 亿年前奥陶系达瑞威尔阶时期形成。常山"三衢石林"是一个大型的象形石动物园，是在中国南方仅次于云南石林的旅游景区，最近刚获得了全球低碳生态景区这一殊荣。常山的赏石小镇，是浙江省政府命名的第一批"特色小镇"。今年 8 月 30 日，常山县举办了全国第 6 届赏石日，非常成功。活动期间，22 万人次参加，常山的知名度得到大幅提升。

常山的饮食文化特别丰富，也是中国烹饪之乡。所以形容常山还有八个字，叫"石全食美，柚多油好"。

全新的奋进

2016 年 11 月，我从江山市长调任常山担任县委书记。去年年底，常山县召开了第十三次党代会，确立了常山未来 5 年的发展战略。与很多地区不同的是，我们制定的是一个战略体系，简称"四四二"战略体系。

四大战略定位。分别是绿色发展、产业崛起、开放创新、民生优先，这是中央十八届五中全会提出的五大新发展理念的"常山版本"。五大新发展理念，创新发展排在第一位，这是立足全国范围而提出的要求，非常正确。而常山是国家重点生态功能区，是山区县，必须强化生态自觉，扛起生态担当。习近平总书记指出，"绿水青山就是金山银山"，常山县把绿色发展放在了第一位。之后，衢州市召开第七次党代会，报告中关于绿色发展写了很大的一个篇章。再到省第十四次党代会，报告中指出未来5年浙江要建设"三个大"，分别是大通道、大花园、大湾区。其中大花园指的就是衢州、丽水等重点生态功能区，目标就是要建设绿色美丽的"大花园"。所以，我们认为常山县党代会把绿色发展放在第一位，是符合中央要求的，也符合省委、市委对常山的要求。

四大战略目标。每届党委、政府，都有一个工作的目标。常山的目标是什么？经过深入调研和思考，我们提出了四大战略目标。

第一个目标是打造"美丽中国独具特质的国际慢城"。建设"美丽中国"是党中央的重大决策部署，这是全国生态文明建设的大目标。全国各地都在努力，那常山该如何充分彰显自身的特色和优势？我们认为打造国际慢城符合常山的实际。国际慢城组织的总部在意大利，是非政府组织，它的品牌得到了全球认可，目前共有240多个国际慢城成员。常山建设国际慢城提出了九字内涵——"深呼吸，放下心，享轻松"，倡导放慢生活节奏，以提高居民生活品质为根本出发点，致力于可持续、健康、绿色发展。为更好地宣传常山国际慢城，去年年底，我们专门开展了城市形象宣传语征集活动。共征集到180余条，从中选出10条进行网络投票，其中有3条比较引人注目。第1条，"常来常往，山水相伴"。"常来常往"体现常山人的热情，"山水相伴"体现常山的自然生态，朗朗上口。我说它像一件夹克衫，很休闲，缺点就是格局不够大，放在浙江宣传很恰当，但放在全国突显不出常山。第2条，"天行有常，仁者乐山"。"仁者乐山"是孔子说的，大家耳熟能详。但"天行有常"，大家未必都知道。"天行有常，不为尧存，不为桀亡"，是荀子说的，意思是天地运行有它的常理，不会因为尧这个贤君而存在，也不会因为桀这个暴君而灭亡。这是规律，很好。我把它比喻成一件唐装，很高古，但穿的场合很少。第3条，"何处心安，慢城常山"。苏东坡有一句诗，"此心安处是吾乡"。心安，是现代人的精神追求。建设国际慢城，就是要打造心安品牌。"何处心安，慢城常山"，一问一答，非常自信。我们把这一句确定为常山的城市形象品牌，得到了大家的认可。11月11号，国际慢城联盟总部协调委员会在挪威召开，我到会领取了这一沉甸甸、金灿灿的国际招牌，常山正式成为全国第7个国际慢城。

第二个目标是打造"华东地区朝气蓬勃的活力高地"。第一个目标是放眼全国，第二个目标则是从华东地区来看。如何实现这一目标？我们找到了路径。第一，推动产业崛起，加强产业活力。常山产业基础比较薄弱，仅靠自己的力量难以实现大突破。对此，我们大力推进开放发展、借力借势，全面加快"走出去、请进来"步伐，鼓励企业"攀高亲、结洋亲"。工业方面，常山县与世界轴承业的巨头 SKF 公司合作在常山打造新的轴承产业基地，与世界饮料业的巨头可口可乐合作推进胡柚深加工。常山还拥有丰富的碳酸钙资源，我县将与美国矿物技术集团合作，推进钙资源的高水平开发利用。农业方面，大力振兴"常山三宝"。在推进胡柚深加工的同时，与省药品监督管理局合作，鉴定胡柚药用成分，胡柚小青果被命名为"衢枳壳"，纳入了新"浙八味"，胡柚增收效应全面释放。本月，常山县将举办第二届全国油茶文化节，并以"一区两园四中心"为抓手，争取国家级山茶油质检中心落户常山，打造全国油茶产业新高地。服务业方面，常山大力发展健康养老产业，全力打造健康小镇，培育了一大批高端民宿，让绿水青山源源不断地转化为金山银山。

第二，除了产业有活力，我们还致力于让整个城市充满活力、更具人气，提出了"月月有赛事、五维有活动"的目标，大力发展全民运动事业，积极举办各类体育赛事，构建天上、山上、地上、水上、水下的体育活动五维空间。去年，常山县承办了全国山地自行车公开赛总决赛，并获得了最佳组织奖和最佳赛道奖。今年还举办了中国皮划艇大赛、环浙自行车比赛、全省企业家武术大赛等。通过产业崛起和大力发展体育运动事业，常山有望建成华东地区朝气蓬勃的活力高地。

第三个目标是打造"江南水乡风物清嘉的文化名县"。立足江南水乡，目标范围更明确。明年常山将迎来建县 1800 年，我们谋划实施了城市现代功能和历史古迹修复两个十大专项行动，简称"双十专"。目的就要通过提升城市能级、保护历史古迹，充分彰显常山的现代文明和历史底蕴，让百姓拥有更多的幸福感、获得感和自豪感。每个人都有故乡情怀，把地方独有的历史遗迹保护好、历史文化传承好，大家才能记得住乡愁。北京大学首任图书馆馆长李昭炜的故居在常山，体量大，保存完好。常山还有国家非物质文化遗产"常山喝彩"，通过对接和争取，国家文化部明年将把常山喝彩文化介绍到"一路一带"，作为中国传统民间文化之一对外输出，让全世界感受中国民间文化的魅力。今年常山县还提出打造"合唱之城、排舞之乡"，在丰富百姓精神文化生活的同时，着力提高全县广大干部群众的向心力和凝聚力。在七一之前，常山县举办了"万人大合唱"，每个单位部门、每个农村社区都组建合唱代表队参加。县四套班子领导也组建了一个合唱团，我本人也参与其中，努力让合唱的精神成为助推常山经济、社会发展的磅礴力量。

第四个目标是打造"四省边际宜居宜业的幸福家园"。衢州处在浙江、江西、福建、安徽交界的区域，常山也身处其中。依托良好的生态环境，我们要努力建设"大花园"，让百姓享受美好幸福的生活。教育是常山百姓的"心病"。前 3 年，每年初中升高中成绩前 30 名的学生，没有一个留在常山;前 3 年,常山人在衢州买房 2277 套,而在本县买房 1863 套,严重倒挂。为何出现这样的情况?就是百姓对常山教育没有信心。为此,今年年初,常山召开了全县教育发展大会,县四大班子领导、部门局长、乡镇书记、乡镇长、所有学校的骨干成员都参加。在这会上,我做了一个讲话,用一棵树"根、茎、叶、花、果"五个组成部分谈了对教育发展的认识。后来这篇讲话在《光明日报》上全文刊登,主要原因是常山抓教育的决心大、举措实。比如,我们把教育确立为民生"一号工程",县委、县政府的"一号文件"就是提升教育质量;加强与名校、名站、名师战略合作,创办日语班、慈溪班,联手台州书生学校合作办学;等等。在大会上,我还举了担任江山市委组织部长时的一个例子。江山市的教育局长为了振兴江山市教育、提升百姓信心,他妹妹的孩子考上了著名的衢州二中,但他却让妹妹把孩子留在江山就读,他说"我有信心把教育抓上去,你要支持我、支持江山的教育"。我在常山教育大会上讲,当大家都在喊响振兴常山教育的时候,当县委提出"下定决心、鼓足信心、坚持用心、倾注真心,打赢教育翻身仗,让常山的孩子在家门口就读最好的学校"的时候,你作为常山的领导干部,做什么选择?是把孩子送到外面读书,还是留在常山读书?我们能不能也像江山这名教育局长那样倡导?我讲完后,台下掌声雷动。后来,我们就把这个要求固化为政策,要求夫妻双方都在常山工作的县管干部,孩子在小学和初中学段不能送到外地就读,大家合心合力来支持教育、增强信心。今年,常山教育发展势头很好,高考上一段线的学生增长了 41.33%,全县中考成绩前 30 名的学生中有 24 名留在了常山读高中。

常山百姓还有一个"心腹大患"。1997 年 7 月 12 日常山城区的一栋居民楼倒塌,到今年刚好是 20 周年。今年换届以后,县委、县政府痛下决心,提出"绝不把包袱留给后人,绝不让悲剧再次上演",顶住压力,举全县之力推进 73 幢 2111 户 D 级危房治理改造,实现"当年签约、当年腾空、当年拆除、当年建设"和"零投诉、零上访、零事故",得到了袁家军省长的批示肯定和广大群众的真心点赞。我在走访危旧房搬迁家庭的时候,一位退休工人握着我的手讲了一句话,"你们这一届党委政府,哪怕其他任何事情都不干,就干这一件事,也对得起常山老百姓"。我听了很感动,觉得县委、县政府这个决策是正确的,尽管困难很多,但只要让老百姓感到心安,一切都值得。

打造四省边际宜居宜业的幸福家园,既要抓好打基础、利长远的重大民生工程,又要办好百姓最关注、最直接、最现实的"关键小事"。围绕促进农民就业增收,我们创新实施"常山阿姨"品牌建设,让更多的农村妇女走出农村、走进城市、走上高端家政服务就业岗位。我本人担任工作领导小组组长,带队到杭州召开"常山阿姨"专场推荐会,全面打响"放心保姆哪里找,常山阿姨就是好"形象品牌。这项工作得到刘延东副总理批示肯定,国务院妇女儿童工委专门到常山调研。今年4月份,常山县借鉴"河长制",在全国率先创新推出公厕所长制,以此在全县范围内掀起厕所革命。我担任全县公共厕所的总所长,提出了认识要有高度、覆盖要有广度、建设要有靓度、服务要有温度、保障要有力度的"五度"要求,确保工作落实、落深、落细。最近,习近平总书记对于厕所革命做出重要批示后,各大央媒纷纷报道常山做法,常山厕所革命成为全国"网红"。今年是党的十九大召开之年,平安维稳任务十分繁重。为做好平安特别是信访工作,我深入调研指导,主动下访约访,并提出以"中医理论"化解信访矛盾。病前,要强身健体,做好预防;病中,要望闻问切,对症下药;病后要康复护理,身心调和。通过努力,信访维稳工作成效明显,成功夺得了省平安金鼎。

两大战略要求。第一句话,"项目为王,特色为要"。把项目作为第一抓手,将优质资源向项目集聚,将骨干力量向项目集中,在项目谋划中吃透大政策,在项目招引中瞄准大企业,在项目建设中展示大场面,以项目扩张总量、促进转型、培植产业。在全面发展的基础上，高举特色大旗，坚持个性为魂，各个领域找准路径，创造常山经验、干出常山特色、发出常山声音，特色竞争、异军突起。第二句话，"担当有为，力争上游"。以"站好岗、放好哨"的意识守土尽责，以"首战用我、用我必胜"的志气勇挑重担，以"敢叫日月换新天"的豪情开创局面，以"今日事今日毕"的高效久久为功，以"功成不必在我、功成必定有我"的境界干事创业。要勇闯新天地，找准方位，对标看齐，各个领域和各项工作敢与大的拼、跟快的赛、向高处攀，力争各项工作走在全市前列，综合实力进入四省九地市第一梯队，跻身全省26县第一方阵，在全省实现争先进位。

担当有为，力争上游，关键要抓好干部队伍建设。我们提出打造常山铁军，并明确了五条具体要求。第一条，"公道正派"，这是组织用人准则。习近平总书记指出，在用人上做到公道正派，其他的事情就变得简单了。第二条，"德才兼备、敢担当、有作为"，这是干部自身层面的要求。中央提出好干部有20个字的标准，我们把它浓缩到10个字。第三条，"心怀坦荡、心态良好、心地善良"，这是干部要达到的基本品格。第四条，"为担当者担当、为负责者负责、让实干者实惠、让吃苦者吃香"，这是激励干事的鲜明立场。第五条，"组织放心、群众满意、干部服气"，这是选人用人要实现的效果。把合格的干部放在一个重要岗位上，组织肯定是能放心的。他在岗位上凭自己的能力水平和敬业精神做出了成绩，群众就会满意。以后他转任到更重要的岗位或是被提拔，其他干部也肯定会服气，这也正是"凭实绩用干部"。用干部不能凭关系，否则一个地方就会永远落后下去。衢州市每个季度对县（市、区）经济指标进行考核，并在《衢州日报》的头版公开。今年常山的考核成绩连续三个季度排在全市第一，取得了2003年以来最好的成绩。通过县委带头，凝聚全县广大干部的精气神，我们向组织、向百姓交出了满意的成绩单。

归结起来，"四四二"战略体系，是对以往战略的继承和提升，也是对今后的整体谋划部署。四大战略定位，是发展取向，是解决常山"走什么路"的问题。四大战略目标，是奋斗指向，明确了"去哪里"的问题。两大战略要求，是工作导向，明确了"怎么走"的问题。"四四二"战略体系的提出，有哲学角度的思考，"走什么路、走向哪里、如何走"是完整的逻辑。

行动的力量

走上工作岗位特别是担任了领导干部以后，我回顾自己从大学毕业到今天，可以说走过了人生或者工作上的四个阶段。第一个阶段是谋生，大学刚毕业要谋生，解决饭碗问题。第二个阶段是职业，原先我在一个科研单位工作，后来调到了行政机关，我的职业就固定为行政干部。第三个阶段是事业，我把自己的职业当成事业来干。今天，或者说我从担任县委书记的那一天开始，我认为自己进入了"使命"的阶段。谋生、职业、事业、使命，共四个阶段。

什么是使命？组织把一个干部放到一个地方主政，他就肩负着几十万人的安危冷暖、几百平方千米或几千平方千米发展的重任。县委是我们党执政兴国的"一线指挥部"，县委书记是"一线总指挥"，一个县的兴衰成败跟县委书记直接相关。从担任县委书记那天开始，一种使命感深深赋在我的身上。这时候，我不是想着每月工资多少、补贴多少、一年收入多少，而是每天在想"我是谁、为什么是我、我该怎么做"。能力强的人很多，之所以走到这个岗位，我始终认为是自己赶上了好时代、遇上了好机遇。尽管只是正处级，但舞台很大、担子很重，能干很大的事业，我一定不辜负组织的信任和百姓的重托。

我的工作信条就是八个字，即《晏子春秋》中的"为者常成，行者常至"。意思是努力去做的人常常可以成功，不倦前行的人常常可以达到目的。我坚信"为者常成，行者常至"，这就是行动的力量。

【本文根据浙江大学"紫领·问政讲堂"第14期（2017年12月1日）演讲内容整理而成。作者系中共浙江省衢州市常山县委书记。】

青山碧水的力量

林 虹

  党的十八大明确提出大力推进生态文明建设，努力建设美丽中国，实现中华民族永续发展。作为山区县的党政主官，如何紧密结合本地实际，创造性地践行"绿水青山就是金山银山"理念，充分挖掘青山碧水的力量，是个重大考题。我工作的仙居县是一个八山一水一分田的山区县，党的十八大以来，仙居将绿色贯穿到发展的每一个环节和领域，让绿色领跑经济、美丽与发展同行，努力探索一条生产发展、生活富裕、生态良好、生命阳光的绿色新路。近5年地方财政收入年均增幅达15%，城乡居民人均可支配收入比从2012年的2.43缩小到2017年的1.94，社会发展呈现出裂变赶超的好态势。

  回想7年前初到仙居，所见所闻让我压力极大。城区老旧，基础设施匮乏；农村落后，村庄布局凌乱；重峦叠嶂，但旅游开发起点较低，没有龙头景区；制造业支柱产业是位于城区南部的医药化工业，环境污染是干部、群众心头的痛……仙居科学发展、跨越赶超的路在何方？寻找"青山碧水的力量"从何起步？

突破县域发展桎梏，首先要厘清家底，明晰"神山秀水"中蕴藏的发展潜力

《礼记·中庸》讲："凡事豫则立，不豫则废。"任何事情，事前有充分准备就容易成功，没有准备就容易失败。我们决定从了解、挖掘仙居的优势入手，包括这些优势在未来能给仙居发展带来什么机会。通过走乡入户、翻阅志书，我们惊喜地发现仙居就如养在深闺无人识的少女，超凡脱俗、纤尘不染，山水绝美，宛如人间仙境。主要有以下几个特色优势：

1. **仙居是皇帝赐名地，历史底蕴深厚**。我到仙居工作7年多，被问到最多的问题就是"仙居的名字很美，是怎么来的？"仙居建县于东晋永安三年，原名乐安县，至唐后期改名为永安县，到北宋景德四年，被宋真宗皇帝赵恒下诏书改为仙居，诏书曰："洞天名山、屏蔽周围，而多神仙之宅。"洞天是指道教十大洞天之一的括苍洞，位于仙居括苍山西麓；名山当指括苍山和天姥山；而神仙之宅源于"一人得道，鸡犬升天"的传说，指大善人王温因扶贫济困、乐善好施而得道，福荫泽被全家乃至鸡犬，皆因得"善"之道而长生不老的美丽传说。仙居因而不光是山水形胜，更是中国长寿之乡、中国慈孝文化之乡。

仙居有始建于唐朝，至今保存完整的商埠古镇——皤滩古街；有南宋大理学家朱熹两度前来讲学并送子求学的桐江书院；有上万年前新石器时代早期文化遗址——下汤遗址，揭示了人类的祖宗如何把稻谷变成米，并出土了石磨盘和石磨棒等。

仙居有沧海桑田、东海扬尘、脱胎换骨、逢人说项等成语典故；仙居是台州最早有教化之地，最早商贸兴盛之地，唐朝台州仅有的两位进士项斯、孙郃都是仙居人，还走出了元朝诗、书、画三绝的柯九思和把严嵩拉下马的左都御史吴时来等名臣良相。

2. 仙居生态环境优越，旅游资源丰富。可以用六个字来表述：山、水、林、田、泉、古。

诗仙李白梦中神往的天姥山，如今的神仙居，景区内奇峰耸立、云雾缭绕、险峻无比，诗中"洞天石扉，訇然中开／青冥浩荡不见底／仙之人兮列如麻"等景象，在神仙居景区都得到了很好的印证，神仙居也因此入选中国十大诗意地标。神仙居景区还是世界上规模最大、保存最完整、最具典型性的火山流纹岩地貌，具有极高的科学价值和景观价值。

仙居的人均水资源拥有量是浙江人均的 2.5 倍，母亲河永安溪流经仙居段有 116 千米，共 38 条支流汇入其中，永安溪沿岸保存着 2 万多亩天然滩林，是华东地区最大的滩林。仙居的温泉是优质的偏硅酸型温泉，日出水量达 1500 吨。

仙居森林覆盖率高达 79.6%，神仙居国家公园内负氧离子含量奇高，最高可达 8.8 万个，被称为"天然氧吧"和动植物"基因库"。

仙居的田园风景如画，几乎每月都有不同的花果可供观赏品尝，尤其是 6 月份，火红的杨梅漫山遍野，有"世界杨梅在中国，中国杨梅数仙居"的美誉。

仙居还是寻找乡愁记忆的心灵归处，境内有 31 个布局精巧、保存完好的国家级古村落，几乎每个古村里都有先贤名人的历史传说。

这就是仙居，有深厚的文化和绿色的基因，是神山秀水的历史古城，是一个值得为之付出情怀，也可以成就梦想的地方。

抓好县域发展的关键在于拉长板、补短板，以"显山露水"做靓特色来形成良好的发展态势

仙居山水形胜，生态优势明显，历史上一度十分辉煌，当时主要靠永安溪水路运输，像我们的皤滩古镇是台州通向内地的重要河埠，商贸十分繁荣。但是到了 20 世纪前叶，海岸线外退，潮水再也涨不到仙居。

公路交通起来之后，四面环山的仙居，交通闭塞，发展就开始脱节落伍，一直落后于周边县市区。搞清楚了仙居的特色优势后，我们班子团队就一直在思考这个问题，怎么把仙居的特色优势变成发展后劲？仙居短板很多，优势长板也很明显，我们认为就是要先拉长板，做足生态的文章，放大生态的品牌，彰显生态的优势，以此来吸引各种要素集聚仙居，加快跨越发展的步伐。仙居最宝贵的财富和最大的发展优势就是青山碧水，拉长板就是要把水墨仙居的绝美画卷打开，展示惊艳之美，打响仙居山水的品牌，所以我们下决心实施"显山露水"工程。

"显山"就是高起点规划、开发神仙居龙头景区，着力打造壮美神仙居金名片。神仙居高空景区于 2011 年启动建设，南北两个缆车站之间有 6000 米长，我们修建了海拔 700～900 米高的空中游步道，目光所及范围 22 平方千米。我们还修建了悬崖栈道，架设高空索桥，将景区有机连接，形成了峡谷探幽区、山顶风光区、溯溪探险区、奇文探秘区等许多特色板块。神仙居景区于 2013 年建成开放后，深受游客好评。同时，我们着手丰富旅游业态，比如实施"旅游+运动"战略。从 2014 年起，每年都会举办神仙居国际高空扁带挑战赛，邀请全世界顶尖扁带高手进行表演。还引进了中国第一个 5A 级景区内飞拉达攀岩运动项目，进一步丰富了游客体验。

然而，酒香也怕巷子深，有高质量的景区，没有知名度、美誉度，还是无法打开激烈竞争的旅游市场。如何提升旅游品牌知名度呢？那就是尽快创建国家 5A 级景区。台州在 2015 年前 5A 级景区还是空白，我们要牢牢抓住创 5A 这个机会！然而"荒田没人种，种种有人抢"，就在我们请专家指导，不断提升、完善景区设施和服务的时候，台州的天台山景区也同年提出创 5A，这可难倒了国家和省旅游局，因为当时全国只有 190 多个 5A 级景区，很难给同一地级市同时上两个 5A。国家旅游局要求台州市政府排出创 5A 顺序，一次只能申报一个，台州的天台山，历史文化底蕴很深，知名度远高于当时的神仙居，我们被排在了后面，这也在意料之中。怎么办？放弃还是坚持？我们的回答是"决不放弃"，凭实力争取！为争取这个5A，我们加大景区整治力度，先后5次跑国家旅游局汇报，精诚所至，金石为开，国家旅游局和省旅游局给予精心指导，最后神仙居高分通过了5A验收，台州市在2015年同时拿下了两个国家5A级景区。

神仙居景区的中长期定位是国际旅游目的地，我们靠旅游推介活动打开了国际旅游市场，尤其是韩国市场。但欧美市场难以企及，人家往往不认5A景区。我们发现他们更看重世界遗产、国家公园等，2014年，我们到环保部请求他们帮助我们按照国际通行的国家公园标准打造仙居国家公园。我们规划了302平方千米，于2014年被列为环保部国家公园试点，当时全国只有两个地方在做国家公园，一个是开化，一个是仙居。同时，请环保部国际合作中心推荐了法国开发署作为合作支持单位，我们用2年时间的努力，拿到了法国开发署在亚洲最大的一笔生物多样性保护的援助性低息贷款——7500万欧元，20年期，由法方专家给予我们技术指导。近3年，每年都有十多批法国专家从巴黎专程来仙居指导，法国大使馆参赞和法署亚洲司司长等高层都来过仙居调研，我们还赠送了由本地书法家写的"龙马精神"四个字给马克龙总统。2017年年底马克龙总统访华时，正式将加强中法国家公园交流要求提交给中央政府，法国孚日大区公园与仙居国家公园结为姐妹公园，法中旅行社正式向仙居输送旅游团队。接着，"中德生物多样性保护年会"在仙居召开，德国专家惊叹神仙居地貌之奇、景色之美，法国《费加罗报》专版报道了仙居国家公园和绿色发展理念，欧洲旅游市场的一条门缝正徐徐打开。2015年以来，神仙居游客每年增加20%以上。今年年初，神仙居被国家体育总局和国家旅游局列为全国18条春节黄金周精品旅游线路之一，一周之内游客高达22万人次，呈井喷式增长；今年3月份，非假日周末游客接待近万人。

　　"露水"就是从 2011 年 10 月开始，我们沿母亲河永安溪，规划设计的一条长 492 千米的滨水绿道网，它把全域 20 个乡镇（街道）通过绿道慢行系统网罗在了一起。其实，一开始建绿道我们是有压力的。为什么？因为绿道是沿永安溪而建，而我们的支柱产业是医药化工产业，从第一家化工厂开始，基本都布局在城区永安溪下游河道两侧，化工企业的恶臭，雨污合流的排放，在城南永安溪边都闻得到、看得见。所以好多人善意地阻止建城南绿道，认为绿道修过去等于"显脏露臭"，揭仙居的伤疤；还有人认为仙居财政收入薄弱，2010 年地方财政收入才 5 亿多元，做一条绿道不值得。眼看 2011 年 10 月我们已经在城区盂溪两岸实施绿道工程了，急红了眼的同志向省市纪委写信反映，质疑这个政府会不会当家。同样的事，不同的态度，不同的看待，不同的结果，为什么？"用心"不同。所谓"横看成岭侧成峰，远近高低各不同"，换个角度看问题，结果就完全不同。我们认为绿道可以有机地串联社区、商区、景区和农业园区，网织沿线丰富的人文景观、地域风情，让山水融入城镇，让城镇亲近自然，是仙居走生态立县之路、走全域景区化之路成本最低、效果最好的载体。哪怕绿道修到了城南化工区，它"显脏露臭"了，但是走在绿道上的人，人人都是监督员，不是也能倒逼政府更好地治理？认定了就要义无反顾，认定了就要敢于担当。把道理讲得透彻、透亮，把事情做得公正、透明，就要相信这条"道"一定走得通。

　　事后，我在一些资料中看到，林徽因女士在新中国成立初就曾提出："许多名胜古迹应该用一些河流和林荫大道，把它们串联起来，成为一个绵延不断的公园系统。"但是新中国成立以来全国范围内这方面的实践还是很少的，广东省最早尝试用绿道慢行系统把县与县串联起来，但在县内把所有景点、乡镇串在一起的，仙居是全国第一个。我们绿道网的作用主要体现为景观展示、康养休闲、文体长廊。拿永安溪绿道来说，它不经过任何人居集聚区，周边没有任何公路，25000 亩滩林，本身就是一道美丽风景，特别是当旅游的潮流从观光向休闲、从景区向全域转变时，绿道的价值就凸显了出来，因为它体现了一种慢生活的态度。城市太喧嚣，现代人生活节奏太快，人们需要到好山、好水、好空气的地方去放慢脚步、放松心情，去徒步、慢跑、骑车、漂流。慢行于永安溪绿道，走累了就歇歇，10 个驿站，不仅能提供休息，还能为游人提供自行车租赁、快捷餐饮服务。置身田园郊野，移步换景，每一步都有绿意相伴，每一段都有美景相映。现在每天到绿道健身的本地市民达 6000 多人次。

绿道建成后，显脏露臭了吗？并没有，我们建立了一整套能让溪流水清、岸绿、景美、鱼欢的长效制度去保障。在长效制度的创新过程中，真的很难，阻碍我们去创新的最大原因就是我们心中的顽石，改变落后的传统必须用水滴石穿的精神去破旧立新。7 年来，我们心怀一份执着，勤于实践，不断去旧布新，不断用更加文明的行为去影响和改变落后的旧习俗，形成了一系列创新、有效的制度。

1. **在全省首推"河长制"**。我们于 2012 年 7 月正式提出在仙居永安溪流域实施"河长制"，县长为总河长，乡镇长为中河长，村民委主任为小河长，对全县所有大小水体进行责任到人的管理，坚决拆除沿河违章建筑，全力打击河道滥挖沙石、炸鱼毒鱼等行为，严禁石材加工等石粉污水直排河道；同时，投入大量资金治理污水，严禁垃圾入河，加大村庄卫生保洁投入，做到户集、村收、镇运、县处理。仙居首推的"河长制"的做法，于 2014 年全省发起"五水共治"专项行动时被省委、省政府大力推广，2016 年 12 月向全国推广。

2. **率先推行人畜分离**。仙居农村面积大，农业的面源污染尤其是村庄内散户养猪污染严重影响了美丽乡村休闲旅游体验和大小河流的水质。为了彻底解决这个问题，我们从 2014 年开始，3 年内陆续拆除了全县 6 万多个散户饲养猪圈、牛栏。为了不影响村民收入,我们以村为单位集中建设"仙猪公寓",建沼气池集中收集有机肥,发展有机农业,有效改变了农村沿袭千年的生产生活陋习。

3. 倒逼医化产业升级。 仙居城南绿道边滨水区原有大小医化企业 33 家,当初选址都在溪流边,最原始的动机是污水排出方便。绿道建成后,市民对沿途的化工恶臭经常投诉,也倒逼政府下定决心关停城区所有医化企业,限期择优进入医药园区。凡生产医药中间体的低、小、散企业一律限时关停,大的原料药企业搬迁至医药园区,这些厂很多设备都是20 世纪 90 年代的,现在要搬迁,就要更新设备,提升工艺,加大环保设备投入,产品由原来的原料药中间体向制剂成药升级,向现代医药、生物医药转型。

4. 狠抓绿色惠农。 仙居是中国最大的杨梅栽培区,面积有 13.8 万亩,是农民增收的最重要农产品。杨梅属于无壳水果,这对病虫害治理环节十分讲究。为此,我们力推在县域范围内开展杨梅病虫害统防统治,推行肥药双控生物防治,全面推进杨梅绿色有机栽培,同时,严把检测关。在仙居,4 年前福应街道曾经有个梅农,违规喷洒农药,导致杨梅被检测出农药残留超标,还被台州电视台曝光。我们得知情况后,"狠心"下令将其所有的几棵杨梅树上即将成熟的杨梅全部打掉销毁。此举震动乡野。现在,仙居县各个杨梅种植村都建立了一支"竹竿队",他们的任务就是,只要哪家杨梅采前被抽样检测出不合格,就到其杨梅山上用竹竿把整片杨梅全部打落,让其无法成熟上市!此无奈之举震慑效果好,堵疏结合,确保了仙梅的质量。同时,我们对于仙居杨梅的一系列绿色栽培技术整理汇总,已列入农业部中国重要农业文化遗产,目前正申报联合国粮农组织的世界重要农业文化遗产。

5. 倒逼绿色化改革。 2015 年 8 月,省政府正式发文批准仙居县为全省唯一的县域绿色化发展改革试点县,这对仙居的绿色发展提出了更高的科学性、系统性要求。我们在省发改委的大力支持和国家有关部委、科研院所的帮助下，建立了一系列绿色化改革的制度体系。

①在全国县级率先构建绿色发展指标体系和评价体系，逐步形成生产方式循环化、生活方式低碳化、全域空间生态化、治理机制现代化的绿色化发展格局。

②在全国率先实现城乡空气质量（PM2.5）监测系统全覆盖，常年空气质量全优。仙居也是中国第一个实现碳汇交易的县。

③在全国率先颁布、实施全国首个县级《生物多样性保护行动计划》、《国家公园全域禁猎令》和《自然资源资产负债表》，实行最严格的生态保护制度。

④在全国范围内率先制定并实施绿色创建标准。包括绿色村居、绿色家庭、绿色机关、绿色学校、绿色医院、绿色企业和绿色商场七大领域的创建，帮助更多人更好践行绿色理念。比如在学校，开发了《低碳校园》《低碳生活三字经》等绿色教材；在农村，将垃圾分类等浅显易懂的《绿色公约十条》列入村规民约，让群众既听得懂，又做得到。

⑤在全国率先推出免费公交，创新实施"绿色货币"制度，建立"绿币基金"。通过手机APP，对居民参与绿色出行进行绿币奖励，每走6万步可获得1元绿币奖励，1元绿币价值等同于1元人民币，可用于实际消费，操作简便，激发了市民绿色出行的意愿。

⑥大力推行绿色志愿服务。目前全县各类志愿者组织有300多个，登记在册经常活跃的志愿者超过3万人。仙居户籍人口51万，常住人口35万，有10%左右是比较活跃的志愿者，这是非常不容易的。其中既有浙江红十字仙居山地救援、猎鹰救援、水上救援、心理救援等危急领域的多支由相关领域专业人才组成的志愿救援队，又有像阳光义工队等上百支非常活跃的志愿者队伍。像我们的浙江红十字山地救援队，是民间自发组织成立的，不仅在我县境内开展无偿救援，为户外运动爱好者

保驾护航，而且参与了丽水里东、遂昌山体滑坡等自然灾害的救援活动，很有影响力。他们的故事被拍成了电影，叫《巅峰战士》，即将公开上映。这方面，仙居还有许多好的载体，比如专为解决留守老人和儿童的"6199"食堂、收集捐赠二手物资的"爱心小屋"等。

这几年的"显山露水"文章做下来，我们也收获了一系列的荣誉，先后荣膺国家级生态县、首批国家公园试点县和首批国家全域旅游示范区创建单位。其中，我认为最大的成就是收获了信心。之前仙居群众因为环境闭塞，经济落后，缺乏自信，很多在外的仙居人甚至不愿提及自己是仙居人。但是随着近几年仙居知名度、美誉度的不断提高，仙居的干部、群众充满了自豪感，许多在外的仙居乡贤也越来越有身份认同感，这为仙居的长远发展奠定了一个非常好的基础，因为信心比黄金更重要，是成就一切的基石。

夯实县域发展后劲就要做优环境、做精产业，拓宽"山水增值"的富民强县渠道

蓝天白云、青山碧水是仙居发展的最大本钱，将生态优势真正变成经济优势、发展优势，形成一种浑然一体、和谐统一的关系，就能让绿水青山真正变成金山银山。"风物长宜放眼量，登高望远天地宽"，对于仙居美好的未来，我们充满信心。

仙居即将迎来立体交通时代，2020—2022 年，金台铁路、杭温高铁将陆续开通运营，二类通用机场正在招商落地之中，届时仙居到杭州只要 45 分钟，到上海只要 1 个多小时。所以，我们将以加快打造美丽中国县域样板区，建成繁荣幸福的中国山水画城市，奋力开创高质量绿色发展新时代为历史使命，具体讲就是要大做"山水增值"的文章，将山水优势转化为产业优势，真正彰显仙居青山碧水的力量，实现富民强县。

1. 我们要做山水＋康养产业文章。 立足得天独厚的自然条件以及医

药、医疗器械等方面的产业基础，培育、布局康养产业，打造浙江知名的康养胜地。

2. **我们要做山水＋农业产业文章。**依托国家级农民创业园等产业平台，构建仙居杨梅、山黄鸡、绿色稻米等农业全产业链，不断提高农产品深加工附加值，打造现代农业的示范基地。

3. **我们要做山水＋文体产业文章。**充分利用仙居深厚的历史文化底蕴和独特的山水自然风光，形成特色农旅、美食、文化等主题节庆活动，布局自行车营地、房车营地、山地运动基地等体育业态，打造特色文体旅游体验地。

4. **我们要做山水＋新兴产业文章。**利用杭温高铁建设的契机，主动对接杭州城西科创大走廊，嫁接、引进新一代信息技术、医疗器械等高端装备制造和新能源、节能环保等新兴产业，打造高端人才和创业养生基地。

环境就是民生，青山碧水就是幸福的源泉。从根本上说，保护生态环境和发展经济有机统一、相辅相成，保护生态环境就是保护生产力，改善生态环境就是发展生产力，这也就是青山碧水的力量。

【本文根据浙江大学"紫领·问政讲堂"第15期（2018年3月31日）演讲内容整理而成。作者系中共浙江省台州市仙居县委书记。】

成长的力量

盛勇军

非常荣幸，能够来到浙大和同学们交流，这对我来讲是一个很好的学习机会。说实话我压力很大，因为一来这样的方式是平生第一次，二来很容易带有"官腔"，怕同学们不喜欢，浪费大家的时间。阮书记告诉我，千万不要多讲理念，理念大家听得太多了，可能厌烦。而且在这个讲堂上，大家觉得不好中途可以马上走，而我们干部开会，一般不会中途离席，所以我压力很大。

为什么决定来了呢？第一，我觉得这对桐乡来讲是一个很好的宣传机会。第二，我选择"成长的力量"这一主题，的确也是有一些感悟和大家分享。我们不一定每天都成功，并且一个阶段的成功并不代表未来的成功，最重要的是要做到每天都有成长。我们有今天的成绩，就是得益于过去的积累和付出。如果你想要美好的未来，同样也要从当下开始不断地积累、不断地努力。天下事虽不同，但理相同。无论是企业还是个人，无论是部门还是县市、区域，都是一样的道理，所以我选取了"成长的力量"这个主题。

我想和大家分享的故事有很多，怕时间不允许，主要讲讲以下四个方面。

桐乡的基本情况

刚才大家看了视频，视频里只言片语有一些不足，"桐乡"这个名字是怎么来的也没有讲。桐乡因为以前遍栽梧桐树，被称为"梧桐之乡"，故名"桐乡"。区域面积 727 平方千米，下辖 8 镇、3 街道，本地人口 69.3 万，外来人口 55 万左右，人口总数在 125 万左右。去年实现 GDP 802.6 亿元，财政总收入 108 亿元，规模以上工业总产值 1500 亿元。1500 亿元什么概念？在浙江 89 个县、市、区中，规模以上工业总产值超 1500 亿元是不多的。城乡居民的人均可支配收入为 5.2 万元和 3.2 万元，收入差距比是 1.63：1，在全国属于较均衡的地方之一。衡量一个地方的城乡统筹水平，非常重要的数字就是收入差距比，因为它背后有很多的信息和逻辑。

桐乡的基本特点可以用四句话来描述：

第一是文气。桐乡历史悠久，有 7000 年的文明史，良渚文化的特点非常明显。说起良渚文化大家都知道余杭，其实桐乡良渚时期的文物数量仅次于余杭。桐乡还出了很多大家，除了视频介绍的，还有木心、吕留良等。吕留良是明末清初四大思想家之一，当时天下读书人是人手一本吕留良的书。桐乡还是中国文学之乡、中国民间艺术漫画之乡、中国书法之乡、中国排舞之乡、中国摄影之乡、中国武术之乡。还有享有盛名的西泠印社，桐乡共有 9 个社员。这些都体现了我们的文化底蕴。

第二是底气。桐乡经济比较发达，市场十分活跃，有非常鲜明的特征。第一个是"顶天立地"。我们有一大批行业单打冠军，我讲的单打冠军是指在全世界、全国范围内做到行业最顶尖的。桐乡有 11 家上市公司，市值接近 2000 亿元。大企业多就成就了"顶天立地"。还有一个是"铺天盖地"，就是民营企业很多。桐乡 8 个镇中有 7 个镇是国家级产业名镇，比较著名的是羊毛衫名镇——濮院镇、皮草名镇——崇福镇，还有全国四大女鞋生产基地之一的石门镇、蚕丝被名镇——洲泉镇。"铺天盖地"还体现在桐乡的市场主体数量上。我们的市场主体有11万个，其中企业有25000家，所以经济活跃度非常高。这个就是桐乡的底气。

第三是秀气。桐乡一马平川，境内没有一座山。它的"秀"在于"平"。"平"是地势平坦、收入平均、心态平和、社会平安。它是典型的江南水乡，小桥流水、古镇风光，比较突出的是乌镇，给大家留下了典型的江南印象。

第四是网气。因为世界互联网大会永久落户，所以"网气"十足。目前已经成功举办了4届，今年下半年即将举办第5届。世界互联网大会极具地标意义。我曾经很勇敢地在某个场合喊出过"南有深圳，北有乌镇"。这不是跟深圳比级别高低、比经济总量、比区域大小，我觉得在改变世界、改变历史的过程中，要么是重大事件影响了世界，要么是重要人物影响了世界。世界互联网大会作为中国和世界互联互通的国际平台、国际互联网共享共治的中国平台、中国主场外交的重要平台，是改变互联网规则和影响互联网未来走向的重大事件，所以我才敢讲。正因为大会的推动，桐乡的互联网产业得到了迅猛发展，"以网惠民"的速度也在不断地加快，我们的智慧养老、智慧旅游、"两化融合"等方面发展迅速。网气十足还体现在另外两个指标上——"全国电商百佳县"和"网络零售商密度"，桐乡一直稳居全国前十。

乌镇旅游为什么能成？

讲桐乡必须要讲乌镇，讲乌镇必须首先讲乌镇旅游，乌镇旅游的崛起过程充满着成长的密码，也是我今天交流的主题。

讲之前我要问一下在座的同学，不知道乌镇是桐乡的请举手。一大堆，不怪你们，主要怪我，没有做好宣传。的确，很多人只知道乌镇，不知道桐乡。为此，还发生了许多尴尬的笑话。的确，如何借乌镇扬桐乡之名，着实需要再努力。

讲乌镇旅游，必须要从过去讲起。首先跟大家梳理一下乌镇旅游的发展历程，主要分三个阶段：

第一个阶段，1999—2001年。1999年乌镇东栅，也就是乌镇景区一期启动建设，2001年正式开放。当初是什么背景呢？可以说正是古镇开发热火朝天的时候，西塘、同里、朱家角、木渎都比我们早，都比我们强。

第二个阶段，2003—2014年。2003年乌镇西栅，也就是乌镇景区二期开始启动，2006年试营业。大家看到的乌镇大剧院、木心美术馆，就在西栅二期。当时西栅建的时候大概是3.4平方千米左右，东栅只有0.46平方千米。这是它发展的第二阶段。

第三阶段，2014年至今。我们开发了西栅景区附近，紧挨着运河的乌村。现在它在乡村旅游方面也是一个典范。

现在的乌镇取得的成绩怎么样呢？ 可以说是非常辉煌。用一组数据来说明，乌镇景区去年接待的旅游人次是1013万，实现营业收入是16.46亿元，这16.46亿元的营收里面毛利润是9.22亿元，所以做旅游还是很赚钱的，净利润多少呢？6.3亿元，税收2.6亿元。还有另外一些指标，包括每股收益、资产收益率等，可以用来衡量股份制公司运作的景区运营质量。这些指标每年由国家旅游局发布，乌镇已经连续多年名列榜首，且遥遥领先第二名，超过了黄山、桂林、张家界、峨眉山等。所以我说乌镇是翘楚，它不仅是古镇当中的翘楚，也是中国旅游的翘楚。

乌镇的发展并不是一帆风顺的，而是在风风雨雨中一步一步成长起来的。**在乌镇旅游开发的过程中，我概括了以下三大难题：**

第一个，时间上处于劣势。乌镇的开发比江南众多古镇的开发晚了好多年。第二个，资金短缺。大家不要看乌镇现在很风光，当时老总陈向宏是求着银行才融到的启动资金。当时签协议时，陈向宏是市政协副主席、乌镇镇党委书记，银行逼着要签"生死状"，不成功不得离开乌镇，一旦离开，合同就不再履行。但钱还是不够，困难重重。如果银行早知道有今天，贷款不会这么难，可当时不是这样的，当时是雪中送炭，而现在是锦上添花，雪中送炭和锦上添花是完全不一样的。第三个，乌镇能不能在激烈的市场竞争中创新模式，能不能后来居上赢得市场，这个是大家最担心的问题。

那我们是怎么解决这些难题的呢？

第一个，相信趋势。随着经济的发展，尤其现在提出了高质量生活的理念，这对旅游产业是一个重大的机遇。所以，发展旅游产业不会错，而同样背景下，你能不能做得比人家更出色则成了关键。不怕旅游前景出问题，而是你敢不敢做、你能不能做好。我们认为一定要相信趋势，所以解决了思想上的顾虑，坚定地做了！现在回过头去看，当时选择相信趋势无疑是正确的。

第二个，资金问题怎么解决？一开始跟上海东方卫视合作，后来因为理念上的差异，大家友好分手了。在最困难的时候，故事来了。当时的中青旅总裁偶然路过桐乡，联系熟人去东栅看看。看完东栅之后听说还有正在建设中的西栅，执意要去看。当他看到气势很磅礴，却因资金问题而进展缓慢时，觉得非常可惜，于是找到了正在工地上画图纸的老总陈向宏。两个人一交流沟通，发现相见恨晚，是知己啊！当即决定，资金由中青旅解决，这是成就乌镇最重要的转折之一。所以，在偶然当中有必然，一个有思想和才华的人，只要坚持，机会总有一天会找到你。陈向宏就是这类人。

第三个，怎么样创新模式把景区做好？一是经营模式。很多人看乌镇旅游只看到了表面，认为只是小桥流水。其实乌镇跟其他景区不一样的地方在于它的经营模式，投资者跟经营者是分开的，政府拥有34%的股份，但我们不参与经营，中青旅也一样，这最大限度地调动了经营主体的积极性。

再一个是管理模式。乌镇管理模式的精要在于"用标准管人，用诚信服务人"，在于注重所有细节。比如公共洗手间，24 小时保持五星级标准，冬天还有热水。大家千万不要担心到乌镇景区会"被宰"，不可能。举个例子，如果你点一份番茄炒蛋，乌镇就明确规定鸡蛋不能少于 200 克，且明码标价。就是这么一个小小的细节，赢得了好口碑。在民宿里面吃饭，桌子和凳子都是标配，不能多，也不能少。食材统一配送，管理统一标准，秩序井然。所以，互联网大会期间，各级领导要来检查，随时随地随机，几乎没检查出什么问题，地上连烟蒂也没有。精细管理、统一管理的模式，是乌镇不同于其他景区的鲜明特征。

还有一个是产品模式。这是核心。乌镇用什么样的产品赢得市场口碑？它先从观光型，再到度假型，现在正在走向体验型。乌镇景区的原住民全都迁出了，其他古镇的原住民还在，烟火气比较重。虽都是古镇，因为提供的产品不一样，所以客户群体也不同。我想，众口难调，萝卜、青菜各有所好，关键是你喜欢什么。从旅游的角度来讲，乌镇是最成功的，和你个人的喜好无关。在顶层设计上有了这么一个定位，就造就了乌镇的竞争实力。

乌镇现在还不断地输出自己的模式。比如，投资 50 亿元，在北京司马台长城脚下建了一个古北水镇，目前也是声名鹊起。我们还斥资 100 亿元，启动了桐乡濮院的古镇保护和开发，准备打造乌镇升级版，很值得期待。

乌镇未来发展的方向和愿景：

第一个，是处理好镇区和景区切换的问题。乌镇原来被人形容为"景区像欧洲，镇区像非洲"，镇区确实比较破乱。经过这几年的镇区景区化建设，整洁度、干净度、有序度有了明显好转，但是还有一个很大的问题，镇区还不能成为一个景区。乌镇要走向世界，靠现在的容量是不够的，景区必须要向镇区扩容。我们目前正在研究这个问题，一旦决定可能又是一个超百亿元的项目。究竟怎么干，包括怎么开发、跟谁合作、由谁控股等问题。不管采取何种模式，景区扩容是迟早的事。

第二个，关于景区全域化。这个是什么概念呢？建设大花园是省委的重大战略，大花园很重要的是要通过发展旅游的途径来推动。就桐乡而言，乌镇旅游的引领作用很明显，乌镇全域必须率先建成一个大花园。在这个基础上，怎么样推动桐乡全域变成一个大花园，我们正在做规划，并已实质性地启动相关旅游项目，我们有这个决心。

第三个，宜居宜游，还要宜业。如果没有强大的实业支撑，光靠旅游是拉不动桐乡走向高质量发展轨道的。旅游要做，先进制造业、现代服务业、互联网产业也要同步大力发展。

我从乌镇旅游开发得出了几点不成熟的感悟。

从技术层面讲——

第一条是内容为王。我非常赞同马化腾的观点，他反复强调内容为王。乌镇的旅游如果没有迎合市场、引领市场的内容，它的发展是不可能持续的。当市委书记也一样，你口号喊得很响，经济的东西拿不出来，实干的业绩拿不出来，得不到老百姓的认可，你肯定不合格。

第二条是要有核心人物引领。这个核心人物不是组织或者企业给的一顶"帽子"，而是要真正具备能力，关键有三点：第一，要有事业心，要有把商品当作品的理念，孜孜以求，否则做不远、做不长。第二，要有强大的团队，核心人物引领必须要有强大的团队支撑。第三，要有丰富的实操经验，绝不是纸上谈兵。

第三条是要有投资能力。大集团能干大事业。旅游的投入回报周期很长，一般的投不起。你想投入后马上能拿到回报，在旅游行业很难做到。不能只做点状、线状，要做片、做区、做整体，它是资金密集型产业，没有实力是不行的。

从理念层面讲——

第一，党委政府要有战略定力。你能不能看清事务发展的趋势，能不能在遇到困难时坚持走下去，这是一个很大的考验。一个事物的成长必须经过风雨，才能走向成熟。乌镇旅游也不例外，在困难面前，我们坚定地选择支持和鼓励他们，应该说体现了历届桐乡市委、市政府的定力、勇气和决心。

第二，要敢于力排众议。乌镇当时建的时候有很大的争议，拍这个板压力是很大的。我给大家举一个例子，当初和中青旅谈判时，在桐乡是不是控股才有利于景区发展这个问题上，一开始的意见并不统一。我记得2015年世界互联网大会期间的新闻发布会上，一位记者就问，乌镇这么好的资产、前景和收益，你们怎么会让给中青旅啊？我告诉他，此一时，彼一时，你不知道当时的"苦"。如果没有当时的决策，也许就没有今天的乌镇，任何事物的衡量，一定要考虑背景。濮院开发也遇到过这个问题，不同的时间会有不同的定位和选择，这一次我们国有企业控股，但当时的决策过程没有这么简单。所以我很钦佩我前任的书记，他当时就是力排众议坚定地干了，应该说目前进展很好。

第三，要有开放的心态，或者叫建立利益共同体。和别人合作干大事，要舍得"让利"，不要怕人家凭本事赚钱，要形成紧密的利益共享机制，这样才能调动经营团队的积极性。

世界互联网大会

世界互联网大会最初给桐乡带来的是意外、激动、压力。2014年8月，我们听到世界互联网大会可能放在乌镇。国庆节期间我们接到正式通知，11月19号开幕。当时面临的压力那是相当大，为什么？一是时间实在紧迫。筹备时间不到2个月，太紧张了。二是开这么高规格的会议，从来没有承办经验。三是很多具体事项都没有明确。在这样的情况下，在省委、省政府的坚强领导下，我们硬着头皮、排除万难，最后取得首届大会的圆满成功，可以说是精彩纷呈、一炮打响，在国际和互联网界产生了巨大影响。

习近平总书记在第二届大会的时候亲临现场，在主旨演讲中，他用"耳目一新、刮目相看"高度评价乌镇，这极大地鼓舞了桐乡的士气。总书记提出了"四项原则""五点主张""四个共同"，向全世界发出了中国声音、提出了中国方案，得到了与会嘉宾和国际社会的普遍赞誉。

世界互联网大会为什么选在乌镇呢？当时定了三个条件：第一，这个地方要能够体现中华千年传统文化和以互联网为代表的现代文明的紧紧拥抱。第二，要交通便利、地理位置优越、经济比较发达、互联网一激就能够活，要有重要的国际大型会议的接待能力。第三，按照国际惯例，这种世界性大会一般是在小镇举行。三个条件同时满足，专家遴选只有乌镇。正是乌镇成功的保护和开发，创造了新机遇，而这样的重大机遇无疑给桐乡腾飞插上了翅膀。

结合乌镇旅游成功的成长感悟

前面的故事，我有三点体会：

第一个，成长的路上要坚定自信。桐乡有光荣的过去，现在发展也很快，我相信未来一定光明。怎么光明？首先桐乡自己有鸿鹄之志，想把"中国的乌镇"变成"世界的乌镇"，把桐乡建设成为国际化品质之城。桐乡有世界互联网大会的溢出，有长三角一体化的机遇，有省大湾区、大花园、大通道、大都市区的利好，未来有无限想象空间。

第二个，要最大限度地调动关键因素，也就是人的积极性。要想尽各种办法，尽最大努力调动企业家、干部和人才的积极性。这里我要特别讲讲人才。人才兴，桐乡才能兴。我经常用"爱才如命""求贤若渴"来形容桐乡对人才的渴望。培养人才不仅仅要"摘苹果"，更要重视培育苹果树的土壤，打造更好的创新创业生态。

第三个，要学会坚持。坚持很难，但坚持很重要。我非常欣赏苏东坡的一句话，"古之成大事者，不惟有超世之才，亦必有坚忍不拔之志"。大家知道小米非常成功。我和雷军当面聊过，他说他看了很多关于长征的书，感悟最深的就是在信仰和理想照耀下的"坚持"，这给了他无穷的动力，"坚持"因此成了小米的文化。同样，乌镇旅游没有坚持，就没有今天。

跟大家分享下我自己的经历。我是从乡镇的农园开始干起，从最基层一步步走到现在，我有几个想法跟大家分享：

第一个，平台很重要。组织给了我平台，是平台成就我，不是我成就平台，因为桐乡这个平台演绎了许多精彩故事，我才有机会跟大家交流。大家一定要认识到，平台是最大的客观条件，平台造就人。所以人要感恩给你创造平台的组织或个人。

第二个，一定要做好自己。做好自己首先要做到"两不"：第一个"不"，不要忘了学习。学习对我们每个人，尤其是青年人来说，就是成长进步的开始。第二个"不"，不要放弃任何实践机会。学习的全部目的在于应用，实践才能经风雨、增才干。其次要做到"两达"：达人达己，成就他人就是成就自己。正像费孝通老先生说的，"各美其美，美人之美，美美与共，天下大同"。

第三个，光阴似箭，岁月如金，一定要珍惜时间。在时间面前，每个人都是公平的，产生差距的原因是对时间的不同态度。只有珍惜光阴，才能不负韶华。

第四个，要有正确的三观。任何时候都要向上、向前、向美，树立正确的三观。我给女儿起的名字就是在"谦谦君子、温润如玉"的价值取向中得来的。一个人要不断地积累正能量、散发正能量，不要积累负能量。在这个过程中，你要不断地拷问自己有没有胸怀能够容纳和消化一些负面的情绪，不要让情绪（而要让正确的三观）左右你的行为，这点很重要。如此，你才能成为影响别人和社会的正能量的"发光体"。

我就讲这些，因为之前准备比较仓促，有不对的地方请大家批评指正，谢谢。

【本文根据浙江大学"紫领·问政讲堂"第16期（2018年5月6日）演讲内容整理而成。作者系中共浙江省嘉兴市桐乡市委书记。】

公益的力量

陈行甲

感谢阮老师和忻皓的邀请，让我来浙大的"紫领·问政讲堂"演讲，这是第 17 期。我查了一下前 16 期的演讲嘉宾阵容，吓了一跳，里面有老省长、现任厅长、大企业家、大学者，这让我这个后来者很有压力。稍感庆幸的是，上这个讲堂的公益人，我是第一个。我希望我能讲得有点不同，让大家有一点不一样的启发。

我曾经是一个官员，是一个自认为合格的官员。这个衡量的标准，一是我服务过的老百姓绝大多数对我的认可，曾有朋友说互联网上老百姓对我那么多一边倒的匿名评价，是许多人花钱雇水军都买不到的效果；二是党曾经给我的巨大荣誉。人民群众认可，党认可，我可以自豪地说我人生上半场的行政生涯是成功的。

我人生下半场选择辞职从事公益，当时曾经引起过一些猜测和讨论。其实没大家想象的那么复杂。现在，我可以轻松快乐地跟大家说，那只不过是我青春记忆的一次复苏而已。

今天面对同学们青春的面庞，我想跟大家分享我过往人生中三次难忘的成长体验，希望我的这些体验能对你们未来的人生选择有所裨益。

曾经看到过这么一句话，如果一个人足够幸运的话，其一生中会有三次成长：第一次，是发现世界不以自己为中心；第二次，是发现有些

事自己无能为力；第三次，是明知道无能为力还去做。今天我想和大家
分享我自己这三次成长的故事。

第一次成长

走出自我，对我来说是来得比较早的。

我在农村出生长大，从小跟着妈妈一双脚板山里来山里去。妈妈是
我人生中的第一个导师，也是最重要的导师。妈妈只念过几年书，没给
我讲过什么深刻的道理，但是她的言传身教深深地影响着我。

童年记忆中我们家门外的阶坎是过路的背脚夫必须要休息的地方。
而我们家门外总是扫得干干净净的，每个背脚夫都会到我家讨水喝。我
们那个村子很偏远，很穷。村子里有一户很特殊的人家，男主人姓潘，
我叫潘伯伯，女主人姓王，我叫王伯娘，他们家有7个孩子。记忆中潘
伯伯一家在村子里不受人待见。潘伯伯常年佝偻着腰，拿着个烟袋，走
到哪咳到哪；王伯娘似乎永远没梳过头，总是蓬头垢面，因为潘伯伯动
不动打她，她总爱哭，眼里总有眼屎。就是这家人，经常会到我家借盐吃。
我很少看到他们还过，大抵因为面子的缘故，他们时常换不同的孩子来
借。但是，我妈妈从来没让他们空手回去过。少不更事的我曾经问过妈妈，
他们总说借，总不还，为什么还要借给他们？还记得当时妈妈拉下脸呵
斥我：人不到活不下去的地步，怎么会借盐吃？我们不借给他们，他们
就没地方借了，以后不准你说这种话！

还有一次，夜晚妈妈给我洗完脚，准备招呼我睡了。这时窗外传来
断断续续的哭泣声，打开门一看，是王伯娘。原来是她家三女儿有媒人
上门提亲了，可是没有一件穿得出去的衣服。王伯娘大致也是无路可走
了，又到唯一的求救处来哭泣。那一晚，我亲眼看见妈妈把她出嫁时穿
的白色带暗红格子的的确良衣服送给了她。从童年到少年，我亲眼见到
或者听到潘伯伯家老少一个一个死去，到最后只剩下大儿子一人，坐牢

回来继续在村里生活着。他们家多数是病死的，因为太穷，葬礼都很寒酸。记得童年的一个清晨，得知王伯娘夜里去世了，我远远地看见妈妈赶过去帮助料理王伯娘的遗体时痛哭失声。回想起来，我妈妈虽然也穷，但是她就像村里的菩萨，悲天悯人。她在用她不大的力量，小心翼翼地呵护着比她更弱的人活着的尊严。

童年和妈妈在一起的生活，虽然穷，但不缺人世间最宝贵的东西——爱。爱是人世间最具发散性的物质，不以自己为中心，体恤他人的感受，这才是爱的本质。妈妈亲切的笑容，温暖得可以融化冰雪，是我人生力量的源泉。妈妈离开多年，我辗转去过很多地方，但是无论我走到哪里，一直带着妈妈的遗像，在她的笑容中感念她留在世间的温暖。妈妈给我的爱，给比她更弱的人的爱，像一颗种子深埋在我的心底。

在我前半场的人生中，无论是求学生涯，还是工作经历，我都与人为善，愿意为他人着想，这是我周围的人给我的标签。大学时曾有一个平时交往并不多的隔壁寝室同学，毕业前大家一起聊天时说：如果将来我临终前有一件放心不下的事要托付一个人，我托付给陈行甲。我至今把他的那句话记着，视为我的一个极高的荣誉。

我后来当了公务员，妈妈留在我心底的种子慢慢地生根发芽，开枝散叶，我怀着和妈妈一样的悲悯态度来对待弱者，我耻于在穷困的土地上锦衣玉食，从而坚守着干净的从政底线。

我曾经做过5年多县委书记。有人说县委书记是中国权力最实的官。我在这个平台上，以我服务的老百姓为中心痛痛快快做了一些事情。面对当地曾经浑浊的政治生态，我借党中央强力反腐的东风，下重手扭转风气。曾经1年多时间里，我亲自签字或者亲自部署抓捕的工程老板和官员就达87人；为了逼着官员眼睛朝下，我打造了一个创新平台，让全县老百姓公开评价干部；在那个几乎全省最穷、最边远的山区县，顶着大家的不看好，甚至时任县长都不支持的压力，通过信息化实现了农民办事不出村，办起了农村信息集市；为了省钱并考虑宣传效果，我亲自出镜唱歌录制 MV，手持旅游宣传旗帜直播 3000 米高空跳伞，为当地旅游代言……

虽然我为官时的"特立独行"曾带来一些质疑和掣肘，个别我的主要领导坚定地认为我是在出风头、搏政治前途，但是我不以为意。只要不违背组织原则，我会做自己认为对的事情，别人怎么看不是我考虑的重点。

任职期满后我被省委提拔公示了，但是我最终决定辞职从事公益。在这里我也想澄清一下，我辞官并不意味着我认为从政有什么不好。从政在中国文化中一直都是主流的、效率最高的为民服务的方式之一，现在也是如此。很多我非常敬佩的人都在各级岗位上从政为民，他们的奉献值得尊敬。只不过那个时间点上，综合我的处境、我的理想以及时代提供的机会，我认真思考后认定辞职是对我来说更好的一种人生选择。

在外人眼中，我放弃明显的仕途前景，一定经历了内心的波澜壮阔。其实对我来说只不过是顺水行舟而已。以前我说想为老百姓做些事，没想当大官，那些人说我是在装。现在，我用行动证明，一个不以自己为中心的人，功名利禄真的没那么重要。他可以听从自己的内心，只分对错，不论输赢。有些时候，生活的逻辑是你越是不论输赢，你赢的概率反而越大。我不当官并不是输了。我赢得了内心，赢得了尊严，赢得了在公益领域继续为人民群众服务的机会，这是更大的赢。我辞职后网上曾出现很多写我的让人动容的文章，其中有一篇《前途多艰，甲哥保重》，文章最后一句话就是："单就老百姓都喜欢他这一点，他已经赢了！"

第二次成长

转场公益的最初，面对几乎远在天边的理想，那是一种深深的无力感。

我在决定转场公益之时，理想就是做这个时代的晏阳初，去做乡村平民教育，我甚至在给当时省委主要领导的辞职信中附上了我的晏阳初计划。但是，就在我辞职的第二天，爆发了一个全国热点——罗尔事件。以前在我工作的县里发生的好几起儿童白血病导致倾家荡产的例子曾触痛过我，罗尔事件让我更深、更细地关注到这个社会痛点。

上网深翻，发现早在 2011 年 3 月 4 日，当时的国家卫生部就曾表态从当年起全国的急性儿童白血病要推行免费治疗，可是罗尔事件表明这个政策并没有落实。这激起了我的热情，我想这至少说明了两个问题：一是儿童白血病免费治疗这件事有必要性和可行性，否则当时的国家卫生部不会表态；二是这件事很难，否则不会这么多年没落实。再深入研究发现，这件事难就难在底数不清、路径不明。

所以，我反复考虑之后决定先搁置我的晏阳初计划，这个可以留到以后再做，我先着手从公益的角度尝试为推动儿童白血病免费治疗探底、探路。

开始之后才发现这谈何容易！可以说，当初的我除了理想和热忱，几乎一无所有。一是没有一丁点儿白血病专业医学知识，二是没有任何公益从业经验，三是没有钱。我和家人讨论想法，和他们一起画树状图分析该怎么做。他们客气地听着，也鼓励我。但是，不光是他们不看好，我有那么一刻也在反思自己是不是想蹬着自行车上月球，太自不量力了。

一开始去拜访自认为潜在的资助人时，也吃过闭门羹或变相的逐客令。有时联系曾经对我很亲热的朋友，要么微信不回复，要么回复时那种疏远和冷淡隔着屏幕都能让你感觉到；有时我充满热情地介绍我的想法，得到的却是慵懒的呵欠或者刻意转移话题的尴尬。不止一次，从别人办公室走出来的时候，脚步比进去时沉重了很多。最初的几个月，时常伴随着深深的无力感。那个时候经常在内心跟自己说，要像曾国藩说的那样打碎牙齿和血吞，使笨力气坚持住。

第三次成长

明知道无能为力，还是决定去做。

彼得·圣吉老师曾经对我的激励在那个阶段成了我精神上的支撑。如果看清了方向，就坚定地往前走吧，让未来那个更好的自己，在途中遇到你。我自己觉得，这个方向我是看清楚了的。就像远在天边的微弱星光，我确定那微弱的光亮不是幻觉，是真实的，它在召唤着我。哪怕脚下的路漆黑一片，看不清楚，我也决定迈开步子向那个光的方向走去。我们面对不确定性时，通常选择"因为看见，所以相信"，这一次，我选择"因为相信，所以看见"。当所有的客观力量都暂时没有的时候，你还有一个力量，那就是信念的力量。

我开始埋头学习，搜索一切相关的知识点，在电脑前一遍一遍地写项目计划书到深夜；我开始彻底打开天线雷达，扫描我的新旧朋友圈，寻找可能的链接点；我继续跟所有我觉得可能对此有兴趣的人讲述我的理想，寻找可能的支持……

很快，柳暗花明又一村，奇迹一个一个出现。在跟好朋友一诺深聊时，一诺告诉我，国内白血病救助公益做得最好的传奇公益人物刘正琛，是她的公众号的作者。正琛因病成医，因病从善，是疾病救助的专业大神和公益慈善的精神标杆，她现场拉群，介绍我们认识。

我和正琛在第一次通话后决定要合作，第一次见面后决定要深度合作，合作2个月后他就决定让出理事长的职位邀请我加入；在和一个大爱、大情怀的企业家深聊时，他慷慨地表态拿出1000万元来支持我起步，而且不要任何名分的回报；在和深圳文科园林创始人从文爬山深聊时，意外地直接联系上公益实验意向地点河源的主要领导，并很快取得他的认可和支持；在偶然得到拜见中兴通讯创始人侯为贵老前辈的机会时，半小时的汇报后侯总现场表态，中兴通讯深度支持我的公益探索；在向国家权威医保专家郑功成教授汇报后，得到他的热情鼓励和加持；上门拜访北大公卫学院、复旦公卫学院、山大医药卫生管理学院领导，得到他们热情欢迎，进而展开深度合作；又拉来中国社会科学院健康研究所研究员陈秋霖、美国诺华制药著名青年科学家李治中这两个超级专业大牛做公益合伙人……

有了这些基础，我们一起尝试在广东省河源市开始儿童白血病的综合试点。河源市的各级领导非常欢迎我们，给了我们极大的支持。第一步，我们为社保基金提供支持，将儿童白血病的医保目录内报销比例增加到90%，这个工作从 2017 年 8 月 15 日启动，到现在已经面向 54 个河源地区的儿童白血病患者展开了服务。第二步，邀请两个国家卫计委重点实验室，对这个公益医保补充基金政策和临床已在广泛使用但不在医保报销目录内的新药做医疗技术评估，本月已经完成了基础的评估工作。第三步，邀请医保的决策部门来审核我们委托做出来的医疗技术评估报告，预计在 2018 年 6 月底完成。通过这样的流程，我们希望医保的决策部门可以逐步委托独立第三方来做医疗技术评估报告，从客观中立的角度来评估药物，以合理的价格将其纳入医保。除此之外，我们还有对医生的支持，帮助河源消灭儿童白血病治疗能力的空白，帮助他们建立儿童血液科，并启动对河源当地医生的培训。

我们还启动了对华南地区儿童白血病多中心协作组的支持，以便协作组来做更好的临床研究，积累证据。这是一个融合了公共卫生、临床医学、保险保障和肿瘤社会工作的综合工程。我们的项目内容简称为"儿童癌症综合控制"，英文正好是 4 个 C（Childhood Cancer Comprehensive Control）。我们给这个项目命名为"联爱工程"，愿景是"联合爱，让因病致贫从现代中国消失"。

随着这些工作的展开，我也在不断地更新最初的公益计划。月初和团队一起头脑风暴，我们把我们的公益事业升级到了 3.0 版本。1.0 版本是疾病救助，就是体察弱势者的疾苦，找富人筹钱，为穷人解决医药费。2.0版本是政策推动，就是在公益实验地救助患者的同时，建立数据库，探索因病致贫规律性的解决办法，争取形成可复制的模式，推动医疗保障政策不断完善。3.0版本是搭建平台，就是在公益实践的过程中探索创新，让公益变得更透明、更可信、更容易参与。我们国家历来不缺扶贫济困的爱心和力量，我们缺的是有效可信的平台和参与渠道。

我们和美国比较起来，国家财富差不多了，甚至有专家认为按购买力评价，我们已经反超美国；民间财富也差不多了，有英国媒体称现在全世界50%以上的奢侈品，都是中国人在购买。但是，有统计表明，美国社会每年的公益捐赠额是我国的23倍。这么大的差距，其实是平台和参与渠道的差距。这是一个系统工程，我们希望在这方面做一些基础的探索和创新。梦想还是要有的，万一实现了呢？

如果说起步时，我的状态像是蹬着自行车想上月球，那么现在的我已经是在尝试着组装火箭了。离成功还很远，但是，当初那束遥远而微弱的光正在慢慢变得明亮。

总结

这三次成长，就像一个小循环，重新点燃了我的青春。我今年47岁了，但是我感觉浑身有使不完的劲，每天眼睛一睁就觉得有好多有意义的事等着自己去做，好像又回到了那个听得见自己骨骼咯咯作响的青葱岁月。

同学们正值人生最好的年华，我希望你们早日完成自己成长的小循环。在今后的人生旅途，这种循环会不断出现。时代给予了我们极大的机会，只要我们守住心中的一团火，对自己不妄自菲薄，对环境不怨天尤人，对未来不消极悲观，大胆地去学习、去想象、去表达、去参与、去合作、去创造，就会一直保持成长的状态。

结语

最后作为一名公益人，跟大家安利几句公益事业。现在的中国，一方面经济快速增长，另一方面贫富差距也快速增长。十九大报告中强调，中国特色社会主义进入新时代，我国社会主要矛盾已经转化为人民日益增长的美好生活需要和不平衡、不充分的发展之间的矛盾。"不平衡"这个词，背后所蕴含的，可能就是贫富差距、地区差距、医疗差距、教育差距……

每一代人都有自己的社会问题，需要每一代中优秀的年轻人去解决。百年前，在国家和民族被列强瓜分的生死存亡之际，一个时代的青年人站了出来。现在，面对种种不平衡、不合理，同样需要年轻人站出来。看到需要改变的地方，我们要抓紧时间做起来，因为服务对象等不起。如果说我妈妈像一根火柴，发出的微光照亮过那个山村；后来的我像一根蜡烛，燃烧自己照亮过那个贫困县；我多么希望你们这些有责任感的青年人，能够主动站出来为公众利益服务，像一束束火把，去照亮更公平、更美好的中国！

这样，当我们老了的时候，我们可以对自己的孩子说：你现在所在的这个国家，在一个完善的社会保障系统支持下，医疗是公平的，教育也是公平的，人们安居乐业，老有所终，壮有所用，幼有所长，鳏、寡、孤、独、废疾者，皆有所养。所以，你可以放心地追求自己的梦想。可是，亲爱的孩子，这些不是天然就有的，是你们的父辈们一起努力之后改变和形成的。我相信，当我们有机会说出这句话的时候，应该会感到幸福。

这就是我想跟大家分享的话了。祝福同学们快乐成长，将来在人生的星辰大海展翅翱翔。

【本文根据浙江大学"紫领·问政讲堂"第17期（2018年5月31日）的演讲内容整理而成。作者系全国优秀县委书记、深圳市恒晖儿童公益基金会创始人兼北京新阳光慈善基金会理事长，曾任中共湖北省恩施州巴东县委书记。】

担当的力量

卢跃东

如果说人生是一段百年漫长的旅途，那么担当就是每个人在自己人生旅途中矗立的一道风景。

马克思曾说过："作为确定的人，现实的人，你就有规定，就有使命，就有任务，至于你是否意识到这一点，那是无所谓的。这个任务是由于你的需要及其与现存世界的联系而产生的。"

我的理解是，人到这个世界就是奔着担当而来的，真正的幸福是担当出来的。就个体来说，人生需要担当，有担当的人生才能体现生命的价值和尊严；从家庭层面看，有担当的家庭才能拥有和谐与融洽；置身于单位或者团队，有担当方能团结集体力量，实现共同目标；放眼一个社会，只有每一个细胞挺起担当的脊梁，方能凝聚各方才智，谋取天下福祉。

那么，何谓"担当"？从字面上解释，"担当"就是"接受并负起责任"。在实践中，担当往往与责任、良心、价值、奉献、勇气和才干等诸多特质联系在一起，被赋予丰富又灵动的内涵。"千难万难，实事求是最难。千本事万本事，敢于担当最本事。"这两句话道出了担当的艰难与重要。

一个人到底怎样做才算担当？不同时代有不同的使命，不同的人有不同的答案。甚至相同的个体，身处不同的舞台，也有不同的责任和境界。但不管哪一种担当，都绵延着我们国家和民族的精神血脉。从《礼记·大学》"修身齐家治国平天下"到范仲淹《岳阳楼记》"先天下之忧而忧，后天下之乐而乐"的担负大任；从曹植"捐躯赴国难，视死忽如归"到文天祥"人生自古谁无死，留取丹心照汗青"的舍生赴死；从辛弃疾"醉里挑灯看剑，梦回吹角连营"到顾炎武"天下兴亡，匹夫有责"的豪迈义气；从宋代大儒张载"为天地立心，为生民立命，为往圣继绝学，为万世开太平"到近代毛泽东"让中国人民站起来！"，再到邓小平"让中国人民富起来"，以及擂响进军新时代战鼓的习近平"让中国人民强起来"，春天的故事不断续写，家国情怀宛若江河川流不息，流淌着民族的精神道统，滋润着每个人的精神家园。

我从乡镇走来，当过乡镇一把手，响应西部大开发号召援过疆，做过县级市的市长、市委书记，现任地级市副市长。在从政近30年的生涯中，我想结合过去不同阶段的从政经历，围绕"乡镇干部如何接好地气""援疆干部怎样服一方水土""政府市长怎样才能让人民满意""市委书记怎么干成大事""副市长怎么当好参谋助手"跟大家分享我对担当的理解和体会。

乡镇干部的担当——接地气、办实事、做好事

人生总有很多的意想不到，也有太多的无法预料。你永远都不会知道，下一秒，什么会闯入你的生活。

大学毕业后好不容易在地级城市找到工作的我，成长的轨迹在1994年发生了变化。那一年，金华市要选派一些机关年轻干部到乡镇挂职锻炼，让他们在基层一线和困难艰苦的地方砥砺品质、锤炼作风、增长才干，提高服务地方经济社会发展的能力素质。那时机关里的大部分人都已结婚有家室，加上当时的乡镇交通很不方便，家里照顾不到，大部分人都不太愿意去，我年纪最小，又是单身汉，理所当然成为下派的对象。

那时我就想：横竖都是工作，既然组织派我去，我就欣然接受！当时组织跟我约定的时间是 2 年，2 年后把我从乡镇调回机关上班。结果 2 年期满后，正好碰到乡镇换届，作为副镇长的我，在当地干部群众中的信任度很高，组织上希望我这个全镇第一个有本科学历的乡镇干部留下来挑重担。他们告诉我，基层需要年轻干部！

既然组织需要，群众欢迎，那我就留！就这样，我从乡镇挂职干部成了地地道道的乡镇干部，一待就是 5 年，一直当到镇党委书记。这 5 年，我从一个懵懵懂懂的大学生慢慢成长起来，不惧怕跟群众打交道，能带领一方百姓因地制宜发展地方经济。对我来说，这一段经历是刻骨铭心的，我的收获远远大于大学 4 年，我学到的都是管用一生的真本领。

现在回想起来，那时的我，作为一名乡镇干部的担当，主要体现在三个方面：接地气、办实事、做好事。大学生从机关到乡镇是很容易不适应的，我觉得读书人一定要跟"泥腿子"打成一片。当时为了尽快进入角色，白天工作忙，我就晚上尽量不回城里，住在乡镇的临时宿舍，吃完饭就去走街串户夜访，了解社情民意，普通群众、党员、老师、企业主、专业户等我都去走访，走了半年左右感觉跟他们的距离就近了。夜访，跟群众面对面，这是很土、很笨的办法，但是很管用，工作马上打开了新局面。

当然，光跟群众打成一片是不够的，还要正儿八经办实事。什么叫实事呢？就是那些打基础、管长远的事，不一定要很快出政绩。我所在的罗店镇位于金华市区北郊，素有"婺城北大门"之称。上世纪 90 年代，那个地方很偏僻，特别是基础教育很落后，群众意见很大。我在充分调研的基础上，狠抓基础教育，提高老师待遇，大力完善学校基础设施建设，有的学校生源数量少、留不住老师，我就采取撤、扩、并的办法，重新调整布局，做大、做强中心小校，搬迁、新建乡镇中学，3 年后罗店镇成为金华市首个教育强镇。

教育是最大的民生工程。它是一棵树摇动另一棵树，一朵云推动另一朵云，一个灵魂唤醒另一个灵魂。教育搞上去了，勤劳淳朴的乡亲们再也不用为子女输在起跑线上而焦虑了。

在与老百姓交谈的过程中我还发现，有些好事可能对乡镇来说不是很紧急、很重要，但对某些群众来说很迫切。比如农村装电话，那时是很麻烦的事，要排队，不知猴年马月才能轮到。我就帮乡亲们去跑，往区里、往市里跑，乡亲们很感动，结果我们成了金华市第一个电话镇。当时电话在全镇的行政村普及，类似于我们现在的互联网小镇，大大助推了发展，老百姓可以通过电话在家里做生意了。

世上的好多事，总是一环扣一环，环环相连。电话通了，老百姓的市场信息灵了，发展本地原有的花卉产业积极性更高了。我们顺势而为，为罗店镇申请了"中国花卉之乡"的品牌，让罗店镇的知名度大大提升，广大花农致富的机会多了。

物质生活的提升，总是让人们对美好生活的追求与日俱增。富起来的农民，对交通改善的呼声日益高涨。罗店镇有一半区域是山区，那时婺城区唯一不通公路的村就在我们镇，因为太崎岖，施工环境恶劣，专家认为这条路永远都不可能通，交通部门提出的改善办法是：整体搬迁，让村民从山上搬下来。但村民死活不愿意搬离故土。当时，我想到，周边有很多野战军部队，我就一个部队一个部队去找，苦口婆心地请求支援，请他们帮助修路。功夫不负有心人，真的被我说动了。军人们发扬艰苦奋斗的作风，马不停蹄，日夜奋战3个月，终于打通了这条山路。如今，这条路成了很吃香的景观大道，节假日热闹得不得了，山上的居民因此分享到了旅游的红利。

都说往事不堪回首，即便站在现在这样的时间节点，回望20多年前一步一个脚印趟过的足迹，还是让我心生感激。乡镇干部这5年，我学会了跌打滚爬的基本功，意志也变得更加坚强。它让我懂得，帮助乡亲们解决问题，首先要读懂乡亲们需要什么。如果有人问我，乡镇干部应如何担当？我的答案是——接地气、办实事、做好事。

援疆干部的担当——服水土、冲一线、雪中送炭

个体命运总是在时代洪流面前的选择与担当中画出轨迹。

1999 年中央提出西部大开发，浙江要选派干部去支援边疆，金华地区有一个名额，去新疆和田地区任墨玉县委副书记。人生的选择题又摆在了我面前。"如果没人去，我愿意去！"当区委书记找到我时，这是我二话没说就给出的答案。

那时候，我从没去过新疆，回去一看地图，真的很遥远！先不说从浙江到新疆要横穿中国，单是从乌鲁木齐到我要去工作的地方，就比浙江到北京的距离还要长得多。

我启程远赴新疆墨玉县任职的那年，才 29 岁。没有"荒草何茫茫，白杨亦萧萧"的苍凉，但有"前途路漫漫，归期是何日"的惆怅。

援疆这 3 年对我来说，又是让人生变得更加丰厚的 3 年。我的收获远远大于付出，等于又读了一次大学。在援疆的大学里，我深切感受到了什么是大局，什么是国家核心利益，什么是使命，什么是东西部迥然不同的国情，并在实践中不断加深对党的群众观点的认识。

习总书记说，当时在梁家河插队过了"五关"的历练——跳蚤关、饮食关、生活关、劳动关、思想关。我们援疆干部也要过"四关"：恶劣气候关、饮食生活关、语言交流关、思想政治关。

远离家乡和亲人，来到西部边疆工作，面临着诸多困难。有来自语言方面的不便，他们讲的是少数民族语言，汉语没多少人听得懂，汉字他们中的大多数人也不认识，这就给沟通造成了障碍。有来自气候方面的不适应，"垃圾靠风刮，污水靠蒸发"是当地生活的真实写照。我们南面是昆仑山脚，北面是塔克拉玛干沙漠。土地沙漠化很严重，茫茫戈壁滩，

即便就是坐在那儿啥也不干，过上三五分钟，嘴里就满是沙子，咬起来咯吱咯吱的，难受得很。和田当地有一句谚语："和田人民苦，每天要吃半斤土，白天吃不够，晚上再来补。"那边昼夜温差较大，饮食习惯差异也很大，浙江吃的是白米饭，新疆吃的是馕，你又不能搞特殊，只能入乡随俗。有来自工作方面的压力，首先是发展的压力，那里的农民年人均收入只有五六百元，怎么带领他们脱贫？其次是长治久安的压力，上世纪末本世纪初，正是新疆民族分裂分子、暴力恐怖分子和宗教极端分子活跃期，意外事件常有发生，这让我们援疆干部的人身时时处在危险境地中，如果没有一点政治定力，很容易动摇意志。怎样把困难与矛盾当作历练人生的舞台，坚持把岗位当阵地守、把工作当事业干、把奉献当本分看，力争不留遗憾、不枉此行？当时我就一个信念："我是代表浙江来的，绝不能给浙江丢脸啊！"

没想到后来我能成为优秀援疆干部的代表，当时新疆维吾尔自治区党委书记两次接见我。3 年援疆，我给自己订立了三条规矩：

1. 与墨玉人民同甘共苦。离县城最远的村、最难走的路、最复杂的乡、最难忘的牧民托付，乃至我所经历过的最危险的下乡旅途，如今像一幅画刻在我关于新疆的记忆里。每次调研，从一个地方转战另一个地方，往往一天下来，几身汗，几身土，出行车程千余千米。下乡中还偶遇"大漠风起、飞尘蔽日，天地混沌、黄沙锁路"，我们用"漫天风沙胸无尘，极目荒原心绿洲"的豪迈应对。

2. 有困难我要先上，有危险我不怕。上世纪末本世纪初，新疆社会治安状况还是很复杂的。我是分管意识形态和城市维稳的县委副书记，为了确保辖区的社会稳定，三更半夜实地指导督查是常有的事。而且汉族在那样一个少数民族地区完全是少数民族，占比不到 0.5%。怎么办？作为县委副书记的我总不能怯场、不能临阵脱逃吧。每每有任务，我都是冲在前面，抱着"我不去谁去"的信念，积极参加维稳值班，坚守岗位，关键时刻还坐镇指挥。

3. 急群众之所急，干群众之所盼。墨玉县的教育条件很差，我和我的援疆同事利用浙江的优势，筹集各方资金办了8所希望小学，大大改善了边陲地区的教学条件。那边的医院装备很落后，我们引进了不少先进的医疗设备。我们还想方设法为当地老干部添置衣物，修建房子，购买车辆，极大地改善了他们的生活条件。身边点点滴滴的变化，让当地老百姓深切感受到，我们的到来对他们的生活是有变化的，我们是去跟他们一起奋斗的。他们跟我们的心越来越近，对我们也越来越亲。

心态决定状态，作为决定地位。今天如果有人问我，援疆干部应如何担当？我的答案是：一定要服一方水土！一定要冲在一线！一定要为当地干部群众雪中送炭。

政府市长的担当——真心爱人民、发展有硬招、敢啃硬骨头

对一名领导干部而言，必须在其位谋其政、任其职尽其责。

2002年我顺利完成援疆任务，回金华工作。5年后被组织委派到永康市担任市长。在一届5年的政府一把手任职生涯里，我心中的担当又有了全新的诠释。

人民市长为人民，"为"的前提是"爱"，爱不是一件容易的事，千万不可麻木不仁、口是心非，要忧民之所忧、乐民之所乐。"乐民之乐者，民亦乐其乐;忧民之忧者，民亦忧其忧。"孟子的这句话告诉我们，与民众同甘共苦，想民众之所想、急民众之所急，才会得到民众的拥护，才能取得社会的繁荣发展。永康的一方水土对官员是很挑剔的，市长做得不好，人大代表就会用选票把你轰出去。我在代市长转任市长时，永康市的人大代表用高票给予我满满的信任，这让我很感动、很感恩。表态发言时，我说我每年会腾出时间到每个代表家里走访。5年的时间里，我说到做到，到过每一位人大代表的家中，握过每位代表的手。这样的

走访,对我帮助很大,我既拉近了与代表的距离,又倾听到了民众的呼声。代表们还经常给我建言献策,让我的《政府工作报告》最大限度回应基层关切,篇篇贯穿以人民为中心的发展思想。

光有爱人民的心,没有发展的实招也不行。发展中的问题还是要靠发展来解决,抓经济工作必须要有硬招,不能花拳绣腿、朝令夕改。我当永康市长时,经济领域抓三件事:一是优化金融生态;二是传统产业改造提升;三是培育新兴产业。当时,永康市民间借贷盛行,老百姓创业成本很高,对政府来说风险很大。我提出要打造浙中金融高地,优化金融生态环境,为经济可持续发展提供可靠的保障。我把金融当作经济工作的"牛鼻子"来抓,每个月进行金融形势分析,政、银、企三者关系形成了非常好的良性互动。2008年金融危机来袭,永康市没有一家企业倒闭,当地金融生态也非常平稳。永康是全国有名的五金之乡,老百姓有极强的创业精神,对市场很敏锐,但产业偏小、偏散、偏弱。对此,我全力抓传统产业的改造提升,通过技改、股改,让传统产业向大、向强、向高转型。同时培育新兴产业,新能源、汽车产业初步成型。企业家队伍建设也提上重要议事日程,我倡导他们"讲底气、讲大气、讲和气"。

市长还要敢啃最硬的骨头,敢于担当责任,勇于直面矛盾,善于解决问题,努力创造经得起实践、人民和历史检验的实绩。看准了的事情,就要拿出"我不入地狱,谁入地狱"的政治勇气来,坚定不移干到底。当市长最怕胆小怕事,回避矛盾,把什么矛盾困难都留给后人做。那时我们启动了永康历史上最艰难的搬迁工程——方岩核心景区三个行政村落整体搬迁。那时有不少领导质问我为什么要做这件事,不是引火烧身吗?但我觉得这件事该做,而且也做了调查研究。那时我想,方岩是永康百万人民最重要的一张"脸",方岩是国家最早的风景名胜区,它的品位做不好就会影响一个城市的知名度与美誉度,进而影响投资发展环境,所以我决定豁出去做。起初步履维艰,遭遇了很多矛盾、问题,但所有的人大代表都支持我，省委书记还专程来现场调研，并鼓励我们一鼓作气干下去。虽然 2011 年换届时我恋恋不舍离开了永康赴异地任职，方岩异地搬迁也好事多磨，但最终十年磨一剑，完成了永康人 30 年来的美好夙愿。

现在回想那 5 年的市长经历，感触良多。作为一名行政首长怎样体现担当？我会告诉你——真心爱民，落实发展，敢啃最硬的骨头。

市委书记的担当——正道直行、能谋善断、造福一方

习近平总书记对担当有许多论述，其中对主要负责同志的要求是"实事求是、求真务实、把准方向，善始善终、善作善成、抓实工作"。县域治理是国家治理体系的基石，我们中国自古就有"郡县治、天下安"的说法。

桐乡市委书记的经历让我明白，体现一个市委书记的担当，唯有登高望远，方能谋篇布局；唯有众志成城，方能干成大事。

登高望远是为了更好地前行，要学会观世界之大势、发展之大势，谋县域之大事、人民之大事。"一把手"如果只知道片面强调眼皮底下那么点利益，固守"一亩三分地"的旧观念，甚至坐井观天、一叶障目，以自我为中心，其做出的决策部署就很可能造成工作失误，长远甚至可能损害党和人民的根本利益，贻误发展时机。

很荣幸，在我担任桐乡市委书记的 5 年多时间，桐乡不但以砥砺前行的姿态让顶层的决策在基层落地生根，更以基层的行动积蓄力量，为顶层的蓝图铺垫底色。

不会忘记，2011 年，"把桐乡打造成为'世界知名旅游城市'和'休闲养生目的地'"相关字句第一次出现在市党代会报告显著位置。2012 年，以乌镇省级旅游试验区获浙江省政府正式批复为契机，桐乡以"两区两化"（镇区景区化、景区全域化）为特色的"旅游强市"浮出水面，掀开

了中国全域旅游的序幕。2013 年 10 月，国家旅游局批复同意桐乡作为全国首个旅游综合改革试点县。那一刻，桐乡开始跳出以旅游发展旅游的传统路径，"一业驱动四化"路径渐渐清晰。2014 年，中央决定将桐乡乌镇作为世界互联网大会永久举办地，乌镇从此走向国际舞台。2015年习近平总书记亲临乌镇参加第二届世界互联网大会，"耳目一新""刮目相看"，伴随着习总书记的赞叹，挟世界互联网大会之风与全国首个旅游综合改革试点县之势，桐乡积极把握历史性机遇，创造新的发展优势，"一业一网"为县域转型发展插上了腾飞的翅膀。

2013 年，桐乡市高桥镇先行试点以"大事一起干，好坏大家判，事事有人管"为目标的社会治理新模式，随后，一场以党建为引领，自治、法治、德治"三治合一"为手段的变革在桐乡全市铺开。正是在这一年末，党的十八届三中全会做出全面深化改革的决定，将创新社会治理体系放到了重要位置，桐乡实践也由此成了全省提升基层治理能力的推广样本。"要加强农村基层基础工作，健全自治、法治、德治相结合的乡村治理体系。"2017 年 10 月，在中国共产党第十九次全国代表大会上，"三治融合"这一源自桐乡的创新成果被写入党的十九大报告，传遍大江南北，成为新时代基层社会治理的方向。

中国特色社会主义进入新时代，我们党一定要有新气象、新作为，关键是党的新的伟大工程建设要开创新局面。而其中严肃党内政治生活，净化党内政治生态，是习近平新时代中国特色社会主义思想的重要内容。我在担任桐乡市委书记的 5 年多时间里，始终坚持"抓党建就是抓关键"：破除党员"终身制"，推行党员"净化工程"；开展"百千万"活动，推动干部深入一线，和农民同吃、同住、同劳动；抓镇促村，强化党的基层组织的堡垒作用……县域改革实践中，党建工作是贯穿全程、始终如一的一条红线，乌镇县域党建一直走在全省、全国的前列。在庆祝中国共产党成立 95 周年大会上，中共中央授予乌镇镇党委"全国先进基层党组织"的最高荣誉。

在桐乡，我经常对班子成员说，站得高才能看得远，决策才能减少失误；班子成员之间要相互尊重、信任，大事讲原则，小事讲风格，讲的就是"一把手"在工作中要有登高望远的格局和气度。抓班子，带队伍，"一把手"如果没有"容人、容事、容言"的雅量胸襟，很难真正把谋长远、图发展的工作干好，很多时候"一把手"需用淡泊、谦和来化解矛盾和尴尬的局面。人生几十年，风雨不间断，在实际工作和生活中，"一把手"难免会遇到各种委屈、误解，只有听得进意见，担得起压力，用人格、用原则、用感情抓好班子、带好队伍，才能在登高望远中正确决策，在团结共事中奋发有为。

经常有人问我："书记，怎么那么巧？桐乡在做的，正是中央号召的，或者希望基层探索的。"我告诉他们，不论是登高，还是望远，它的背后是学习的动力和能力。"学者非必为仕，而仕者必为学。"为官一任、治理一方，坚持学习是一件非常重要的事。发展一日千里，工作日益复杂，市委书记如果不通过学习实践来加强自身的能力，就会陷于本领不足、本领恐慌、本领落后的困境之中，完成不好党交给的任务。我要求自己下大力气，苦练内功，自觉加强学习，提高科学决策水平，狠抓落实本领。只有这样，市委书记才能在敢于担当、勇于开拓的磨炼中打开新局面、掌握主动权，带领当地干部群众书写改革发展的新篇章。

市委书记应如何担当？正道直行，造福一方，行正道、扬正气、谋大事、创大业。

副市长的担当——分忧解难、创先争优、团结共事

担当不仅要有舍我其谁的勇气，还要有合作共事的大气。当你是副手时，要有积极主动的状态，提高贯彻执行力，为主要领导分忧；要有冲锋在前的风范，担在实处，干在前列，让自己分管的工作创先争优；

要注重团结，对领导要尊重，对同事要和气，对下属要善待，对群众要敬畏。这是我在 2 年的湖州市副市长岗位上履行担当的体会。

副职协助正职工作，对正职负责。副职工作质量的高低，既是一个工作方法的问题，也是一个思想认识的问题；既反映副职为人做官的思想境界，也体现副职履职尽责的能力水平。作为副手，一定要充分认清自己的地位和作用，养成主动干工作、抓落实的好习惯，不能正职安排干啥才想到啥，等出了问题才去抓。要站在全局的高度谋划工作，站在正职的角度审视工作，站在基层的位置主动工作，换位思考，自觉作为。特别是在关键时刻，副职要为正职分忧解愁；正职精力不够、无暇顾及的事，要主动顶上去抓落实；正职不便先出面或棘手难办的事，要积极协调、想方设法去完成。在湖州，我协助正职解决了三个历史遗留问题：一是搬掉了十多年都搬不掉的最大消防隐患——湖州小商品市场，以前为什么不敢弄？因为害怕闹事，但我不怕，这是正义的事，人命关天的事，花了半年多时间顺利搬迁。二是开工建设湖州农产品批发市场，之前地方上相互推诿，新市场一直落不了地。我通过认真调研，外出考察，协调多方利益诉求，最终顺利完成市委交办的任务。三是积极争取，多方努力促成湖州保税物流中心正式获批，让湖州开发区真正打开了通往世界的门户，为湖州外向型经济发展注入了新的生机与活力。

副职对于自己分管的工作，一定要想方设法创先争优。只要是主要领导明确了的、强调过的，不论事情大小，困难与否，都要竭尽全力抓好落实，这样才能推动班子整体工作水平不断提升。任湖州副市长期间，我分管旅游经济、市场监管、招商引资等工作，我在任上做了几件让我感到欣慰、不负重托的大事。一是做好了湖州全域旅游的顶层设计，制定了中国南太湖巨龙腾飞计划；二是在全国率先启动了"厨房革命"，除了监控硬件设施，还让食品可以追溯，餐厨垃圾实现无害化处理，让放心消费环境更加优质；三是为拉开招商引资大格局，我们抢抓上海进博会的契机，在虹桥商务区的黄金地段筹建湖州招商总部，下一步将把最优秀的干部派驻上海进行精准招商，确保湖州在长三角一体化的布局中抢占制高点。

副职的担当，还体现在当好团结协作的表率上。团结出凝聚力、出战斗力。作为一位副职，起承上启下的作用，既要团结与他志同道合的同志，又要团结与他意见相左的同志，要善于取长补短，充分调动各方面积极性，形成同心同德、共谋发展的局面。因此，一定要带头牢固树立大局意识、强化协作意识，尊重领导，团结同事，善待下属，敬畏群众，让团队上下拧成一股绳，心往一处想、劲往一处使，凝心聚力，众志成城。

所以，副市长怎样担当？面对这样的问题，我的回答是——分忧、创先、团结！

总之，担当是人生的一道命题。有人说，人生须知负责任的苦处，方能知道尽责任的乐趣。其实，能够被赋予担当的重任是人生的一种幸运、一种幸福。年轻的时候，一定要立担当志、做担当事、成担当才，争当知行合一、德才兼备、身心俱佳的好榜样。

走过前面的历程，总结起来我有三条心得：做人要有志，有志者事竟成，这是担当的前提；管理要有方，能透过现象看本质，把握规律，既讲艺术，又讲技术，这是担当的保障；担当要有力，以结果论英雄，这是兑现担当的最终体现。

"大道至简，唯有担当。"政之大事，国民所谓大道，归为至简，必离不开"担当"二字。担当是从政者的基本品质和核心竞争力。最后，我想用一首《从政歌》与大家共勉：

漫漫征途多险滩，阴晴圆缺易变幻；

勤政为民心无愧，廉洁做人合家欢；

能者横扫万千敌，富强繁荣百业旺；

德化众生须躬行，法弘天下葆永康；

自治犹如风化雨，国泰民安贺吉祥；

勿忘初心梦常在，慎始善终好还乡。

【本文根据浙江大学"紫领·问政讲堂"第19期（2018年9月28日）演讲内容整理而成。作者系浙江省文化和旅游厅副厅长，时任浙江省湖州市人民政府副市长。】

乡村振兴的力量

孙景淼

　　非常感谢浙大的邀请，也非常感谢同学们给我这个机会，与大家共同探讨关于乡村振兴的内容。大家都知道去年 10 月 18 日在党的十九大上，习近平总书记向全党、全国发出了实施乡村振兴战略的伟大号召。去年 12 月 28 日在中央农村工作会议上，习总书记发表重要讲话，用了整整 3 个小时阐述了实施乡村振兴战略的重大意义和科学内涵，对走中国特色社会主义乡村振兴道路做出了全面的部署。当时我在省政府分管"三农"工作，非常荣幸当面聆听了总书记的重要讲话。今年 2 月 4 日是立春，中央一号文件《中共中央国务院关于实施乡村振兴战略的意见》通过媒体全文公布。9 月 21 日，中国第一个农民丰收节的前夕，中央政治局第八次集体学习的主题就是关于乡村振兴战略，习近平总书记发表了重要的讲话。9 月 27 日，新华社全文公布了《中共中央国务院关于实施乡村振兴战略的规划》（2018—2022 年）。我介绍的这些内容说明，乡村振兴战略的顶层设计已经完成，接下来就是要按照战略蓝图扎扎实实地推进。

　　刚才苗青教授说得很好，21 期的讲堂是讲 21 世纪最重要的课题，我还要补一句，这也是 21 世纪最有希望的事业。下面我从三个方面给大家做介绍。

新中国乡村发展道路的探索

大家都知道我们新中国即将迎来 70 周年华诞。70 年来中国的"三农"道路、乡村振兴和城乡融合是怎么走过来的？我个人把它归纳为四个阶段。

1. 城乡分割阶段，从新中国成立到上个世纪 70 年代。大家都知道，世界上许多国家在建设工业化的过程中，都在一段时间里以牺牲农民利益、让农村做出贡献为代价。1949 年 10 月 1 号中华人民共和国正式成立，当时中国是什么情况呢？ 4 亿多人要吃饭，长期的战火刚刚停息下来，国民党留给我们的是一穷二白的烂摊子，日本侵略者又从中国掠夺了很多的财富。开国大典的时候我们国家的许多地方都没有解放，蒋介石以台湾为基地频频对"反攻大陆"有所动作，再加上美国发动了朝鲜战争，我们不得不抗美援朝。要在这样的基础上建设工业化、建设现代化，难度可想而知。所以在当时我们国家不得不实行重工压农、重城轻乡的政策取向，这是其他发达国家走过的路子，也是中国的国情避不开的阶段。这 20 多年当中，我们在城乡关系上有几个重大的事件需要介绍。

首先是土地改革。抗日战争结束不久，共产党就在解放区开展了土地改革。1947 年 10 月，中共中央颁布了《中国土地法大纲》，提出耕者有其田。1949 年 9 月，召开的中国人民政治协商会议第一届会议通过共同纲领，明确要实行耕者有其田。1950 年 6 月，中共中央正式颁发了《土地改革法草案》，在全国新解放的地区普遍开展了土地改革运动。到 1952 年年底，除了一些少数民族地区以外，解放的地方全部完成了土地改革，共没收、征用土地 7 亿亩，把这些田地分给了 3 亿多无地、缺地的农民；同时，开展减税减息，还把农具、牲畜、房屋、粮食分给农民。土地改革的完成标志着中国从根本上铲除了封建制度的根基，有力促进了农民生产积极性的提高。

"土改"以后，广大农民的生产生活条件得到了改善，但是一家独户单干的力量有限，农业生产劳动率的提升要有一定的规模化。所以党和政府就因势利导鼓励开展劳动互助和生产合作，把农民组织起来。1950年全国有互助组 280 万个，参加农户超过 1100 万户。随着合作化的推进，初级社逐步发展到高级社。实践证明，互助合作比农民单干产量增加了，劳动生产力也有所提高。到 1954 年年底，全国的初级农业合作社达到了48 万个。从 1955 年开始，中央明确停止发展农业合作社，重点转为巩固、提升、引导、加强农业生产。

在 1953 年的时候，中国的工业和城市经济发展了起来，农村的大量人口到了城市。这样带来一个情况是，农村劳动力减少，因为他们到城市里面做工去了；另外一个情况是城里要吃粮食的人口增加了，因此粮食的供求矛盾开始突出。1953 年中央决定实行粮食的统购统销政策，国家统一收购，国家统一销售，后来又对粮食、棉布、食用油等实行凭票定量供应。我们 50 岁以上的人都知道，那时候我们买东西除了钞票以外还要粮票、布票、肥皂票、煤球票等，一直到改革开放后才取消。所以现在社会上有收藏当年各种票证的，行情还不错，为什么？这是稀缺物。

1957 年 9 月党中央发出了一个文件，是关于大规模开展兴修农田水利和肥料，经过一个冬季的大干苦干，全国扩大灌溉面积 3.5 亿亩，治理低洼耕地 2 亿多亩，植树造林近 3 亿亩，积肥 3100 亿担。

1957 年年底，苏联提出要用 15 年的时间赶上或者超过美国，20 世纪 50 年代末出生的很多女孩子叫超英、超美，就是这么起的名字。那个时候"大跃进"开始盛行，"人有多大胆、地有多大产""只怕想不到、不怕做不到"，成为时髦的口号。

1961 年党的八届九中全会，针对"大跃进"带来的困难和问题提出了调整、巩固、充实、提高"八字方针"，促进了国民经济的恢复和工农业生产的发展。

2. 城乡联通阶段，从改革开放到 20 世纪末。农村改革是中国改革的起源，标志是小岗村土地承包的实践。你只要交足国家的，留够集体的，剩下的都是自己的，农民生产积极性调动起来了，农业劳动生产力大幅提高。这样又带来一个问题，中国的土地上不需要那么多人搞农业。农村劳动力的部分过剩，再加上市场上物资短缺，这样乡镇企业就发展起来了。到 20 世纪 80 年代以后，农业不光是种养，也要加工和营销，农业开始产加销相结合、贸工农一体化，这样农民就开始搞工业、办企业。

乡镇企业崛起要原料购进来、产品卖出去。供和销两头带动了市场的发展，同时也带动了马路市场、路边餐馆、各类生产和生活配套行业的兴起。世界闻名的义乌小商品市场，当年就是从马路边上摆摊逐步发展起来的。工厂和市场发展起来以后，带来小城镇的兴盛，许多老乡白天到镇里做工、经商，晚上回乡下家里居住，路上来回折腾，就想方设法在镇上住下来。到了 90 年代后期，全国 16000 多个小城镇吸引了 1 亿农民在其中居住和就业。最著名的是浙江温州龙岗镇，建起了全国第一个农民城。

大家都知道今年是改革开放 40 周年，中国开放的标志是什么？最先是建立 4 个经济特区，接着扩大为沿海 14 个港口城市，再后来是包括杭州、南京、沈阳三个省会城市在内的 140 个县（市）扩大开放。开放后兴办"三资"企业，需要大量招工，这样就有一大批农村的劳动力来到城市，形成农民工进城。

在邓小平同志南方谈话的指引下，党的十四大确定了社会主义的市场经济体制。1993 年 11 月十四届三中全会通过了《中共中央关于建立社会主义市场经济体制若干问题的决定》，为彻底打破城乡分割的二元结构创造了条件。

3. 城乡统筹阶段，从 21 世纪初到党的十八大召开前。党的十六大提出统筹城乡发展，坚持工业反哺农业、城市支持农村和"多予、少取、放活"的方针，加大支农、惠农政策力度。2000年中央在安徽省搞试点取消农业税，到2006年1月，全国统一取消农业税，延续了2600多年的"皇粮国税"全面取消，每年减少农民负担1200亿元。

与此同时，持续深化农村改革。中央明确农村土地所有权、承包权、经营权"三权"分置，密集出台扶持农业、农村、农民的政策，农民的生产积极性得到充分发挥，2004—2011年全国的粮食产量和农民收入实现八连增，农村社会养老保险、医疗保障和最低生活保障等制度逐步建立并不断完善。

我们国家从本世纪开始进入了全面建设小康社会这个历史阶段，十六大提出要在中国共产党建党100周年时实现惠及10多亿人口的全面小康。但全面小康和现代化建设的短板在哪里？重点和难点在农业、农村。为了补上这个短板，中央从2004年开始每年把一号文件留给"三农"，一直到今年都没有间断过。

4.十八大以来我们进入了城乡融合阶段。 习近平总书记对坚持农业与农村优先发展、建立健全城乡融合发展的体制机制和政策体系，做出了一系列重要指示，要求加强党对"三农"的工作指导，统筹推进农村经济、政治、文化、社会、生态文明建设和党的建设。习总书记在十九大上发出了实施乡村振兴战略的号召，强调要推进工业化、信息化、城镇化、农业现代化同步发展，走中国特色社会主义乡村振兴道路。这方面内容将在第二部分中重点阐述。

坚持走中国特色社会主义乡村振兴道路

1.牢牢把握乡村振兴的科学内涵。 首要的是以习近平新时代中国特色社会主义思想作为我们的指导思想。总书记不到16岁就上山下乡，在陕北梁家河当过村支部书记，后来到河北正定县当了县委书记。在厦门担任市委常委、副市长，主管"三农"工作，了解农民，熟悉农村，深知农情。在宁德地委、福州市委、福建省政府担任主要领导期间，他都非常重视"三农"工作。尤其是主政浙江后，习近平同志对中国特色"三农"之路做了系统的实践创新和理论创新。到中央工作后特别是党的十八大以来，总书记对"三农"工作和乡村振兴做出了许多论述，是做好新时代"三农"工作、实施好乡村振兴战略的行动指南，我们要认真学习、深刻领会、贯彻落实。乡村振兴的总目标是农业、农村现代化；总方针是坚持农业、农村优先发展；总要求是五句话——产业兴旺，生态宜居，乡风文明，治理有效，生活富裕；制度保障是建立健全城乡融合发展的体制机制和政策体系，要在资金投入、要素配置、公共服务、干部配备等方面向"三农"倾斜。

2. **"五位一体"，协调推进乡村全面振兴。**这"五位一体"，**一是推进乡村的产业振兴，产业是基础。**乡村振兴，老百姓生产不发展、生活不富裕是不行的，所以我们要把农业搞好，把农村产业发展起来。农村产业发展不光是种养业，还包括深加工和市场营销，要一二三产联动。浙江省安吉县，就是靠一张叶子富了一方百姓。安吉白茶年产值20多亿元，给20多万农民人均增收8000元。**二是推进乡村的人才振兴，加快培育新型农业经营主体，激励各类人才到农村广阔天地大显身手。**浙江省去年统计，上万名大学毕业生在农村创业创新。我们就是要让愿意留在乡村搞建设的人留得安心，让愿意"上山下乡"到农村创业创新的人更有信心。**三是推进乡村的文化振兴。**不光是生产发展，不光是有钱，还要加强农村思想道德建设和公共文化建设，推动形成文明乡风、良好家风、纯朴民风，提高农村社会文明程度。**四是推进乡村的生态振兴。**原来农村是脏、乱、差的代名词，这几年我们浙江的农村经过"乡村示范、万村整治"和美丽乡村建设，变得越来越生态宜居了，连农村的生活垃圾分类也比城里搞得好，因为农村的人相互认识，你如果不做好垃圾分类就难为情,这是农村邻里文化的力量。**五是推进乡村的组织振兴**。要生产发展、要生态宜居,还是要靠党支部,要靠村级组织。因此要培养农村党组织书记,深化自治、法治、德治"三治"融合,增强村级组织战斗力和集体经济实力。

3. 统筹规划,引领乡村振兴落地见效。全国的村庄太多了,到目前为止有50多万个行政村、260多万个自然村。大家想一想,各个民族、各个地区都有不同的特点。东部、中部、西部,自然环境各不相同;南方、中原、北疆,人文景观风姿独特;山区、平原、海岛,民风习俗差异明显。所以你要把村庄都用一种模式去做,千村一面,显然是不妥的。要尊重当地的历史、人文、习俗,从实际出发,因地制宜,因村制宜,分门别类采取不同的举措,不搞"一刀切"。第一类,就大多数的村庄而言,我们要进行改造、提升。浙江省连续多年实施"千村示范,万村整治"工程,搞好农村的洁化、绿化、美化,现在看上去一大批村庄真是漂亮。第二类,"城中村"和重大项目建设涉及的村庄。此类不宜再花很多资源和精力去提升,因为今年改了,明年可能又要拆了。这就应该在统筹规划下,加速城镇化,随着项目的推进把农民转化为市民、农村转化为城市。第三类,有历史印记、文脉特征的传统村落、古老建筑。这是老祖宗留下来的,我们要保护、要修复。浙江省政府拿钱保护900多个传统村落,政府给钱修复,保护我们的乡土文化,留住我们的乡愁和我们的历史记忆。第四类,那些地处高山、远山的村。说句实在话,那些地方怎么去帮也可能是温饱有余、小康不足,那就要用下山脱贫、移民搬迁、异地安置的办法,政府帮他们搬下来。山上的破破烂烂拆掉,那块地方本来就人居不宜,可能100年前是野猪的地盘,我们把它占领了,现在还给野猪吧,修复生态。如果规模比较大、有保留价值的就把它修复,搞农家乐,搞民宿,也是可以的。还有第五类,资源不好、基础薄弱、经济实力有限的村庄。但它旁边的村很强,可以用强村带弱村的办法。我这里举一个例子：东阳有个花园村，2004年并了9个村，去年又有9个村一致同意要并给它，1个村并了18个村。当年这个村面积只有不到1平方千米，现在有12平方千米；当年只有496个人，现在有13879个村民。去年这个村的营业收入520亿元，村集体收入5.88亿元，更重要的是老百姓的收入人均12万元。

4. 融合发展，汇聚乡村振兴的强大合力。一要突出都市、城镇、乡村的融合。我们振兴乡村是要工业化、城镇化、信息化与农业现代化"四化"同步，大中小城市和小城镇、中心村、一般村统筹，实现融合发展，走中国特色的城镇化道路、中国特色的乡村振兴道路。我们浙江省以4大都市区和7个地级市为龙头，200个小城市和中心镇为骨干，4000个中心村为支撑，形成城镇化体系，从而实现城乡融合发展。**二要突出一产、二产、三产的融合。**农业生产往往被称作第一产业，我过去就说农业是"六产"，现在我要说现代农业是"十产"。以千岛湖的鱼为例，养鱼、捕鱼是一产，加工成鱼罐头是二产，观巨网捕鱼、品大鱼头是三产，鱼拓画是文化创意产业、是第四产业，周边产业加起来就能达到十产。**三要突出生产、生活、生态的融合。**农业的功能不光光是生产，还具有生活和生态多种功能。把树种好了就是生态休闲，水稻田、油菜地照样可以搞旅游，大地可以造景。农业生产既给我们生产食物，也可以搞旅游观光。这样就能让田野成为亮丽的风景，让农民成为令人羡慕的职业，让农村成为舒心的家园，让整个乡村成为心旷神怡的大花园。

乡村振兴的力量

乡村振兴靠什么？党政主导、农民主体、社会参与。**一是党政主导。**我前面已经说了很多，需要政策，需要资源条件，需要共产党和人民政府带领大家。**二是农民主体。**中国人民勤劳、智慧、实干，中国改革开放的许多成功案例是农民创造的。家庭联产承包责任制、赤脚医生、乡镇企业、马路市场、农民城建设等，都是农民智慧的结晶。今天，我们要搞乡村振兴，依然要充分尊重和发挥农民的积极性、主动性。如果亿万农民都在乡村振兴当中发挥主体作用和主观能动性，中国的乡村振兴道路就会走得很扎实，中国的"三农"发展就会更有希望。**三是社会参与。**我们众多的社会资源会流向农村，在乡村振兴的广阔天地里是大有可为的。我们要引导农民工返乡、大学生回乡、企业家下乡、城市能人到乡，共同投身乡村振兴事业，推动大众创业、万众创新。

我在这里介绍几位你们的校友，我讲的全部是浙大毕业的。

第一位朱立科，是位 70 后，现任浙江一鸣食品股份有限公司董事长。你们大多喝过一鸣的牛奶，它是目前我们浙江省最大的农业企业，但不要以为它是一步登天的。他当年养鸡，后来养奶牛，再后来做农产品加工，中间也有过困惑和挫折，现在已在浙、闽、苏、沪开了 1400 多家一鸣奶吧。

第二位包省军，2010 年毕业于浙江大学动物科学学院，2012 年在美国加州大学洛杉矶分校医学院从事研究。他回国后没有养鸡，也没有养牛，而是专心养虫。这个虫是吃废弃物和微生物的，虫养大了给鸡、鱼做饲料，做得非常成功。他 2016 年获得了全省农业创业创新大赛最具创新力奖，去年代表浙江省参加了全国农业创业创新大赛并获奖。

第三位路炜强，是 85 后，毕业于浙江大学生命科学学院，理学硕士。他既不养牛，也不养虫，而是给有意到"三农"领域创业的大学生提供服务。他搞的蓝郡农业创客园已经累计投入 3600 余万元，建成了 1500平方米创客会客厅、10000 平方米植物工厂、2000 余平方米透明观光工厂。

同学们，你们出国留学，我们赞成；你们学成归来，我们欢迎；你们不出国，留在家乡创业，我们也同样支持。我希望也相信你们是乡村振兴的中坚力量，乡村振兴的希望在你们身上！谢谢大家。

【本文根据浙江大学"紫领·问政讲堂"第21期（2018年12月7日）演讲内容整理而成。作者系浙江省政协副主席、党组副书记。】

组织的力量

干武东

今天一进课堂，扑面而来的，是大家蓬勃的青春力量，积极向上，有朝气、有活力。结合平时的学习思考和工作实践，今天与大家一起来谈谈"组织的力量"。

什么是组织

组织是指人们为实现一定的目标，互相协作结合而成的集体或团体，如党组织、群团组织、学生社团组织、社会公益组织等。组织是社会的细胞、社会的基本单元，并在一定程度上成为社会的基础。一般来说，组织应具备五大特征：

1. **特定的组织目标**。组织目标是组织的前提要素，是组织建立、存在的理由。组织一般拥有一个或多个目的或目标，特定的、共同的组织目标往往决定着全部组织行为的价值取向和评判标准。有的组织目标具有阶段性特点，分为近期、中期、长期、最终目标等。一些组织会根据形势任务、外部环境的变化，定期或不定期对组织的阶段性目标进行调整。

2. **相对固定的成员**。人是组织的最基本要素，也是唯一具有主观能动性的要素。组织由两个或两个以上的人组成，这些人为了特定的、共同的目标走到一起。一般情况下，组织的成员会定期或不定期更新，但一个时期内，成员总体上保持相对稳定，形成一种动态的相对固定。

3. 一定的权责体系。权责体系是组织的支撑要素，是规范、约束组织权力运行的基本结构。通过组织授权，组织成员获得履行职责的合法（合规）性支持和必要条件；通过责任分解，明确组织成员对组织的基本义务；通过建立权责体系，为组织实现层级管理、同级协调划定权利范围和责任义务。

4. 明确的行为规范。行为规范是组织的维持要素，是规范组织运行、实现有效管理的基本规则和硬性要求。只有建立起一套覆盖组织计划、执行、控制和协调各方面、全流程的行为规范，明确组织纪律，为组织运行、组织行为设置规范化流程，才能为组织目标的实现提供有力保证。

5. 有序的沟通协作。沟通协作是组织的保障要素，是凝聚组织合力、争取外部支持的重要方式和手段。在组织内部，组织成员有互相协调的手段，保证人们可以进行沟通互动、交流工作，实现分工协作。对组织外部，组织成员依据组织授权，开展不同层面的对外沟通协作，为实施组织行为、达成组织目标争取支持。

组织的力量如何形成

1. 共同的目标愿景。一艘没有航行目标的船，任何方向的风都是逆风；一个没有目标的人，永远也找不到人生的方向。一个组织也必须要有目标，不仅要知道目前在哪儿，而且要知道将要去向何方。组织一般都具有明确的目标，目标越明确，就越容易实现。中国共产党从成立之初，便树立了明确的奋斗目标，就是推翻资产阶级政权，建立无产阶级政权，最终实现共产主义。90多年来，这个目标一直没有改变。为了实现这个目标，党经历了艰辛而曲折的探索，其中既有成功的经验，也有失败的教训，但我们党始终在不断努力，朝着既定的目标不断开拓前进。

我们党之所以叫中国共产党，就是因为从成立之日起就把共产主义确立为远大理想。我们党之所以能够经受一次次挫折，而又一次次奋起，其中一个重要原因，就是我们党有远大理想和崇高追求。以习近平同志为核心的党中央提出中华民族伟大复兴的中国梦，提出"两个一百年"的奋斗目标，即：到中国共产党成立一百年时，全面建成小康社会；到新中国成立一百年时，建成富强民主文明和谐的社会主义现代化国家。这些宏伟目标，激励着千千万万的中国人不断开拓进取，相信在不久的将来，这些目标必定能实现。

2. **领导的魅力权威**。西方有句谚语，一头狮子带领的绵羊群，一定能战胜一只绵羊带领的狮群。领导是一个组织的核心和灵魂，是影响组织力量发挥的关键因素。领导作用的发挥，一是通过职位赋予的权力，也就是权威；二是通过领导个人的魅力。职位权力是组织赋予领导者，以改变被领导者行为能力的权力。领导的魅力大小由其自身综合素质决定，包括人格、才能、情感、技艺等因素。领导魅力，作为一种相对于领导权力而言的非权力影响力，在领导活动中起十分重要的作用，是领导活动得以成功的重要保障。没有魅力的领导也能行使职位权力，但具有领导魅力的领导，才能成为有权又有威的真正领导者。

3. **完善的制度体系**。"小智治事，中智治人，大智立法"，制度带有根本性、全局性、稳定性、长期性。现代汉语中，制度有两重含义：第一，制度是指在一定历史阶段和条件下所形成的政治、经济、法律、文化等方面的体系；第二，制度是指办事规章和程序规定。党的制度，主要是指在党的历史发展过程中形成的，党的各级组织和全体党员必须遵守的规程和行动准则，以及形成的党的规范体系和活动机制。国不可一日无法，党不可一日无纪。党的十八大以来，以习近平同志为核心的党中央，始终强调"把权力关进制度的笼子里"，从顶层设计方面持续推进党的制度建设，扎紧织密制度的笼子。只有通过严格的管理制度，打破"人管人"的框架，实行"制度管人"的管理方式，才能不断释放制度的红利。中央八项规定就是很好的典型。以前"几十个文件管不住一张嘴""几十条禁令管不住一辆车"，现在党员干部因为一餐饭、一顿酒、几张卡、几日游而被通报曝光、问责处理甚至丢官去职的不在少数。中央八项规定的强有力执行，攻克了一些"司空见惯"的官场陋习和作风难题，推动了全面从严治党、依规治党的进程。

4. 源源的创新动力。何为创新？创造新的东西，便是创新。经历前人所没有经历过的，便是创新。创新是人类社会不断发展的动力，创新的精神和力量是永恒的。创新不仅仅是个人，还有组织，还有民族，还有世界。谁成为创新的弄潮儿，谁就能立于不败之地，就能掌握命运与未来。习近平总书记说过，生活从不眷顾因循守旧、满足现状者，而将更多机遇留给勇于和善于改革创新的人们。在新一轮全球增长面前，唯改革者进，唯创新者强，唯改革创新者胜。拿我们国家来说，创新之路，是我们中华民族跨越式发展、不断前行、领先世界的唯一出路。党的十八届五中全会提出的五大发展理念，第一位就是创新发展。为了推动"十三五"规划的实现，我们国家近年来提出了"互联网+"战略，与信息时代所提供的机遇相向而行；提出了"一带一路"倡议，通过经济、社会及文化创新，促进中国走向世界，与全球伙伴共生存、同发展，形成命运共同体。通过创新发展，让我们的产业早日实现升级换代，让智慧中国、创新中国成为发展的源头；通过创新新业态，为人民提供更好、更高效、更优质的服务，让人民的获得感更强烈，让人民更幸福。

5. 优秀的组织文化。组织文化是一个组织成员的价值观、行为准则、工作习惯。它是组织的灵魂，是组织的精神支柱。简单来讲，就是在一个组织里如何把事情做好——"什么是对的，什么是错的""什么事该做，什么事不该做"。有时它更体现在细节之中，比如组织成员间的谈话、成员间的关系、成员工作的方式等。其实，不管有没有形成文字，任何组织都拥有自己的文化，它在潜移默化中影响着组织成员的言行、处事风格。优秀的组织文化是一笔最丰厚、最重要的无形资产，具有极强的魅力。优秀的组织文化是有正能量的，能使整个组织去掉惰性，促使成员奋发向上、团结一致、敢为人先，使整个组织充满生机，产生主动迎接各种挑战的信心和勇气。具体来说，优秀的组织文化具有几个方面的作用：**一是指引方向**。组织文化能够告诉组织成员组织存在的真正意义，组织未来将会如何。同时，组织文化让成员恪守共同的价值观念，知道哪些是应该奉行的，哪些是被鼓励的，哪些是不被允许的，从而形成一股有效的合力，减少不必要的冲突，更让组织全体成员为了实现共同的奋斗目标而努力打拼。**二是凝聚人心**。常言道："人心齐，泰山移。"说的就是人心的凝聚力。组织文化的核心作用之一在于凝聚人心，积聚力量。而只有以人为本，建立人性化的优秀组织文化，才能赢得人心，才能凝聚人心。**三是激发潜能**。优秀的组织文化能让成员勇敢面对、承担问题，积极主动思考问题，创新负责解决问题，激发成员潜能，让成员在优秀的团队中互相学习，并在创意中成长。**四是规范行为**。组织的制度如果存在缺陷，那么，文化就可以弥补。组织内部各个部门之间、各个成员之间的职责在制度上难免会有空隙或是重叠之处，而解决的最好办法就是建立组织文化。组织文化是建立在道德、信仰、职业素养上的文化"软约束"。

组织的力量体现在何处

1. **体现在凝聚力上**。聚沙成塔，集腋成裘。组织因共同的目标而产生，组织行为始终服从、服务于组织目标，受到组织共同价值观的深远影响。组织力量体现为组织成员在共同理念引领下的价值认同、力量整合以及由此衍生出的对组织内外关系和各类资源的统筹集聚，从而形成瞄准组织目标、相对稳定的组织凝聚力。一个国家、一个民族，不能缺少弄潮儿式的时代英雄，一个行业、组织，也需要标杆式的人物，但我们更需要产生英雄的土壤，需要数量众多、各司其职、为实现组织目标而敬业奉献的普通成员。

2. 体现在执行力上。组织目标的实现，离不开组织行为的承载，离不开组织成员以实际行动去克服组织内部和外部的制约因素，最终达成组织目标。没有执行力，一切都是空谈。作为组织成员，实施组织行为应区别于具有较大弹性空间的个体行为，往往没有退路、没有借口，不追求个性化的表达，必须对照组织目标，及时执行、有力执行、到位执行、高效执行，做到不打折扣、令行禁止、使命必达。增强组织的执行力，既要注重强化组织成员个体的执行力，又要着眼于解决组织各成员之间、各岗位之间以及各部门之间的相互协作与配合的问题，提升衔接能力、互补水平，努力补齐组织运行短板，尽可能减少"内耗"，实现组织执行力"1+1>2"的聚合效应。

3. 体现在战斗力上。组织功能的强弱，决定组织力量的大小。组织力量的一个重要方面，就体现在达成组织目标的过程中，组织维护自身团结、应对内外挑战、推进目标任务所表现出来的战斗力。影响组织功能实现、作用发挥的因素很多，一般来说，一个组织设定的目标科学、制度健全、权责明晰、纪律严明、保障有力，组织功能往往能得到较好发挥，反之，若其中某个方面存在短板，组织功能就会受到限制、削弱。内因和外因共同决定着组织的实际战斗力。组织成员的精气神，整个队伍的激情、活力、面貌，是影响组织战斗力内因的重要方面。因而，一些组织的管理者倾向于采用各种激励、督促措施，以保证整个组织队伍的生机活力。

4. 体现在发展力上。组织作为重要的社会参与者，是推动社会发展进步的重要力量。组织的发展力，是组织正向力量的重要表现形式。根据我个人理解，组织的发展力大致可以划分为三个层次：实现组织自我完善、发展壮大的个体组织内生力量；促进组织所在行业、领域、地区或人群不断跨越提升、共享发展的同类组织集群力量；推动整个社会和人类文明全面协调、可持续发展的组织融合力量。不同层次的组织发展力，不存在绝对割裂的状态，往往相互交织、互融共生。组织发展力还表现出不规则螺旋式上升的特点，随着组织的发展壮大，逐渐向高层次发展力提升。从宏观层面来看，改革开放以来，我国经济实现快速、持续发展，2000年左右中国是世界第七大经济体，2007年超越德国成为世界第三大经济体，2010年超过日本成为世界第二大经济体，近年依然保持中高速发展态势。这一发展成绩，融合了举国上下、体制内外众多经济、政治、社会组织的发展力，中国共产党的各级党组织，始终坚持发展是硬道理，紧抓发展第一要务，展示了全面引领、推进发展的强大力量。

当代大学生如何融入组织、汲取力量、成长成才

大学生参加社会组织，对于锻炼协调、表达、处事能力，挖掘自我潜能，提高就业竞争力具有重要作用。广大同学要积极向党组织靠拢，积极参与各类社团组织活动，丰富自己、充实自己，最大限度地促进自身成长成才。

1. **努力融入组织**。要坚定理想信念。信仰是人的精神支柱，在人类的精神生活领域始终占据着不可动摇的核心地位，对个体来说，它是个人行为方式的根本支撑。共产主义信仰是我们党以及整个社会在任何时期都最为重要的精神支柱，是促进整个社会不断蓬勃发展的强大精神动力。在座的同学中有相当一部分是党员，坚定共产主义信仰是对我们的基本要求，应自觉接受党内锻炼，争取成为党的骨干力量。要积极参加党组织活动。大学生党员参与组织活动积极性的高低，是党员意识、组织意识、纪律意识的直观反映。既然是组织的一员，理所当然就要参加

组织的活动。要主动参加"三会一课""主题党日"和组织生活会等党内各项组织活动，严明政治纪律和政治规矩，认真完成学校和院系党委以及党支部交办的各项任务。尚未加入党组织的同学们，要通过学习加强对党的了解，积极主动向党组织靠拢，力争早日成为一名共产党员。在课余时间，还要积极参加学生社团和社会公益组织。当前，大学校园里活跃着很多的社团组织，以浙大为例，有社团组织百余家，我们要结合自己的实际情况，合理选择参加社会团体。一般情况下，大家会考虑与个人兴趣爱好、职业规划相关的社团，但更重要的是要选择积极向上的社团。

2. **积极发挥作用**。一个支部就是一座堡垒，一个党员就是一面旗帜。党的十八大以来，中央面向全体党员部署开展了"两学一做"学习教育，今年还要开展"不忘初心、牢记使命"主题教育。每位大学生党员都要增强政治自觉和行动自觉，带头加强学习，自觉投身学习教育，用党的最新理论成果武装头脑，发挥好先锋模范作用。要带头奉献社会，从小事做起，从身边做起，积极参加学生社团组织和社会公益组织活动，多去农村、社区、企业等地方，开展志愿服务、扶贫帮困等活动，在奉献中实现人生的价值。要带头传递正能量，特别是在网络空间里，要养成良好的网络文明素养，不造谣、不传谣，讲好校园故事，大力弘扬和践行社会主义核心价值观，展现当代大学生的良好形象。

3. **注重提升能力**。知识在学习中积累，能力在实践中提升。我们要加倍珍惜大好的青春年华，勤学苦读，孜孜以求，深入钻研各种专业知识和科学文化知识，增强为祖国和人民服务的本领。在努力学习的同时，还要学会如何学习，学会用全面的、联系的、发展的观点来看待问题、分析问题、解决问题。人们常说，要获取"黄金"，更重要的是要学会"点金术"；要获取"鱼"，更重要的是要学习捕鱼的"渔术"。要注意提高自身修养、完善个人人格，加强与同学的沟通与交流，虚心学习老师的为人、为学态度，增强与他人和谐相处、合作共事的能力，构建良好的人际关系，创造和谐的人际环境。要坚持知行合一，积极参加社会实践活动，既读课本上的"有字之书"，又读社会这本"无字之书"，在实践中千锤百炼，提高各方面的素质。参与组织活动是同学们步入社会前最好的磨炼，在活动中可以发挥个人的专业特长，检验自身的才华，更有利于培养和提高综合素质，特别是锻炼沟通表达能力、组织管理能力、团结协作能力。

4. 肩负时代重任。 一个时代有一个时代的主题，一代人有一代人的使命。历史和现实都告诉我们，青年一代有理想、有担当，国家就有前途，民族就有希望，实现中华民族伟大复兴就有源源不断的强大力量。当前，我们国家正站在从实现"第一个百年"奋斗目标向"第二个百年"奋斗目标迈进的交汇节点上。到建党一百周年，你们中的大部分人将走进社会，成为国家现代化建设的重要力量；到新中国成立一百周年，你们将成为国家现代化建设的中坚力量。希望广大同学志存高远，把个人的成长进步融入推动国家发展、民族振兴的时代洪流中去，切实肩负起时代赋予我们的崇高使命。要找准角色，结合所学专业和个人特长，做好人生规划，在今后不同岗位上为国家发展尽自己的一份力。要扎实根基，万丈高楼平地起，脚踏实地，一步一个脚印，敢于到基层一线去，敢于到改革开放和现代化建设的前沿阵地去，在社会的大熔炉里锤炼自己、提升自己，打牢发展的坚实基础，实现人生理想。

【本文根据浙江大学"紫领·问政讲堂"第23期（2019年4月12日）的演讲内容整理而成。作者系浙江省教育厅党委副书记、全国党建研究会特约研究员，曾任中共湖州市委常委、组织部部长。】

榜样的力量

张广洲

浙江大学，众所周知，享有"东方剑桥"之美誉。这里的环境非常优美——人间天堂，这里的历史底蕴深厚——120年历史，更重要的是这里相当难考——万里挑一，可以说这里是众多学子苦学苦寻的梦想。今天，你们都称得上是名副其实的学霸；明天，你们学业有成，这不由得让我们着实羡慕嫉妒。所以，这次邀请我来给同学们讲课，我压力很大，虽然我这个老兵曾经在部队指挥过千军万马，转业回地方也在不同场所激扬文字，但毕竟讲课不是我的主业，心中甚是顾虑。

收到邀请，这些天我一直在思考给同学们说些什么。讲数理化？想都不敢想。讲文学、历史？恐怕力不从心。讲政策趋势？或许解读不权威。到底讲什么呢？同学们正值青春年华，即将奔赴工作岗位，这让我联想到4月30日，习主席在纪念五四运动一百周年大会上讲道："实践证明，中国青年是有远大理想抱负的青年！中国青年是有深厚家国情怀的青年！中国青年是有伟大创造力的青年！无论过去、现在还是未来，中国青年始终是实现中华民族伟大复兴的先锋力量。"我在想，这种力量就来自榜样，也将成长为榜样。因此，今天我就围绕"榜样的力量"和同学们共勉。

同学们，一个有希望的民族不能没有英雄，一个有前途的国家不能没有先锋！

早在 1996 年，经中央军委批准，在全军连以上单位先后悬挂了由原解放军总政治部统一制作的各个时期的共八位英模画像。他们是各个时代的典型代表，体现了不同的精神，是全军官兵学习的楷模。八位英模的名字分别是：共产主义战士张思德、舍身炸碉堡的董存瑞、舍身堵枪眼的黄继光、烈火焚身纹丝不动的邱少云、全心全意为人民服务的雷锋、献身国防现代化的模范干部苏宁、抗洪英雄李向群、忠诚履行使命的模范指挥员杨业功。今天，熟悉的八大英雄之外再添两位，分别是献身国防科技事业的杰出科学家林俊德、筑梦海天的强军先锋张超。这些人在我的心目当中，就是我们的榜样。

提到榜样，大家一定众口不一。有些榜样是铁骨铮铮，保卫疆土的军人；有些是撰写华丽词句，充实人们精神的文人；有些是甘为人梯，教书育人的老师；还有是救死扶伤，急人之所急的白衣天使；等等。榜样可以是平凡的、朴素的，榜样也可以是伟大的、至高无上的。虽然存在差异，但不变的是对榜样的认同，在某一方面对人们的激励与鼓舞。童年有童年的榜样，青年有青年的榜样，到了成年以后，越发感觉到榜样力量的伟大。最近网上流传的一个小学生作文，说的就是榜样的力量。

谈谈什么是榜样的力量

简言之，这是一份有温度的情感归宿和精神动力，是催人奋进的赞歌。榜样，是指引方向的灯塔，更是一种力量，一种向上的牵引力，让人努力提升自我，竭尽全力靠近，不遗余力超越。那榜样的力量究竟是什么呢？我认为榜样的力量，指的是一种希望，鼓舞人们不断追求美好生活和高尚道德，让个人与社会得到良好发展，并给人幸福快乐的情感归宿和精神动力。

1. 榜样是一座灯塔，指引航行。 翻开中国近代史，我们中华民族无论是在民族危难之际，还是在民族发展之时，都是英雄榜样辈出。在抵抗外族入侵、救亡图存时期，涌现出林则徐、杨靖宇、左权、张自忠等无数民族英雄，谱写了感天动地的壮丽史诗，奏响了气壮山河的英雄凯歌。在实现民族独立和人民解放的新民主主义革命时期，涌现出了李大钊、闻一多、方志敏、夏明翰等一大批坚贞不屈的共产党人，前仆后继、不畏牺牲。在实现社会伟大变革的社会主义建设时期，涌现出了王进喜、雷锋、焦裕禄、钱学森、邓稼先等许多具有时代特点的英雄人物，为建设社会主义而忘私、而忘家，倾情奉献。在建设中国特色社会主义的改革开放浪潮中，涌现出了一大批挺立潮头、锐意改革的时代先锋，开拓进取、勇于创新的行业标兵，坚守信念、克己奉公的行动模范。

最让我敬佩的还是伟大领袖毛主席，我认为，他就是中国共产党人典型的楷模。为了中国革命，毛泽东同志一家献出了6位亲人的生命。为了抗美援朝、保家卫国，他把自己的儿子送上了战场，当得知毛岸英牺牲的消息时，他沉默良久，轻轻地念叨起《枯树赋》的词句：昔年移柳，依依汉南，今看摇落，凄怆江潭，树犹如此，人何以堪。当志愿军司令员彭德怀向毛主席检讨时，他反过来还宽慰彭德怀。毛主席说，打仗总是要死人的，中国人民志愿军已经献出了那么多指战员的生命，他们的牺牲是光荣的，岸英是一个普通的战士，不要因为是我的儿子就当成一件大事。这是何等的家国情怀！这是何等的伟人风范！

今年3月22日，国家主席习近平在罗马会见意大利众议长菲科时，这个人就好奇地问了习主席，您当选国家主席时是一种什么样的心情？习主席的目光沉静而又充满力量，他说，这么大的一个国家，责任非常重，工作非常艰巨。我将无我，不负人民！我愿意做到一个无我的状态，为中国的发展奉献自己。

党的十八大以来，习近平总书记大抓正风肃纪。2012年12月4日，中共中央政治局审议通过关于改进工作作风、密切联系群众的八项规定。

2013年6月起，党的群众路线教育实践活动广泛开展，各级党组织和广大党员干部照镜正冠，洗脸出汗，"四风"问题得到了有力纠正，影响群众利益的症结难点得到了突破，党风、政风、民风发生巨大变化，获得广大群众好评。

全面从严治党是党的十八大以来以习近平总书记为核心的党中央做出的重大战略部署。"全面"就是管全党、治全党，面向8900多万名党员、450多万个党组织，覆盖党的建设各个领域、各个方面、各个部门；"严"就是真管真严、敢管敢严、长管长严；"治"就是从党中央到基层党支部，都要肩负起主体责任，各级纪委要担负起监督责任，敢于瞪眼黑脸，敢于执纪问责。

党的十九大明确了进一步推进全面从严治党、深入推进党的建设新的伟大工程八个方面的重点任务。这八个方面的重点任务是：把党的政治建设摆在首位；用习近平新时代中国特色社会主义思想武装全党；建设高素质专业化干部队伍；加强基层组织建设；持之以恒正风肃纪；夺取反腐败斗争压倒性胜利；健全党和国家监督体系；全面增强执政本领。这八个方面的重点任务是推动全面从严治党向纵深发展的重要抓手。

"已将书剑许明时"是少年李白的轻狂，现在又激励着多少胸怀天下的青年人；钱学森老前辈的经历，现在又坚定了多少海外游子归乡的信念。

榜样的力量代表一个时代的精神标杆，如同茫茫大海中一直矗立的灯塔，始终绽放着光芒，激励着航行者驶向光明的远方，始终照亮着道路，指引着探险家去向正确的航向。

2. **榜样是一面明镜，检视自己。**中国5000年文明历程中，有太多榜样的光辉形象留在了我们心中。雷锋甘做一颗螺丝钉，用无私奉献铸就精神丰碑；邓稼先从事核武研究，隐姓埋名28载，奋战在一线；南仁东用自己的一生建成了中国天眼；无数个清晨，开山岛上那面冉冉升起的五星红旗，默默见证着王继才爱国奉献的赤子之心。

令我们浙大学子骄傲的，是我们的师兄林俊德。1938年林俊德出生在福建省永春县的一个偏僻山村，因为家中一贫如洗，刚上完小学就辍学了。1949年新中国成立，林俊德靠着政府的资助上完了初中又上了高中。1955年17岁的林俊德，是村里最穷的孩子，硬是打着赤脚考上了浙江大学机械系。上学的路费是信用社的借贷和学校的补助，因为家里实在贫困，上了5年大学，他没有回过一次家，读大学的费用全靠政府发放的助学金。从那时起林俊德就默默下了决心，学好本领，报效祖国！林俊德曾说，他这辈子有三个没想到：上大学，当将军，做院士。而他更没有想到的是一直到生命的最后，他都和国家的命运绑得这样紧。

1960年从浙大机械系毕业的林俊德，被分配到国防科工委下属某研究所工作。报到的第二天，所领导向林俊德交底，国家正在西北建设一个核试验场，把你挑过来就是去那里工作的。当得知自己将从事核试验时，他激动不已。那一刻，他就下定决心把一生献给这一伟大事业。核试验一定是人类历史上最危险的事业，但在上个世纪五六十年代，西方国家的核讹诈让中国人民深刻认识到，唯有早一天拥有核武器才能真正挺直腰杆。当时只有22岁的林俊德加入了首颗原子弹冲击波机械测量仪研制小组，这个小组算上他总共就3个人。刚刚走出大学校门的林俊德，从未见过冲击波机械测量仪长得什么样。当时并没有实验设备，更没有技术资料，他们就根据当时国外少数解密核试验资料和公开刊物的常见核武器测量文章埋头研究。1964年10月16日15时，罗布泊一声巨响，蘑菇云腾空而起。在蘑菇云升腾的辉煌瞬间有一个经典画面广为人知，人们纷纷跳出战壕，将帽子抛向空中，相拥而泣。然而另一场景却鲜为人知，当蘑菇云还在不断向上翻滚时，身穿防护服的科技人员无所畏惧地向蘑菇云开进，搜寻记录此次爆炸数据的设备，而那些义无反顾的身影中就有林俊德。我国第一颗原子弹爆炸成功，现场总指挥张爱萍向周恩来总理报告，总理在电话里谨慎地问，怎么证明是核爆？现场指挥帐篷里顿时一片肃静，法国第一次核试验没拿到任何数据，美国、英国第一次核试验只拿到少量的数据。就在这时，核武器试验研究所所长程开甲带着26岁的林俊德匆匆赶到，冲击波的数据已经拿到。这次爆炸是核爆炸，爆炸当量为2万吨。张爱萍激动地拍了拍林俊德满是尘土的肩膀说，你们立了大功！全世界都难以相信，林俊德用自行车轮胎和闹钟搞成的自主高科技，获得了当时证明核爆炸的重要数据。1966年我国为首次氢弹空投爆炸做最后试验，高空冲击波测量难度大，仪器需要在低温下工作。为了创造低温环境，林俊德和同事们背着仪器爬上海拔3000米的山顶，在零下20℃的环境待了一宿，为我国首次氢弹试验飞机投弹安全论证提供了科学根据。此后几年，林俊德和他的团队吃着玉米面和榆树叶蒸的窝窝头，喝着孔雀河里那令人肚子发胀的水，睡着冬天寒冷、夏天酷热的地窝子，用垒土台当桌子，没有一刻中断科研。天山之路，大漠之中，林俊德带着同事们从零起步，一点一滴地探索研究核试验。从原子弹到氢弹，从大气层到地下，每一次试验转型，对林俊德来说都是一次全新的挑战。但他总是把挑战当机遇，不断地向核爆炸力学领域发起一次次冲锋。也正是因为这45次惊天动地的核试验，中华人民共和国才真正挺起了脊梁，更为中国赢得了和平发展的重要机遇，让中国人民硬邦邦地站在全世界人民的面前。

他就像激光一样，方向性强，能量集中，单色性好。他用52年坚守岗位，取得那么多重大科研成果，是因为他把全部的精力和时间都用在工作上，这就是林俊德的同事对他的评价。

他自己也说，宁可牺牲生命，绝不拖欠使命！

2012年林俊德院士当选感动中国十大人物，他用自己率直的品格和坚定的信仰，化作一束至纯至强之光，为后人前进的道路指引着方向！若没有一种坚韧不拔的定力，若没有一种锲而不舍的追求，若没有一种甘于寂寞的情怀，若没有一种为国奉献的信念，怎能在艰难困苦之中成就这样的伟业！

《旧唐书·魏徵传》中说："以铜为镜，可以正衣冠；以人为镜，可以明得失。"榜样的力量犹如一面面镜子，对奋进的人是鼓舞，对退缩的人是警钟，应时刻检视、对照自己的言行举止。"见贤思齐焉，见不贤而内自省也。"

3. **榜样是一汪甘泉，滋养心灵**。古往今来，一切青史留名的伟人生平轨迹，都闪耀着信念如磐的夺目光辉。马克思在青年时期曾深情地说，如果我们选择了最能为人类而工作的职业，那么，重担就不能把我们压倒，因为这是为大家做出的牺牲。那时我们所享受的就不是可怜的、有限的、自私的乐趣，我们的幸福将属于千百万人……

革命导师马克思的一生，经历过丧子之痛，饱受颠沛流离之苦，甚至一度陷入贫困交加的境地，但他从未放弃对真理的孜孜以求，从未向艰难险阻低头妥协，即使对他抱有极大偏见的欧洲贵族们也承认，"马克思是由能量、意志和不可动摇的坚定信念组成的那种人"。

习近平总书记当年在陕北梁家河农村插队时，给自己定了一个座右铭：一物不知，深以为耻，便求知若渴。每次上山放羊，把羊圈在山坡上后，他就开始看书。锄地到田头，开始休息时，就拿出《新华字典》记一个字的多种含义，一点一滴积累。他深有感触地说，我并不觉得农村7年时光被荒废了，很多知识的基础就是那时候打下的。

我国医学界第一个获得诺贝尔奖的屠呦呦，可谓"用一株小草改变世界"。从北京医学院药学系毕业后，屠呦呦就来到中国中医研究院工作。为了找到新一代抗疟疾药，经过长时间努力，屠呦呦从2000多种中草药中整理出含有640多种草药，包括青蒿在内的《抗疟单验方集》。在因此患上肺结核、肝病等多种慢性疾病的情况下，她仍苦苦摸索创新，尝试在不同的条件下制取青蒿提取物。在经历了190次失败后，终在1971

年10月获得了抗疟效果达百分之百的青蒿素提取物。屠呦呦还率队历时6年，成功开发出抗疟疗效比青蒿素高10倍的新药物双氢青蒿素，它是人类目前抗击疟疾的有效武器。2015年10月，屠呦呦获得诺贝尔生理医学奖，成为首获科学类诺贝尔奖的中国人。

我的战友无腿英雄杨仕春，在1984年对越作战中失去了双腿。他说，与长眠地下的英烈相比，我还有一条生命，没有理由去争名夺利；与战场上双目失明的战友相比，我还能看到这精彩的世界，没有理由不珍惜现在的生活；与负伤高位截瘫的战友相比，我装上假肢还能走路，没有理由向组织伸手；与那些牺牲的战友相比，我现在还有一个完整幸福的家庭，没有理由不知足。

这些榜样的力量，承载着先进思想，体现着正确的世界观、人生观、价值观，早已融入中华文明，成为优秀精神文化宝库中不可分割的一部分。这些榜样的力量是国家的财富、民族的脊梁、人民的典范，是大众可触摸、可感知、可学习的鲜活样本。这些榜样的力量，犹如一汪汪甘泉，透澈晶亮、绵延不绝、永不枯竭。

榜样是一粒种子，造福万物。春种一粒粟，秋收万颗子。种子的价值在于薪火相传。种子，能够带给人们生命的希冀、丰收的憧憬。时代楷模、著名生物学家钟扬，甘为人梯，热心提携和培育年轻人才，带出了一个潜心有为、奋发进取的科研团队。种子的使命在于扎根大地。或许，钟扬和他的团队留在世上的只有以扎根般的钻劲、不畏艰辛、默默耕耘、甘于寂寞、忘我工作的画面剪影，但却完美诠释了"愿意把生命最宝贵的时光，献给祖国最需要的地方"的铮铮誓言。

种子的乐观在于心怀梦想。每一颗种子的身体里都蕴含着一颗对未来无限向往的心，从它扎进泥土的那一刻起，就为实现这样一种梦想而不断努力。在这个敢于有梦、勇于追梦、勤于圆梦的时代，我们身处的时代好比一个"梦工厂"，所有人都是"梦之队"的一员。

因为有众多的"种子"和"播种人",中国脊梁才得以挺立,中国精神才得以弘扬,中国奇迹才得以创造。伟大时代呼唤伟大精神,崇高事业需要榜样引领。今天,推进新时代强国事业,同样需要千千万万的榜样,汇聚强大力量,像种子一样生根发芽、茁壮成长,为实现中华民族伟大复兴砥砺前行。

同学们,一个个先进典型、一柄柄信仰火把、一次次道德实践、一场场精神洗礼,榜样的力量在我们内心引发共鸣。这种力量潜移默化地影响、激发着人们对卓越的追求,而我们的思想越被榜样的力量所激励,就越会发出强烈的光辉。

感悟榜样的力量有多大

简言之,可以穿越空间极限的魅力榜样,其实都是普通的个体,但平凡的他们却拥有不平凡的力量。拨动我们心弦的不是什么惊天动地的情节,也不是什么曲折迷离的经历,而是他们坚定信仰、心怀担当、勤奋创业、乐于奉献、执着追求的优秀品质。踏寻榜样的足迹,让我们一起去感受一下榜样的力量。

1. **榜样的力量可以穿越时空**。榜样的力量穿越时空,精神的血脉传承千古。1925 年,面对湖南军阀的威迫利诱,少年中国学会一份调查表上,毛泽东在"信仰"一栏中,郑重地写道:"本人信仰共产主义,主张无产阶级的社会革命。"1926 年 4 月 28 日,森然兀立的绞刑架上,李大钊目光坦荡,平静如常,他铿锵有力地说:"不能因为你们今天绞死了我,就绞死了伟大的共产主义!"为探寻真理、践行和坚守自己的信仰,1921—1949 年,据统计有名可查的烈士就达 370 万人。作家巴金曾经说过,"支配战士行动的力量是信仰,它能够忍受一切艰难、痛苦,而达到他所选定的目标"。

作为新中国成立后最早一批翻译、研究马列著作的学者,90 岁高龄的宋书声就是一位杰出的代表。对他而言，选择是一辈子的事，而党的嘱托则是他一生的使命。他曾说："作为党员，服从分配就是一种选择。党把我安排到哪里，我就去哪里；党让我做翻译，我就做了55年的编译工作。"他用一生的时间专心编译马列著作，与同事们一起为马克思主义中国化提供了系统、完整、坚实的文本基础。宋老的一生致力于把马克思主义中国化的创新理论传播到世界各地，这是忠诚执着、传播真理的一生，也是默默付出、为理想奋斗的一生。

今天我们学习雷锋，并不仅仅是学习雷锋这个人，而是要传承雷锋精神。雷锋精神与雷锋这个青年关系密切，但并不能简单地认定雷锋精神就是雷锋。因为当先进事迹抽象为精神后，就实现了升华，就不再是原本的人和事。随着社会的前进，雷锋精神将不断被传承和演绎，我相信雷锋精神一定还会不断充实新的时代内涵，由此放射出穿越时空的恒久生命力。

榜样在平凡中依然能够书写不凡，在艰难困苦中砥砺前行，以崇高信仰激发无限潜能，在新时代前行路上穿越时空，为后人树立一道道精神丰碑，点燃一盏盏熠熠明灯。

2. 榜样的力量可以超越极限。"勇攀高峰"四个字在他们眼中不只是一种言辞上的激励，而是一段段真实感人的事迹。珠穆朗玛峰的脚印、西部无人区的背影、南海岛礁上的汗水、汶川地震后的坚守……三代国测人用汗水、生命默默丈量祖国壮美河山，为国家发展、人民幸福做出了突出贡献。这是新中国的第一支"国测劲旅"，一支英雄的"尖兵劲旅"，一支顶天立地的"开路先锋"！

航天英雄景海鹏依靠对载人航天事业执着的追求，战胜自我、挑战极限，长年接受挑战人体生理和心理极限的训练，圆满完成了三次航天任务，为中国航天事业做出巨大贡献。

我身边的抗洪英雄、我的战友陈鹏飞，1998年奋战在九江抗洪第一线，面对滚滚长江的滔滔洪水，毅然决然跳入长江，游入江心，引导江中一艘大型拉煤船，向奔流不息的九江决口靠近，为成功封堵长江决口做出了重要贡献，被中央军委记一等功。

榜样的力量可以超越极限，在高山幽谷中涤荡回响。不管是名山大川还是空旷的大漠，都会有人去穿越和征服，这种情怀值得我们学习。

3. 榜样的力量可以忘却生死。苟利国家生死以，岂因祸福避趋之。我们之所以可以享受安定祥和的生活，是有一大批舍生忘死的忠诚卫士用自己的胆识和生命驱散黑暗、守护安宁。28 年奋战在云南缉毒一线的虎胆英雄印春荣，缉毒量创公安边防部队之最，平均每 3 天破获一起贩毒案。多少个远离家人的日夜，与孤独和冷月相伴，随时在生与死的边缘游走，他用生命和热血践行着自己最初的誓言。"在边境多查一克毒品，多抓一名毒贩，内地的老百姓就少受一份害。"这是印春荣坚定的信念。多年来他参与破获贩毒案件 3000 多起，抓获犯罪嫌疑人 4000 多人，缴获各类毒品数以吨计。

看过电影《英雄儿女》的朋友都有这样一种感慨：当看到孤军作战的志愿军战士王成面对蜂拥而来的敌人，通过报话机向指挥部高喊"向我开炮"的时候，每个人心中总是感到热血沸腾，并且想知道是什么精神能让中国军人在生死面前如此凛然、如此豪迈！有人曾认为，王成这个名字是一个英雄符号，是那个特殊年代、特殊环境下中国军人的壮举。其实不然，事实证明，中国军人的血性始终未改。34 年前，年仅 20 岁的青年战士韦昌进在肩负使命、置身血与火的卫国战场上，做出了与王成一样的英雄壮举。那是 1985 年，在中越边境老山地区距离前沿最近的一个高地上，在一次激烈的战斗中，他在战友相继负重伤、牺牲的情况下，不顾自己右胸被弹片击穿，左眼眼球被弹片打出，全身 22 处负伤，强忍着剧烈的疼痛，呼唤炮火，打退敌人一次又一次的进攻。当敌人摸上阵地时，只身坚持战斗 7 个小时的韦昌进用报话机向排长呼喊："敌人摸上来了，快开炮！"韦昌进同志现为某警备区的领导，其被授予"战斗英雄"的荣誉称号。

这些榜样忠于使命、恪尽职守，无不对各自工作任务倾注了无限的热爱和满腔的热情，这种平凡让人惊叹，这种坚守让人敬仰。每一份榜样的精神，无不是用实际行动向我们诠释榜样的力量可以忘却生死。

如何追寻榜样的力量

正所谓，命令只能指挥人，榜样却能吸引人。我们应该学习榜样精神，践行榜样力量，使榜样从单一转化为多元，从特殊转化为普遍，形成榜样精神般的社会风气。

1. **始于初心，坚定理想**。时代的发展，社会的进步，为当代青年提供了广阔的选择。作为青年，选择什么必须有一个坚定的态度，既然是认定的选择，就要坚持下去，决不能摇摆不定。既然选择入党，就要永葆党员本色，坚守信仰，不忘初心；既然选择干一行，就要爱一行、钻一行，在属于自己的岗位上干出出色成绩。

"入党的那天我就没想过退休，只要是一名党员，就要永远绷紧一根弦，尽职尽责为人民服务。"这是党龄 56 年、扎根农村 56 年的"太行公仆"吴金印说的一句话。这是他的信仰，是他的人生方向和力量之源，是他能深深扎根基层、与群众同甘共苦、忠于党的事业、在平凡的工作岗位上做出不平凡成绩的原因。

信念是在榜样上最容易找到的共性，他们心中都有自己坚定的理想信念。青年理想远大、信念坚定，是一个国家、一个民族无坚不摧的前进动力。青年志存高远，就能激发奋进潜力。青年的人生目标各不相同，职业选择也有差异，但只有把自己的小我融入祖国的大我、人民的大我之中，与时代同步伐、与人民共命运，才能更好实现人生价值，升华人生境界。

2. 乐于奉献，敢于担当。空谈误国，实干兴邦。在社会主义建设中，涌现了无数优秀先进共产党员，从人民的好干部焦裕禄到俯首甘为"樵夫"的廖俊波，从大国工匠胡双钱到"生命的守护神"杜丽群，从年轻教师徐川到"小巷总理"吴亚琴，他们在自己平凡的工作岗位上，用勤劳和智慧、奉献与作为，甚至是用生命，诠释着共产党人的责任和担当。他们乐于奉献，舍小我成大我，敢于担当，积极有为，用群众的赞美书写着伟大，镌刻着辉煌。时代呼唤担当，民族振兴是青年的担当。

鲁迅先生说过，"青年所多的是生力，遇见深林，可以辟成平地的，遇见旷野，可以栽种树木的，遇见沙漠，可以开掘井泉的"。在实现中华民族伟大复兴的新征程上，应对重大挑战、抵御重大风险、克服重大阻力、解决重大矛盾，迫切需要迎难而上、挺身而出的担当精神。作为青年，要保持初生牛犊不怕虎、越是艰险越向前的刚健勇毅，勇立时代潮头，争做时代先锋。

3. 善于创新，勇于实践。习近平总书记说，创新是一个民族进步的灵魂，是一个国家兴旺发达的不竭动力，也是中华民族最深沉的民族禀赋。在激烈的国际竞争中，唯创新者进，唯创新者强，唯创新者胜。奋斗是青春最靓丽的底色。"自信人生二百年，会当水击三千里。"民族复兴的使命要靠奋斗来实现，人生理想的风帆要靠奋斗来扬起。奋斗不是响亮的口号，而是要在做好每一件小事、完成每一项任务、履行每一项职责中见精神。

被誉为新世界七大奇迹的港珠澳大桥，历时 14 年建成，于 2018 年 10 月 24 日正式通车。大桥全长 55 千米，有 15 千米为全钢结构钢箱梁，海底沉管隧道长 6.7 千米，最深处在海底 48 米，创造了多项世界第一，对接误差在 2 厘米以内。大桥的每一个节点的进展，每一次攻关，每一次创新，都蕴含着可经受历史考验的中国工匠精神，这一群建设者必将永远载入中国的史册。

四次驻村的第一书记尼玛江村，扎根在基层，奋斗在一线，根据雪东村的实际情况，因地制宜，积极探索，勇于实践，带领雪东村人民成立了第一个加工厂、第一支施工队、第一个绘画技能合作社……他创新了人们的生产生活方式，闯出了一条带领人民脱贫致富之路。扶贫工作步履维艰，但是扎根一线的共产党员们在面对困难时不妥协，面对失败时不气馁，善于创新，勇于实践，一路披荆斩棘，破旧立新，用新理念、新思想、新战略谱写出了带领群众致富的新蓝图。

创新实践的道路不会一帆风顺，往往荆棘丛生、充满坎坷。强者，总是从挫折中不断奋起、永不气馁。

同学们，伟大时代呼唤伟大精神，崇高事业需要榜样引领，榜样的力量是无穷的，榜样是旗帜，代表着方向。《诗经》有云，"高山仰止，景行行之。虽不能至，然心向往之"。也许榜样离我们非常遥远，他们的高度我们始终难以企及，但他们一直如星辰般，在黑夜照亮我们前行的路。

今天的我们要努力学习榜样，明天的我们才能成为别人的榜样！谢谢大家！

【本文根据浙江大学"紫领·问政讲堂"第24期（2019年5月24日）的演讲内容整理而成。作者系浙江省广播电视局副局长。】

中国共产党的力量

王　义

　　沧海横流显砥柱，万山磅礴看主峰。98 年来，从一个 50 多人的地下党成长为一个拥有 8900 多万党员、执政 70 年的世界第一大党，从播下救亡图存革命火种的小小红船到领航中华民族复兴伟业的巍巍巨轮，是什么力量让中国共产党由小变大、由大向强，百折不挠、革故鼎新，成为始终走在时代前列、人民衷心拥护、勇于自我革命、经得起各种风浪考验、朝气蓬勃的马克思主义执政党？这不仅是国际社会、各国政党、专家学者一直十分关注、热烈讨论、争相研究的热点问题，也是我们党总结历史经验、把握执政规律，在新时代不忘初心、奋勇前进，需要认真研究的重大课题。我从十个方面对中国共产党的力量来源进行了初步的研究思考。

力量来源于科学的指导思想

　　在于始终坚持高举马克思主义伟大旗帜并不断丰富发展。伟大思想会变成改造社会、改造世界的物质力量。近代以来，中国人民为探求民族独立和人民解放而奋起抗争、孜孜求索，从太平天国运动、洋务运动、戊戌变法到辛亥革命，中国各阶级各阶层利益群体和政党组织纷纷提出自己的救国"主张"，但由于历史和阶级的局限性，都未能引领中国走出半殖民地半封建社会的泥潭。在经历无数次失败之后，中国共产党人最终选择了马克思主义，并将其同中国革命、建设和改革的具体实际紧密结合起来，形成符合中国实际的纲领、路线和方针，产生了马克思主义中国化的重大理论成果。毛泽东思想指导我们推翻三座大山，使中国人民从此站起来了。邓小平理论、"三个代表"重要思想、科学发展观指引我们开辟改革开放伟大事业，使中国人民逐步富起来了。党的十八大以来，以习近平同志为核心的党中央，运用辩证唯物主义和历史唯物主义的世界观、方法论，深刻回答了新时代坚持和发展什么样的中国特色社会主义、怎样坚持和发展中国特色社会主义的重大课题，形成了习近平新时代中国特色社会主义思想，为在新的历史条件下推进中国特色社会主义伟大事业提供了强大的思想力量，引领中国人民从此强了起来。历史经验表明，党的指导思想的每一次与时俱进都极大地推动了党的事业。正如习近平总书记指出的，"马克思主义始终是我们党和国家的指导思想，是我们认识世界、把握规律、追求真理、改造世界的强大思想武器"。

力量来源于崇高的理想信念

在于始终坚持共产主义远大理想和中国特色社会主义共同理想。古人云："志不立，天下无可成之事。"对马克思主义的信仰，对社会主义和共产主义的信念，是我们党经受任何挫折考验的精神力量。在战争年代，一批批革命先烈献身民族解放的伟大事业，以舍生忘死的实际行动诠释了"砍头不要紧，只要主义真"的信仰力量。以毛泽东为代表的中国共产党人和红军指战员血战湘江、强渡乌江、四渡赤水、巧渡金沙江、强渡大渡河、飞夺泸定桥、攻占腊子口，纵横转战 14 省，长驱驰骋 6.5 万里，进行重要战役近 600 次，突破了国民党百万军队的围追堵截，创造了世界战争史上的奇迹。新中国建立之后，一代代共产党人积极投身建设中国特色社会主义的火热实践，抒写"敢教日月换新天"的壮志豪情。

以铁人王进喜等为代表的大庆石油人，"宁肯少活 20 年，拼命也要拿下大油田""有条件要上，没有条件创造条件也要上"，苦战 3 年摘掉了中国"贫油"的帽子。改革开放新时期，当代中国共产党人将自己的人生理想与"两个一百年"奋斗目标、民族伟大复兴中国梦紧密结合了起来。"航空报国英模"罗阳，投身祖国航空事业 30 载，兢兢业业，鞠躬尽瘁，为我国国防现代化建设做出突出贡献，用生命诠释了"直挂云帆济沧海"的信念。历史经验表明，信仰的力量，具有超越时空的恒久价值，是我们党前进的不竭动力。党的建设必须高度重视理想信念教育，最大限度凝聚起建设中国特色社会主义、实现中华民族伟大复兴的磅礴力量。

力量来源于强烈的忧患意识

在于始终坚持敢于直面问题和勇于自我革命的政治品格。"安不忘危，存不忘亡。"我们党是出生于忧患、成长于忧患、壮大于忧患的政党，强烈的忧患意识催生自我净化、自我完善、自我革新、自我提高的能力，不断激发党革故鼎新、自我跨越的前进力量。1949 年 3 月，在中国革命即将取得全国胜利的前夕，毛泽东同志深刻指出，夺取全国胜利只是万里长征走完了第一步，告诫全党同志务必保持谦虚、谨慎、不骄不躁的作风，务必保持艰苦奋斗的作风。在商定国歌时，有同志提出"中华民族到了最危险的时候"这句歌词已经过时，毛主席以伟大革命家的清醒一锤定音，"我们要争取中国完全独立、解放，还要进行艰苦卓绝的斗争，所以还是保持原有歌词好"。党的十八大以来，以习近平同志为核心的党中央反复强调"四大考验"的长期性和复杂性，"四大危险"的尖锐性和严峻性，更是将"增强忧患意识、防范风险挑战"提高到"三个一以贯之"战略高度，要求全党"打铁还需自身硬"，以自我革命的政治勇气，着力解决党自身存在的突出问题。世界上很少有政党能像我们党这样以刀刃向内的政治勇气直面问题、自我革命，同一切弱化先进性、损害纯洁性的问题做斗争，刮骨疗伤，激浊扬清。历史经验表明，"中国共产党的伟大不在于不犯错误，而在于从不讳疾忌医，敢于直面问题，勇于自我革命，具有极强的自我修复能力"，从而实现一次又一次的"凤凰涅槃"，焕发出蓬勃的生机和活力。

力量来源于深厚的为民情怀

在于始终坚持全心全意为人民服务的宗旨初心。古人云："治国有常，而利民为本。"人民立场是中国共产党的根本政治立场，是我们党无坚不摧、无往不胜的力量之源、胜利之本和执政之基。从毛泽东同志发表脍炙人口的《为人民服务》一文，到党的七大把"全心全意为人民服务"写进党章，中国共产党坚持将维护最广大人民的根本利益作为党一切活动的出发点和落脚点，这使我们党始终拥有浩浩不竭的力量源泉。淮海战役期间，543万名民工、88万辆小推车、30万副挑子支援前线，生动地诠释了中国共产党代表谁、为了谁、依靠谁的根本问题。在取得执政地位之后，我们党始终坚持"立党为公、执政为民"，把人民拥护不拥护、赞成不赞成、高兴不高兴、答应不答应作为衡量一切工作得失的根本标准，努力做到发展为了人民、发展依靠人民、发展成果由人民共享，更好增进了人民的福祉。党的十八大以来，以习近平同志为核心的党中央，坚持以人民为中心的发展思想，以保障和改善民生为重点，加大收入分配调节力度，坚决打赢脱贫攻坚战，促进改革发展成果更多、更公平惠及全体人民，带领全国各族人民朝着共同富裕的目标稳步迈进。历史经验表明，党与人民风雨同舟、生死与共，始终保持血肉联系，这是党战胜一切困难和风险的根本保证。正是因为始终保持全心全意为人民服务的宗旨初心，我们党才能够在一次次的历史关键时期和重大关头，始终得到人民的衷心拥护和大力支持，不断获得破浪前行的强大动力！

力量来源于坚强的领导核心

在于始终坚持维护党的团结和集中统一。马克思、恩格斯曾深刻指出："巴黎公社遭到灭亡，就是由于缺乏集中和权威。"船重千钧，掌舵一人。一个国家、一个政党，领导核心至关重要，是凝聚全党同志、全国人民朝一个目标方向前进的强大凝聚力和向心力。处在幼年时期的中国共产党，由于没有形成成熟的领导核心，导致事业几经挫折，甚至面临失败危险。遵义会议确立了以毛泽东同志为核心的党的第一代领导集体，在关键时刻挽救了党、挽救了红军、挽救了中国革命。解放战争时期，中央一不发钱、二不发粮、三不发枪，仅凭西柏坡发出的 408 份电报，就能运筹帷幄、决胜千里，让全党、全军行动如一人，打赢了辽沈、淮海、平津三大战役。这是因为全党都坚决维护党中央权威，坚决服从党中央指令和毛主席指挥。党的十一届三中全会以后，因为有邓小平同志为核心的第二代领导集体，我们顶住了国际风云变幻的巨大冲击，开启了中国特色社会主义这项前无古人的伟大事业。党的十八大以来，习近平总书记夙夜在公，殚精竭虑，以"我将无我，不负人民"的实际行动赢得了全党、全军、全国各族人民的衷心拥戴。党的十八届六中全会确立习近平总书记为党中央的核心、全党的核心，这对更好地凝聚 8900 万党员、14 亿人民的力量，推进中国特色社会主义伟大事业，具有十分重大而深远的意义。历史经验表明，中国革命、建设、改革取得胜利，中国共产党不断发展壮大，都是因为有坚强的领导集体和领导核心。中央有权威，核心有权威，就能凝聚起不可战胜的中国力量。

力量来源于严密的组织体系

在于始终坚持夯实建强各级战斗堡垒。合抱之木，生于毫末；九层之台，起于累土。从成立时仅有 50 多名党员的地下小党，到如今拥有

450 多万个基层党组织、8900 多万名党员的执政大党，我们党不但没有处于一盘散沙的混乱状态，相反运行十分有序，除了有党中央的坚强领导，还在于建立了严密有序的组织体系，组织的凝聚力、号召力、推动力在革命、建设和改革各个时期都发挥了不可替代的重要作用。"三湾改编"时，把"支部建在连上"，形成连有支部、排有小组、班有党员，保证党的领导"一竿子插到底"。毛主席后来说，红军之所以艰难奋战而不溃散，建立各级组织是一个重要原因。新中国建立之后，我们党在各个地方、各级政权以及工厂、学校、社会组织中建立了庞大的组织体系，形成了强大的组织动员能力，进而取得了社会主义建设的巨大成就。进入新时代，习近平总书记着眼以党的伟大自我革命推动伟大的社会革命，深刻阐明了新时代党的组织路线，要求"以组织体系建设为重点"，使每个基层党组织都成为坚强的战斗堡垒。截至 2017 年年底，我们党有 3200 多个地方党委、8.6 万个党组、457.2 万个基层组织。这样庞大严密的组织体系，能够充分调动社会资源，有力扩大党的影响，最大限度发动全体党员为实现党的目标而不懈奋斗。历史经验表明，党的力量来自组织，包括党的中央组织、地方组织和基层组织在内的严密组织体系，是我们党全面加强领导、推进各项工作、克服各种困难的坚强组织保障。

力量来源于优秀的党员队伍

在于始终坚持发挥党员的先锋模范作用。党员是中国工人阶级的先锋战士，是先进生产力和先进文化的代表。马克思主义政党的强大战斗力，就是通过一个个先锋战士汇聚而成。中国共产党从诞生之日起，其千千万万优秀党员前赴后继、接力奋斗，为党的革命、建设和改革开放事业建立了不朽功勋。据不完全统计，1921—1949 年，我们党有名可查的烈士就达 370 万人，其中党和人民军队高级领导人就有李大钊、瞿秋白、蔡和森、方志敏、彭湃、邓中夏、左权、叶挺等。他们是漫长黑夜里点燃中华民族图强的希望之火，没有他们的奋斗牺牲，中国共产党不可能建党28年就取得推翻三座大山、夺取全国政权的辉煌胜利，人民军队不可能建军22年就书写百万雄师过大江的壮丽诗篇。改革开放新时期，多少共产党人以敢为人先、搏击潮头的实际行动，擦亮了中国共产党这张闪亮的名片：一心为民、淡泊名利的"人民好公仆"孔繁森、郑培民、牛玉儒、廖俊波；平凡岗位、奉献自我的"活雷锋"李素丽、徐虎、许振超、郭明义；用生命谱写为民、务实、清廉壮丽赞歌的"新时期共产党人的楷模"四川北川原副县长兰辉……历史经验表明，一个党员就是一面旗帜。正是因为有这样一批又一批党的优秀儿女，我们党才能永葆先进性，任风吹雨打不褪色，经千锤百炼更坚强，攻无不克，战无不胜。

力量来源于完备的党内法规

在于始终坚持依靠理性制度规范党的全部活动。没有规矩，不成方圆。古今中外法治实践反复证明，依靠法规制度来规范约束党的活动，有助于克服朝令夕改、软弱涣散、人亡政息的风险。1938年，毛泽东在党的六届六中全会上第一次提出"党内法规"这一重要概念，指出"须制定一种较详细的党内法规，以统一各级领导机关的行动"，步调一致才能获得胜利。改革开放后，邓小平同志把党内制度法规建设摆在十分重要的位置，强调"国要有国法，党要有党规党法"。党的十八大以来，习近平总书记高瞻远瞩，做出"法规制度更带有根本性、全局性、稳定性、长期性""加强党内法规制度建设是全面从严治党的长远之策、根本之策"等一系列重大判断，丰富和发展了马克思主义政党学说和中国特色社会主义法治理论。新时代党内法规体系建设进入了新的发展阶段，先后出台或修订了《中共中央关于加强党的政治建设的意见》《关于新形势下党内政治生活的若干准则》《党政领导干部选拔任用工作条例》《中国共产党支部工作条例》《中国共产党巡视工作条例》《中国共产党党组工作条例》等一批重要法规制度。仅 2018 年就出台了中央党内法规 74 部，形成了以党章为根本，以准则、条例等中央党内法规为主干，由各领域、各层级法规制度组成的有机统一整体。历史经验表明，科学完备的党内法规体系，是我们党战胜各种风险、克服各种困难的基础工程，为不断提高党的执政能力和领导水平、推进国家治理体系和治理能力现代化提供了持续稳定的制度保障。

力量来源于严明的组织纪律

在于始终坚持以铁的纪律约束全体党员。毛泽东同志指出："加强纪律性，革命无不胜。"严明的纪律把全党组织起来，团结凝聚成一个有机的整体，从而形成强大的执行力和战斗力。革命战争年代，毛泽东同志亲自制定"三大纪律、八项注意"，通过纪律约束部队、赢得民心，取得了革命的胜利，彰显了革命纪律的伟大力量。新中国成立初期，天津原地委书记刘青山、天津地区原行署专员张子善经不住"糖衣炮弹"的袭击，被判处极刑，铁的纪律在全党全国发挥了巨大的震慑作用。党的十八大以来，以习近平同志为核心的党中央充分发挥纪律的约束力和震慑力，鲜明提出"把纪律挺在前面""把加强纪律建设作为治本之策"，坚持"打虎"无禁区、"拍蝇"零容忍、"猎狐"不停步、反腐不手软，坚决查处严重违纪违法案件，探索实践监督执纪"四种形态"，优化党内政治生态，使党的肌体更加健康，更具青春活力。党的十九大报告在党的历史上第一次将纪律建设纳入党的建设总体布局，为取得新时代全面从严治党更大战略性成果、确保中国特色社会主义健康发展提供了坚强的纪律保障。历史经验表明，"我们这么大一个国家，怎样才能团结起来、组织起来呢？一靠理想，二靠纪律"。进入新时代，我们党要团结带领亿万人民实现"两个一百年"的奋斗目标，同样要靠铁的纪律保证。

力量来源于务实的党的作风

在于始终坚持实事求是、求真务实的优良传统。空谈误国，实干兴邦。良好的作风，是最直接、最有效的生产力。实事求是、求真务实的优良作风，赋予了我们党治国理政、干事创业的无穷创造力和强大战斗力。中国共产党幼年时期，作为共产国际领导下的支部之一，接受其理论上的指导和组织上的领导，党内部分干部出现了把马列主义教条化的错误倾向，使中国革命遭受了巨大损失。毛泽东同志在革命实践中提出了"没有调查，就没有发言权""反对本本主义"等著名论断，使革命走上正确轨道。党的七大，我们党第一次明确把理论联系实际、密切联系群众、批评和自我批评确立为党的三大优良作风。进入改革开放新时期，邓小平同志更加强调坚持彻底的求真务实精神，把"三个是否有利于"作为判断一切工作是非得失的标准，开创了党和国家事业的新局面。党的十八大以来，以习近平同志为核心的党中央从作风"破题"，从中央政治局抓起，从八项规定做起，强调作风建设永远在路上，先后组织开展了党的群众路线教育实践活动、"三严三实"专题教育、"两学一做"学习教育，在全党大力弘扬理论联系实际的优良学风，大力提倡求真务实、真抓实干的工作作风。在中央政治局第十次集体学习中，习近平总书记又严肃地指出文山会海、过度留痕的问题，要求减轻基层负担，把更多时间用在抓工作落实上。中共中央办公厅近日发出《关于解决形式主义突出问题为基层减负的通知》，明确提出将 2019 年作为"基层减负年"，激励广大干部崇尚实干、担当作为。历史经验表明，社会主义是干出来的，不是喊出来的。正如邓小平同志指出的："过去我们搞革命所取得的一切胜利，是靠实事求是；现在我们要实现四个现代化，同样要靠实事求是。"求真务实的作风，是我们党永葆创造力、凝聚力、战斗力的重要法宝。

【本文根据浙江大学"紫领·问政讲堂"第25期（2019年6月14日）演讲内容整理而成。作者系浙江省直机关工委副书记、省机关党的建设研究会会长。】

坚持的力量

阮俊华

对我而言，2019 年是具有特殊意义的年份，既是五四运动 100 周年和新中国成立 70 周年，也是彩虹人生公益育人平台创立 20 周年。20 年前，我还是一名年轻的学生辅导员，但那时候的我已经知道，自己的使命就是立德树人。20 年来，我始终热心于公益育人事业，努力为青年同学的成长搭建舞台。我一直认为，人的一生，不仅仅是成就自己，成就他人才是更大的价值和意义。作为一名教师，成就学生才是更大的价值和意义。我打造的彩虹人生公益育人平台被很多同学亲切地称为"托起梦想的彩虹桥"。这是对我个人的最好认可，抵得过任何奖励和荣誉。回顾这 20 年的育人之路，如果一定让我用一个词来总结，那就是"坚持"。正是对育人事业的坚持让我们历经风雨走到今天，所以，我特别想谈一谈坚持的力量。

有人说，如果你一天做一件事情，说明你是一个能做事的人；如果你一个月做一件事情，说明你是一个有点想法的人；如果你一年做一件事情，说明你是一个想干大事的人；如果你十年只做一件事情，说明你是一个非凡的人；如果你一辈子就做一件事情，那你一定是一个伟人。正所谓，不积跬步无以至千里，不积小流无以成江海。坚持是一个积累势能的过程，用功至深、付出日久，必能势不可当以成大事。我十分钦佩能坚持、善坚持的人，也在努力成为并引导更多青年学生成为这样的人。古往今来，可以说坚持是成功者必备的品质，更是英雄精神的象征。

最平凡的事物往往蕴含最深刻的哲理。"坚持"这个词人人都能理解其含义，但又不是所有人都懂得它究竟是什么，更不是所有人都可以做到。"坚持"不是停留在书面上的知识，而是在实践中才能显现价值的行动。我想，或许只有具体的事例才能让大家真正感受坚持的力量。**首先，给大家分享几则故事。**

第一个是革命英雄刘志丹的故事。刘志丹 1903 年 10 月出生于陕西省保安县（今志丹县）金汤镇，1922 年（19 岁）考入陕西省榆林中学，在校期间他曾任学生自治会会长，领导学生开展爱国运动。1924 年他进入黄埔军校读书，在离开榆林中学时写下了一首壮志凌云的《爱国歌》——"黄河两岸，长城内外，炎黄子孙再也不能等待。挽弓持戈，驰骋疆场。快！内除国贼，外抗强权，救我中华万万年！"在这首歌中，刘志丹尽抒报国之志，并用实际行动诠释了自己的誓言，把一生都献给了革命事业。

刘志丹毕业于黄埔军校第四期，跟林彪、张灵甫、谢晋元、胡琏等都是同学。毕业后，他回到陕西老家组织发起了渭华起义。在中国共产党的历史上，渭华起义与南昌起义、秋收起义、广州起义有同等重要的作用，影响深远。1931 年，刘志丹与谢子长等人成立了中国工农红军陕甘游击支队，并开辟了以南梁为中心的陕甘边革命根据地。这块根据地多次粉碎国民党的"围剿"，顽强地生存下来，为正在长征的中央红军保留了至关重要的落脚点。1936 年，刘志丹率领红 28 军参加东征战役，挺进晋西北。4 月 14 日，在三交镇战役中，刘志丹亲临前线侦察敌情，不幸左胸中弹，壮烈牺牲。跟随刘志丹一起行动的 28 军特派员裴周玉，记录了当时的情况：我曾几次拉过刘志丹的衣服，让他姿势低一点，防止危险。谁知就在我最后一次拉他时，只见他两只手往胸前一抱，跟跄地跌了下去……刘志丹被子弹击中左胸，伤到了心脏，这位钢铁般的英雄就这样走了。

刘志丹牺牲时年仅33岁，生命虽然短暂，但他的精神却永久流传。直到今天，刘志丹这个响亮的名字仍然在陕甘大地上流传。历史不会忘记、人民更不会忘记这位为革命献身的英雄。2018年暑假的时候，我们浙江大学公共管理学院特别组织"青知计划"基层挂职活动，其中有17位紫领学员到志丹县挂职锻炼。在1个月的挂职期间，这些同学有机会重温刘志丹的革命故事，接受英雄精神的洗礼。当时我也去了志丹县，被刘志丹的故事深深打动，这样一位英年早逝的革命英雄，早在中学时期就投身爱国运动，并将自己的一生献给国家和人民。我在他的身上看到了坚持，这种坚持是对国家、人民矢志不渝的热爱，是对革命理想的始终坚守。

第二个是全国劳动模范孔胜东的故事。1964年出生的孔胜东是地道的杭州人，也是杭州公交集团第三汽车分公司的一名公交车司机。孔胜东驾驶的28路公交车在杭州乃至全国都是出了名的最人性化的公交车，他还坚持义务修车33年，被称为杭州城里的活雷锋。为了方便乘客，特别是外地乘客的出行，孔胜东在车厢里为乘客提供自己设计制作的沿线导游图和车辆转乘示意图，"为民服务箱"里常备晕车等常用药品和扇子、雨披等物品，为需要帮助的乘客排忧解难。在不少外地游客眼里，这位28路公交司机更像个尽职的导游。为了乘客能够不误站，孔胜东特地配了一个麦克风，自动报站之后再进行一遍人工报站，这样的服务现在已经很少见了。

更多的人熟悉孔胜东，还是因为他几十年雷打不动的修车摊。1986年3月开始，孔胜东利用下班业余时间在中山北路和百井坊巷四岔路口设立义务修车点，无论酷暑严寒、刮风下雨，每周六晚上7点到10点，他的身影都会准时出现在路边。他不仅没有收过一分钱修理费，还从自己微薄的收入中贴上小配件和用电的费用。志愿服务33年，如今"孔胜东"三个字已成为杭城一张温暖的名片。

2015年12月24日，彩虹人生党支部举行年度大会，当时我们特别聘请孔胜东为支部名誉党员。他那天说，他的梦想是一辈子做公交车司机，一辈子做志愿者，这令我们很感动。他只是杭州市公交三公司的普通司机，但正是三十年如一日在平凡岗位上的坚守，让他的人生精彩程度远远超越很多看起来耀眼的人。生命本没有意义，你给它什么意义，它就有什么意义。孔胜东正是用岗位上的坚持和道德上的坚持赋予了自己生命的意义。

第三个是"无声河长"张海清的故事。2014年，杭州发出民间河长征集公告，号召大家一起守护家河。张海清就是第一批报名的，之后他成为丁桥二号港的民间河长。退休在家多年，他养过鸟、养过鱼，也养过花，妻子张春花说他是个"3分钟热度"的人。但张海清发现，生活中最能带给自己持久快乐的事情，就是每天早晨一次、下午一次的巡河。

在被聘为民间河长1个月后，张海清突患喉癌，他无法再开口说话。随身携带的写字板，成了他对外沟通交流的主要方式。于是，丁桥二号港附近总能看到一位提着写字板的老人在巡河，从河面、河岸到沿岸绿化，头发已经花白的张海清在巡查时却精神抖擞。碰到有人在河里电鱼、洗衣服，他赶紧上前，靠着写字板劝阻别人，虽是无声的交流，却能让人心服口服。

事实上，张海清和治水的情缘早已结下。2009年，他搬到丁兰街道美辰社区珠辰秀家园后，就跟自家门口的东风港"杠上了"。彼时的江干区正处于大发展时期，区内城郊接合部多，生活污水直排入河时有发生。东风港当时就是一条名副其实的"黑臭河"，水体几乎是静止的，沿岸居民甚至不敢开窗。一看、二闻、三蹲点，张海清一趟趟地走，终于找到了原因。原来河道有个排水口，每天都会排出大量污水。他立即把这一情况反映到街道，街道随后采取了措施，终于替附近居民解决了一个大难题。

张海清也是我们绿色浙江的成员、公益服务站的站长，10 年来义务巡河，风雨无阻，被大家亲切地称为"无声河长"，他的事迹广为报道，受到浙江省委车俊书记的点赞。在他的身上，我们同样看到了坚持。因为有更多"张海清"的坚持，浙江省的"五水共治"才取得了巨大的成功。

第四个是中国青年五四奖章获得者忻皓的故事。2000 年 7 月 2 日至 8 月 6 日，浙江大学本科一年级学生忻皓，和他的同学黄金海，发起"千年环保世纪行"活动，一起骑双轮自行车环浙江 36 天宣传环保，历经全省 43 个县（区、市）。36 天的路途中，忻皓发现浙江的河流被严重污染，不仅垃圾成堆，甚至发黑、发臭，一些田园牧歌般的村庄在污染荼毒下枯萎黯淡了。这极大地震撼了环境科学专业的忻皓，他因此决心做点什么。

18 岁的他，决定要和我一起成立一家民间环保组织，一起推动浙江环保公益事业，一起推动浙江环境的改善。从 2000 年梦想的开始，历经 2001 年 10 个月的筹备，浙江首家民间环保组织在浙江大学成立了，时任共青团浙江省委书记葛慧君亲自授牌。这是浙江大学历史上首个走向社会的公益创业项目，我们决定把梦想中的这个组织命名为"绿色浙江"。

2000—2019 年的 20 年间，绿色浙江已经成为一家扎根浙江、放眼全球的公益性社会组织，致力于环境、文化、教育三大领域的可持续发展。20 年间，绿色浙江聚集了一批批浙大师生和社会各界环保志愿者，大家共同助推美丽浙江建设。2012 年，绿色浙江成为中国首家获得社会组织评估 5A 级的民间环保组织。2014 年 12 月，在杭州市民政局发布的社会组织品牌影响力白皮书中，绿色浙江在杭州 16000 家社会组织中品牌影响力排名第一。

2000—2019 年，当年骑车的阳光学子已渐成熟，但作为绿色浙江秘书长的忻皓，当初的梦想始终在坚持。2014 年，时任杭州市市长的张鸿铭作为杭州市总河长为忻皓授旗。忻皓拿着张鸿铭担任省环保局局长时为我们题写的"行千里绿色之路，做世纪环保新人"的词，和张市长说："曾经的梦想，我还在坚持！"这让张市长深为感动。

忻皓现为全国青联委员，浙江省科协常委，浙江省绿色科技文化促进会副会长、秘书长。正是一直的坚持，让忻皓荣获中国青年五四奖章、中国首届生态文明奖、中国志愿服务金奖、"母亲河"奖、杭州市十大杰出青年等众多殊荣，他还是中美青年领导者论坛成员，2018 年被杭州市政府聘为杭州市会议大使，并担任水资源管理国际标准制订委员会委员、全球护水者联盟理事、联合国可持续发展教育区域专业中心（杭州）副主任等职。

在这四则故事中，既有坚守理想信念的革命英雄，也有坚持岗位的道德楷模，更有坚持公益服务的民间河长和青年榜样，他们用坚持的精神完成自己的事业，是当之无愧的时代脊梁。我自己也一直努力成为一个能坚持的人，从 1995 年成为学生辅导员开始，20 多年来我始终投身于公益育人事业。我常说，作为一名教育工作者，精明、世故、圆滑、老成都不难，但在当今社会保持一颗傻傻的心最难。只有用"育人"一般的执着和爱心，"疯子"一般的坚持和奉献，才能真正把育人工作做好。育人事业是民族复兴的基础工程，能从事这样的事业是我人生的幸运，做好这项事业更需要日复一日、年复一年的深耕细作。**接下来，主要谈一谈我是如何坚持的。**

第一，用简单的心态专注自己的事业。我记得柳宗元写过一篇《蝜蝂传》，专门介绍了一种小虫——蝜蝂。这种小虫善于负重，把凡是自己看到的都背到自己的背上，就算是自身的负担很重，也不放下，最终把自己累垮了。虽然这只是一个寓言故事，但是在当今社会中，我们不难看到"蚨蝂"的身影。他们在乎的东西太多，在纷繁的选择和诱惑面前迷失，最终让自己陷入绝境，失去了专注的能力和简单的乐趣。

坚持是一场马拉松，背负过多名利会消耗自身的能量，只有简单才能致远。大道至简，很多时候做减法就是做加法，有舍才能有得。"书痴者文必工，艺痴者技必良"，那些在某一领域登峰造极者，皆因"用心一也"。在选择面前，他们倾听自己的内心，用淡然的心态去面对社会上的各种物质诱惑，热爱并专注自己的事业，哪怕是一箪食、一瓢饮，仍不改其乐。

彩虹人生历经 20 载风雨，之所以能够坚持下来并发展壮大，也是因为我们的"简单"。我们坚持付出不为名，我们公益育人不为利，一直与青年学生站在一起，俯下身去为青年学子架起成长的"彩虹桥"。正所谓"十年树木，百年树人"，我们今天的努力也许要等到十几年甚至更多年后才能见到成效，但是我们愿意守候。正是由于这份"简单"，正是由于不忘初心，我们才能继续前行，才能走到今天。很多人惊讶于彩虹人生如何维系着如此庞大的社会导师志愿者网络，如何维系如此庞大的朋友圈和社会平台。这其实并不难，关键是以心交心，以诚待友，不为名利。正是简单造就了复杂。

第二，用奉献的精神服务于学生的成长。作为一名老师，唯有成就学生，才能更好地成就自己。我始终觉得，育人工作者要想有所作为，就要不怕麻烦，多给自己"找麻烦"，多跟学生接触，了解他们的困难和需求，想学生所想、急学生所急，创新育人方式方法，为学生群体更多地发声和出力。也只有自己"麻烦"多了，学生才能少一些麻烦，才能多一些成长和进步。对育人事业的坚持要特别强调对学生成长的服务和奉献。

服务学生，就是要尽可能地方便学生。在大学里，学生往往搞不清老师的工作安排，经常找不到老师。为了让学生少跑腿，节约学生时间，我从 2010 年 12 月开始在彩虹人生新浪博客上开辟绿色通道，提前把自己的每日工作时间公布在网上，具体到几点至几点之间在哪里、干什么，让学生能第一时间找到我，让学生了解我的具体行程安排，尽最大可能方便学生。近 10 年来我一直都坚持这样做。我的办公室也有个特点：在不开会或不处理事情的时候，只要我在办公室，办公室的门总会留个缝或开着。很多人惊讶于我为什么这样做，我时常这样解释："怕学生走到办公室门口，看到门关着，没勇气敲门，就不敢进来，又回去了。所以我经常把门微微打开，就是告诉学生，'老师愿意和你们交流'。"

我曾经倡议把 4 月 1 日设立为发扬愚公精神的"育人节"，多一些不计回报的付出、多一些不离不弃的执拗、多一些真诚纯粹的大爱、多一些服务学生的平台，把育人工作当作义不容辞的使命和事业来做，真正把育人工作做到学生的心坎上。2017 年愚人节的时候，新华网还专门对此发了篇文章，题目就是"浙江大学一教师提倡要过'育人节'"。

对于一名教师而言，人生最幸福的事情就是得天下英才而育之，人生最宝贵的财富就是培养了众多优秀的学生，人生最大的收获就是学生对他的信任和情感，人生最大的快乐就是看到学生的进步和对社会、国家的贡献。这个世界上没有"差学生"，因为每个独特的个体都有闪光的地方，让这种光芒绽放出光彩，并为社会创造更多的物质财富和精神财富，我认为就是教师这个职业最大的价值。

第三，用创新的激情打造高品质的平台。同样的一瓶饮料，在便利店里卖 5 元，到中档饭店卖 10 元，而到了五星饭店就卖到 50 元。水没有变，关键是平台不同了，一个好的平台价值非常大。为学生提供成长的平台，这意味着一种成全。这些年来，我秉持着"扶上马、送一程、关爱一生"的育人理念，坚持不懈地创新育人模式和搭建育人平台。我 1999 年开始创建浙江大学绿之源环保协会，担任指导老师，坚持至今 20 年；2000 年开始创建中国首家 5A 级民间环保组织绿色浙江，坚持至今 19 年；

2006 年开始创建黄土地基层挂职成长计划，坚持至今 13 年；2007 年开始创建教育部优秀校园文化成果奖项目求是强鹰，坚持至今 12 年；2009 年开始创建紫领人才培养计划，坚持至今 10 年；2013 年 2 月 19 日开始发出彩虹人生公众微信号第一篇文章，坚持至今 2227 天（截至 2019 年 6 月 9 日）。彩虹人生公益育人平台今年已经 20 年了，这个平台包括红领计划（领雁计划）、青春银丝带、黄土地挂职、绿色浙江、浙大绿之源、浙大青讲团、求是强鹰、紫领计划等项目，很多都坚持了 10 年以上。在这里，我特别想重点说一说绿色浙江志愿服务计划、求是强鹰实践成长计划、紫领人才培养计划和黄土地基层挂职成长计划。

我 1995 年担任辅导员起就开始思考将环保志愿服务与实践育人有机结合起来，所以 1999 年创建绿之源环保协会。2000 年发生的一件事改变了我的人生轨迹。我的学生忻皓与黄金海，耗时 36 天，骑行 2000 余千米，途经浙江 43 个县（区、市），看到了垃圾乱扔、污水直排等现象。他们的所见所闻，让我们决定要为环保事业做些贡献。那一年，我和学生们共同发起筹建浙江省首家民间环保组织绿色浙江。这个草根的浙大师生志愿者团队逐渐发展成为一个扎根浙江、放眼全球，专业从事环境服务的社会组织，成为中国首家获得 5A 级评估的民间环保组织，在中国数百万个社会组织中唯一"三连冠"民政部主办的中国公益领域项目最高奖——中国公益慈善项目大赛金奖。绿色浙江志愿集体 2011 年和 2013 年两次问鼎中国水环保年度公益人物奖，2013 年还获得了浙江省十大志愿服务杰出集体称号。

这些年来，绿色浙江开展了众多有影响力的环保公益行动，推动了公众参与钱塘江保护，发起"同一条钱塘江"系列活动，号召公众保护母亲河，目前已经绘制完成自钱塘江北岸杭州钱江三桥往西 8.75 千米以"保护钱塘江"为主题的海塘，这是世界上最长的彩绘海塘；矗立钱塘江第一护江碑；征集钱塘江之歌，让《同一条钱塘江》的歌声响彻《中国梦想秀》的舞台；推动浙江建立绿色浙江"水未来"实验室，召集利益相关方开展"吾水共治"圆桌会；推动生态社区建设，并在万通公益基金会的支持下，在杭州市上城区西牌楼社区尝试推广建立生态社区的示范样板；创建绿色浙江自然学校和余杭黄湖自然体验园，后者被授予杭州市青少年第二课堂基地；2011 年至今，绿色浙江护水者巡护 8 万余千米，利用基于平台的公众协作互动型环境监督模式高效地协助政府查处污染事件数百起；联合浙江卫视策划推出大型新闻报道《寻找可游泳的河》，总共开展了 136 期系列报道，开展电视问政《问水面对面》，直接助力推动浙江"五水共治"，引起了广泛关注和强烈反响……首届中国生态文明奖、中国五四青年奖章获得者忻皓，共青团中央委员申屠俊等都是这一平台成长起来的青年学生代表。

浙江这片创新创业的热土，最为宝贵的就是浙商精神。这种"踏遍千山万水、吃尽千辛万苦、说尽千言万语、历经千难万险"的"四千四万"精神，正是青年人亟须领悟的精神力量，同样是人生路上的必备素质。我们于 2007 年筹建求是强鹰实践成长计划，积极发挥知名浙商企业家传、帮、带的作用，通过"师傅带学徒，手把手来教"的方式，不仅教授了知识，还培育了师生之间的情谊，让浙商精神得以传承。坚持至今 12 年，推动百余位学员成功走上创业道路，其中光珀智能 CEO 白云峰和利珀科技 CEO 王旭龙琦两位学员在 2017 年全国"互联网 +"大学生创新创业大赛上双双进入全国十强并获得两项全国金奖，光珀智能更是成为 37 万个项目团队的全国总冠军，还于美国硅谷召开了产品发布会。2014 年，李克强总理来到浙江大学和同学们交流创新创业时，白云峰作为代表汇报了创业的一些想法和建议。最后他对总理说，"我是学管理的"，总理笑着说，"我们一起管理这个国家"，这是一个大国总理对青年的期许。全国政协副主席、科技部部长万钢和时任浙江省长李强也专门到访白云峰的企业考察指导。强鹰 10 周年之际，海望教育创始人陈旭、瑞饶资本创始人朱凯、熊猫英语创始人罗佳驹等三位强鹰学员也相继成长为强鹰导师，反哺彩虹人生公益育人平台。浙商导师带徒育人新模式荣获教育部第 7 届高校校园文化建设优秀成果奖二等奖、浙江大学教学成果奖一等奖和浙江省教学成果奖二等奖。

全国首创导师带徒模式的求是强鹰计划，10 余年间汇集了 130 余位风云浙商和知名企业家，已为 1015 名浙大优秀学子和 139 名哈佛、耶鲁、牛津、北大、清华等海内外高校强鹰名誉学员的成长导航，推动 100 余位强鹰学员翱翔在创业的天空。目前，这 130 余位知名浙商和优秀企业家组成的创新创业实践导师队伍，每年开展导师组活动达 100 多场，为大学生创新创业、实践成才提供阵地，激发个体的潜力和创造力，使大学生摆脱对个人理想的茫然，更好为校内学生创新创业搭建舞台。

我于 2009 年开始创建紫领人才培养计划，首创的政界厅级以上领导干部导师帮带培育在校大学生模式也在校内外产生了广泛而深远的影响。这个平台创新了原有的政治信仰教育模式，将厅级以上领导干部请入校园"手把手"带徒弟，每位导师对接 3 ～ 5 位学生，在思政育人一线开展为期 1 年的"师生行"。这一模式开展以来，形成了以浙江省政协副主席周国辉、浙江省副省长高兴夫、浙江省人大常委会原副主任王永昌、浙江省委宣传部原常务副部长胡坚、浙江省政府副秘书长陈广胜等为代表的 60 余位厅级以上领导干部导师团。除了每一两个月一次的与导师面对面的日常交流，导师亲自带领指导的上百场导师组活动也如雨后春笋般开展起来，包括乡镇基层走访、省级部门参观交流、浙江省委党校课程旁听、阿里巴巴西溪科创园等创新创业行、红色寻访、廉政教育基地走访、求是堂沙龙等，这一做法改变了原有思政课堂"灌输式"的教学模式，重视言传身教和互动交流，重视理论与实际的结合，将学生由"被动灌输"转变为"主动内化"，由"单向通道"转变为"交互参与"，通过切实的实践教学，使大学生把有关政治信仰的理论转化为内在的行为标准、人生的价值观念。

同时，我还邀请政府领导干部赴校园举行紫领问政讲堂，由青年问政，由政者解读，借此鼓励青年人积极参与政治讨论，拉近青年与时局的距离，更好传播正能量。先后有浙江省原省长吕祖善，浙江省政协党组副书记、副主席孙景淼，浙江省政协副主席周国辉，全国优秀县委书记鲍秀英和陈行甲等嘉宾纷纷走上讲台，从2014年12月的第1期坚持至今，已有25期，与7000多名学生互动，这已经成为浙江大学影响最大、参与学生最多、持续时间最长的时政类主题论坛。

自2009年坚持至今，紫领人才培养计划已连续开展11期，形成了以政界、学术界、公益界知名人士为代表的紫领特聘导师队伍；开展了新颖的政界导师带徒、紫领课堂、紫领论坛、紫领问政讲堂、中国县域治理大讲堂、求是堂沙龙、紫领公益服务、紫领基层挂职等品牌活动；形成了以紫领人才俱乐部为平台支撑的育人新模式。10年来，从浙大紫领俱乐部走出了430位学员、1000余位紫领成员（学员、预科学员、会员和秘书处成员），上万人次学生参加过紫领活动，并推动了众多求是学子毕业后服务基层、服务西部、服务国家。

党的十八大以来，习近平总书记之所以能够带领党和人民披荆斩棘、攻坚克难，全面开创中国特色社会主义事业新局面，很大程度上来自习近平总书记扎实的实践基础、深厚的经验积累和深邃的理论思考。梁家河7年知青岁月，无疑是他人生经历中十分重要的起点。而对于广大青年人而言，必须要充分了解习近平总书记知青时期的艰苦生活和成长历程，学习青年习近平矢志不渝的理想信念、爱国为民的家国情怀、勤奋好学的进取精神、吃苦耐劳的优秀品格、求真务实的良好作风，以青年习近平为榜样，寻找机会去基层锤炼党性，学习本领，提升素质，服务地方发展。

创始于2006年的黄土地基层挂职成长计划是彩虹人生思政育人平台

中的一抹黄色，是以"浙大—湖州"校地合作为契机逐渐发展起来的大学生基层挂职实践成长计划。该计划自创立以来，一直致力于引导大学生拜人民为师，不断夯实信仰根基，开阔社会视野；向群众请教，始终葆有家国情怀和大众情怀；以青年习近平和广大基层干部为榜样，牢固树立"四个自信"，增强"四个意识"，知行合一，脚踏实地，求真务实，做出成绩。黄土地计划自2006年暑期坚持至今，在各地组织部门和共青团的大力支持下，已先后在陕西省延安志丹县，贵州省遵义湄潭县，湖州市长兴、安吉、南浔，嘉兴嘉善和宁波海曙等地建立了挂职基地，累计推动近600位浙大优秀学子在基层挂职锻炼成长。黄土地计划形成了"五个一寻访"（寻访一个优秀共产党员、一个优秀乡镇街道一把手、一个优秀村支书、一个优秀企业家、一个群众榜样）、"五个一工作法"（走访一批基层青年、收集一批青年心声、结成一批联系对子、开展一系列宣讲活动、做好一项课题研究）等培养模式，使青年学子迅速融入基层，主动承担责任，服务地区发展。紫领计划和黄土地计划的共同实施对青年学子成长产生了深刻的影响，不少学员进入中央部委和各地选调生队伍，直接或间接推动了不少浙大优秀青年学子服务中西部发展，到祖国最需要的地方历练成长。

前面，我花了较多的篇幅介绍别人坚持的故事，也分享了自己坚持的故事，希望能帮助大家更深刻地理解坚持，希望能鼓励大家成为懂得坚持的人。**最后，我还想给大家尤其是青年学生谈几点关于坚持的建议。**

要坚定理想信念，咬定青山不放松。不忘初心、守护信仰，这就是最大的坚持。信仰是我们内心的人生方向，当有了真正的信仰以后，内心才会更加强大，才不会轻易地被外界干扰，才会坚定地去做一些有意义的事情，才可能影响更多的人！刘志丹这样的革命英雄在民族危难之际挺身而出，为革命事业挥洒热血，正是因为他有着崇高的革命信仰，正是因为他有着明确的前进方向。人无信仰，走不远。我们要坚定理想和信念，明确自己人生的价值，明确为什么而奋斗，找到理想、价值和追求，人生才能走得更远。

要追逐人生梦想，为事业永久奋斗。习近平总书记曾特别强调，要让广大青年敢于有梦、勇于追梦、勤于圆梦。梦想是走向未来的强大动力，是引领美好青春的闪耀灯塔。梦想是年轻人的特权，因为年轻，所以未来有无限可能。青年学生尤其不能失去梦想的能力，梦想是事业的终极目标，有梦想才有为事业永久奋斗的不懈动力。百年前的五四运动，那些爱国青年正是因为勇敢地追求救亡图存的梦想，才书写了一段慷慨激昂的青春乐章。我曾说每个人都要拥有和保鲜少年感，少年感就是明知不敢为、不能为、不必为、不长为而为之，少年感皆因心中有梦想，有梦想才会有坚持的动力。

要做到知行合一，躬身实践求真知。我们的学生大多时候待在象牙塔中，更需要知道"知行合一"的重要性，更需要明白，诠释信仰在于行动，梦想只有付诸行动才有价值。现在很多人存在的问题是"多说少做、光说不练、只说不动"。如果有越来越多的人能够从自我做起，关心身边的事情，力所能及地去做一些有意义的事，我相信我们的国家和社会一定会更加美好。创办彩虹人生20年来，我一直在引导青年学生做到"知行合一"。在彩虹人生公益平台上，有很多党员同志、志愿者、朋友、学生用自己的行动教育、帮助、支撑和感动着我。我2006年启动黄土地基层挂职成长计划，坚持13年，累计推动近600位浙大优秀学子在基层挂职锻炼成长，使青年学子迅速融入基层，主动承担责任，服务地区发展。我的目的就是要让青年学生在实践锻炼中得到真正的成长，只有真正行动起来，坚持才可真正称为坚持。

要有英雄情怀，奉献担当方能书写春秋。我们不可能都成为英雄，却都应该有英雄情怀。我们不可能都是成就伟大事业的英雄，却都应该成为自己生命中的英雄。坚持不一定能造就英雄，但英雄一定是坚持造就的。孔胜东、张海清、忻皓这些人是我们身边的英雄，他们做的事或许很普通，不是轰轰烈烈的大事业，但是他们却用坚持把平凡的事做得不平凡，他们是自己生命中的英雄，更是捍卫正义、守护道德的英雄。青年学生要学习英雄事迹，接受英雄精神的洗礼。唯有获致英雄情怀，才能懂得奉献担当，才能真正到达助人为乐、成就他人、成就国家和社会的大我境界。

"空而论道"不能真正显现出坚持的力量。就像我开始所讲的，坚持唯有在行动中才能得到诠释。无论是别人坚持的故事，还是我自己坚持的故事，抑或是我给大家的建议，都是为了让大家有所受益。只有在自己的行动中做到坚持，才会真正感受到坚持的力量。希望青年学生在坚持中实现青春梦想、成就出彩人生，希望每个人都能在坚持中获得不平凡的快乐！

【本文根据相关演讲实录、作者文章、新闻报道等整理而成。作者系浙江大学公共管理学院党委副书记、彩虹人生公益育人平台创始人。】

图书在版编目（CIP）数据

寻梦中国力量 / 阮俊华主编. -- 杭州：浙江大学出
版社，2020.1（2020.9重印）
ISBN 978-7-308-19637-6

Ⅰ.①寻… Ⅱ.①阮… Ⅲ.①演讲－中国－当代－选
集 Ⅳ.①I267

中国版本图书馆CIP数据核字（2019）第221443号

寻梦中国力量

阮俊华　主编

封面设计	卓义云天	
责任编辑	曲　静	
责任校对	周　群	
出版发行	浙江大学出版社	
	（杭州天目山路148号　邮政编码：310007）	
	（网址：http://www.zjupress.com）	
排　　版	浙江时代出版服务有限公司	
印　　刷	杭州钱江彩色印务有限公司	
开　　本	710mm×1000mm　1/16	
印　　张	15.75	
字　　数	248千	
版 印 次	2020年1月第1版　2020年9月第2次印刷	
书　　号	ISBN 978-7-308-19637-6	
定　　价	38.00元	